28

글쓰는기계 게임 판타지 장편소설

초판 1쇄 찍은 날 | 2020년 12월 23일
초판 1쇄 펴낸 날 | 2020년 12월 31일

지은이 | 글쓰는기계
펴낸이 | 예경원

기획 | 위시북스
편집책임 | 이은송
편집 | 위시북스

펴낸곳 | 예원북스
등록번호 | 제396-2012-000132호
등록일자 | 2012. 7. 25
KFN | 제1-582호

주소 | 경기도 고양시 일산동구 호수로 646-24 위너스21II빌딩 206A호 (우)10401
전화 | 031-819-9431 팩스 | 031-817-9432
E-mail | yewonbooks@naver.com

ⓒ글쓰는기계, 2019

ISBN 979-11-365-4812-2 04810
       979-11-6424-237-5 (Set)

Wish Books
나는 될 놈이다
28 글쓰는기계 게임 판타지 장편소설
WISHBOOKS GAME FANTASY STORY

CONTENTS

나는 될 놈이다

CHAPTER 1

　길드 동맹이 갑작스러운 오크 인해전술에 맞서, 급하고 어설프게 진형을 짜긴 했다. 통일감 있게 하나로 뭉쳐진 진형이 아닌, 유명한 랭커들 중심으로 급히 나눠 모여 만들어진 진형!

　잘 만들어진 진형들은 나눠져 있어도 서로 협조하며 조직적으로 움직였다.

　물론 길드 동맹의 진형에 그런 모습은 없었다. 랭커들, 간부들의 지휘하에 각자 알아서 살아남는 진형! 그런데도 물밀 듯이 밀려오는 오크 군세들이 두들겨 맞고 밀려난 데에는 이유가 있었다.

　먼저 레벨 차이가 너무 많이 났다. 김태현을 상대하려고 나름 고렙 길드원들을 선발하고 용병단부터 시작해서 공들인 NPC들을 데리고 온 길드 동맹!

　그에 비해 김태산이 보낸 오크 전사들은 저렙이 많았다.

　-어차피 장기전이 될 텐데 처음부터 카드를 다 꺼낼 필요 없

다. 놈들을 소모시켜야 한다!

궁수와 마법사들을 지치게 만든 다음 진짜 공격을 가할 생각!

길드 동맹의 화력도 무시무시해서, 화살과 마법 세례에 오크들은 발도 못 붙이고 쓰러져야 했다. 게다가 길드 동맹이 모여 있는 곳은 언덕 위였다. 거기다가 급하게 목책을 세우고 임시 진지를 만드니, 운 좋게 앞에 도착한 오크들도 못 넘고 그대로 썰려 나갔다.

하지만 〈아키서스의 축복〉이 이 모든 상황을 바꿨다. 대규모 전장을 뒤흔들 만한 힘을 가지고 있는 스킬, 〈아키서스의 축복〉!

길드 동맹은 태현이 나와서 버프를 걸어줬을 때 무슨 버프를 건 것인지 신경을 썼어야 했다. 그러나 길드 동맹은 태현만 신경 썼다. 그 미친 존재감 때문에!

덕분에 아키서스의 축복을 받아 미친 행운 스탯을 공유하게 된 오크들은 신이 나서 언덕을 달려 올라갔다.

화살 세례도 마법 세례도 대부분 회피가 뜬다! 회피 불가 스킬만 아니라면 일시적으로 무적이나 마찬가지였다.

"안 죽어! 뭐야!"

"화살이 다 빗나가는…… 김태현! 김태현이 뭔가 한 거다! 저주로 바꿔! 저주 걸어!"

"저주로는 바로 못 잡아요! 숫자가 몇 마린데!"

"멍청한 놈들아! 발을 느리게 하면 되잖아!"

쓸모 있는 의견도 나왔지만 이미 때는 늦어, 오크들은 완전히 진지 앞에 달라붙어 있었다.

-취이익!

-칙! 궁수 놈들 이리 와라!

자기 동료들의 어깨를 타고서 목책을 뛰어넘는 오크들!

궁수들은 재빨리 뒤로 물러서고 근접 직업들이 앞으로 나왔다. 오크들 자체는 괜찮았지만 더 이상 광역기를 쓸 수가 없다는 게 문제였다.

"당황하지 마라! 어차피 레벨 낮은 놈들이다! 밀어붙여서 돌려보내면 다시 광역기를 쓸 수 있다!"

곳곳에서 랭커들이나 간부들이 소리를 지르며 길드원들을 다잡으려는 것이 보였다.

그걸 본 김태산은 쾌재를 불렀다.

"태현이 덕분에 일이 쉬워졌습니다."

"그래! 치고 들어가라!"

원래 이런 빈틈은 오크들이 절반은 쓸려 나가야 나올 줄 알았는데, 스킬 하나로 나오다니.

바짝 붙어서 근접전으로 가는 순간 김태산 쪽에는 엄청난 이익이었다.

상대방의 강점 하나를 그대로 봉쇄!

"거인들 앞으로! 사디크의 마수 앞으로!"

쿠오오오······!

숨겨놨던 김태산의 전력들이 드러나기 시작했다. 거인들이 바윗덩이를 집어 던지자 임시로 만든 진지 벽이 그대로 박살났다. 구멍 하나가 나면 오크 수십 마리가 개떼처럼 달려들었다. 길드원들은 비명을 지르며 무기를 휘둘렀다.

처음 겪어보는 살벌한 상황! 각 진형들이 녹색 파도에 마치 쓸려 나갈 것 같은 위태로운 상황이었다.

"으아악! 도망쳐!"

"도망칠 곳이 없어!"

위의 언덕은 아직 버티고 있었지만, 가장 위험한 건 태현 잡겠다고 내려온 길드원들이었다.

도망갈 길이 어느새 오크들에게 막혀 사라져 버린 것!

오크들 잡고 길을 뚫어보려고 해도, 태현을 앞에 두고 그런 짓을 하는 건 미친 짓이었다.

"항복!"

"뭐? 행복하다고?"

푹찍!

"김태현 님! 평소에 팬이었습니다!"

"그래! 고맙다!"

푹찍!

어떤 말이든 통하지 않는 태현!

내려온 길드원들은 그대로 다 쓸려 나갔다. 대충 정리를 끝낸 태현은 계산했다.

'아키서스의 축복…… 끝나기 전에 한 번 더 쓸 수 있을지도

모르겠는데.'

태현은 지금 알렉세오스의 축복을 받아 모든 스킬들의 쿨타임이 대폭 줄어든 상황! 원래라면 〈아키서스의 축복〉 같은 강력한 광역 버프 스킬은 전투에 한 번 쓸까 말까 하는 스킬이었지만, 지금은 부담 없이 쓸 수 있었다.

안 그래도 태현이 몇 배는 더 강해졌다는 걸 모르는 채 덤빈 길드원들만 불쌍하게 됐다.

-주인님! 학카리아스 레이드를 도와주셔야 합니다!

흑흑이가 다급하게 외쳤다. 악마들이 덤비고 있는데도 학카리아스는 꼿꼿하게 맞서고 있었다.

지칠 줄 모르고 덤비던 악마 군세도 주춤할 위력!

이럴 때 필요한 건 태현이었다. 단순히 강함뿐만이 아닌, 상황을 뒤집는 변수에 엄청나게 강한 사람!

-알고 있어. 지금 간다!

태현은 입맛을 다시며 방향을 돌렸다.

저 때 길드 동맹에 끼어들어서 한 번 날뛰어주면 정말 좋을 텐데……

길드 동맹이 저기서 끝나지 않을 것이다. 랭커들을 저렇게 데려왔는데 당연히 저 정도는 견뎌내겠지.

그걸 휘젓고 싶었는데 이대로 돌아가다니 아쉬울 뿐!

"학카리아스! 잘 쉬고 있었나!"

-이 아키서스의 화신 노옴!

땅바닥에 못 박힌 채 브레스를 뿜고 있던 학카리아스는 멀리서 날아오는 태현을 보고 분노했다.

저 뻔뻔한 인간 놈이!

-아키서스의 신성 영역, 아키서스의 저주!

태현은 오자마자 아키서스 권능 스킬 세트로 학카리아스에게 인사를 날렸다. 악마들을 몰아내고 거친 숨을 쉬고 있던 학카리아스는 뜨거운 환영에 다시 격노했다.

-감히!

'있는 스킬 아끼지 말고 다 털자!'

태현은 학카리아스 중심으로 신성 영역 스킬을 깔고 아키서스의 저주를 걸었다. 지금은 스킬을 아끼지 말고 학카리아스에게 대미지를 넣어야 했다.

학카리아스가 땅바닥에 박힌 거 말고는 너무 대미지가 없었다. 접근하는 악마들을 모두 태워 버린 것 때문이었다.

-크아아악! 아키서스의 저주 따위는 내게 아무런 영향을 끼치지 못한다!

"……!"

학카리아스는 〈아키서스의 저주〉를 맞고서도 꿋꿋이 마법을 시전했다. 놀라운 마법 스킬!

'뭐 전설 마법 스킬이라도 찍었나?!'

태현은 경악했다. 어지간한 보스 몬스터도 〈아키서스의 저주〉를 맞으면 행운이 미친 듯이 내려가서, 닥치는 대로 스킬이 실패

했다. 그리고 마법은 스킬 중에서도 실패 확률이 높은 편인 스킬.

그런데 학카리아스는 마법을 잘 사용하고 있었다. 실패 확률이 아예 없는 것 같은데, 그렇다면 최고급 마법 스킬이 아닌 전설 마법 스킬쯤 되어야 가능한 일!

그러나 효과가 없지는 않았다. 행운이 마이너스로 내려간다는 건, 스킬 실패 말고도 다른 페널티가 있다는 것!

-죽어라, 블랙 드래곤!

-우린 네가 싫다!

태현이 아키서스의 신성 영역을 펼쳐준 덕분에 악마들은 다시 한번 총공격을 시작했다. 아까까지는 비늘로 다 막아내던 학카리아스였지만, 아키서스의 신성 영역 안에서 저주까지 걸리자 그게 되지 않았다.

[학카리아스의 비늘 사이로 악마의 마력 담긴 투척 창이 꽂힙니다!]

[학카리아스의 콧구멍으로 악마의 지옥 화염이 들어갑니다!]

[아키서스의 신성 영역이 추가 효과를 부여합니다. 학카리아스의 시야 앞에 혼동의 안개가 펼쳐집니다!]

[아키서스의 신성 영역이……]

[아키서스의 저주가……]

한 대만 맞아도 신성 영역과 저주가 끈질기게 보너스를 적립해 줬다. 어디 가서도 볼 수 없는 친절한 서비스!

생전 처음 겪어보는 이런 끈덕진 공격에 학카리아스가 외쳤다.

-빌어먹을 아키서스 놈! 신들과 악마들이 왜 다 널 죽이려고 했는지 알겠다!

"말이 너무 심하잖아!"

저런 말에 상처받지는 않았지만, 아키서스가 했던 일들을 들으면 나름 억울한 태현이었다.

적어도 그건 내가 한 짓이 아닌데!

그러자 옆에서 날아가던 악마들이 태현을 위로했다.

-난 그렇게 생각하지 않는다, 아키서스의 화신!

-맞아! 우린 널 좋아한다! 넌 정말 악마 같은 놈이다!

-에슬라 님도 널 칭찬하셨다. 악마로 태어났어야 할 놈이라고!

-네가 죽으면 마계에 네 자리를 하나 만들어놓겠다.

[에슬라의 군세 내 당신의 평판이 오릅니다.]

[에슬라가 지배하는 마계의 층에서 당신의 평판이 오릅니다.]

〈악마 쪽도 나름 장점이 있다-에슬라 악마 퀘스트〉

에슬라가 지배하는 마계의 층은 당신을 매우……

소속 퀘스트까지 뜰 정도!

그사이 아키서스의 신성 영역이 풀렸다. 학카리아스는 일 갈했다.

-아키서스 놈 신성 영역은 대체 왜 악마한테도 도움을 주는

거냐!

듣고 보니 그러네?

태현도 동의했지만, 지금은 그게 중요하지 않았다.

-용용아. 피해라!

태현은 용용이를 하늘 높이 날려 보낸 후 자신은 학카리아스 등 위에 착지했다.

[학카리아스가 미친 듯이 날뜁니다!]

[불안정한 발판에서 떨어지지 않고 버티는 데 성공합니다! 민첩이 ……]

미친 듯이 요동치는 학카리아스! 그 위에서 버티고 있는 것만으로도 엄청난 일이었다. 태현은 온 신경을 기울여 균형을 잡았다.

-치명타 폭발!!

-크아아아아악! 아키서스 개자식! <피할 수 없는 화염이여 태워라>!

화르륵!

학카리아스는 저주의 화염을 내뿜었다. 아키서스의 행운은 이미 알고 있었다. 어지간한 공격은 제대로 들어가지도 않는다는 것도.

학카리아스는 블랙 드래곤답게 교묘하고 음흉한 성격이기

에 아키서스의 약점도 잘 알고 있었던 것이다.

그래서 선택한 것이 바로 가장 강력한 언령 저주 스킬!

태현도 반응하지 못할 정도로 엄청나게 빠르고, 강력한 저주 스킬이었다.

'젠장, 못 버티면 부활…….'

[<화염 재생> 스킬이 화염을 흡수하고 HP를 회복시킵니다.]

사디크의 권능, <화염 재생>!

학카리아스는 이를 갈았다. 저놈이 아키서스의 화신뿐만이 아니라 사디크의 힘도 갖고 있다는 걸 잊고 있었다.

-이…… 이…… 흑흑이 이 노오옴!

-그게 왜 제 잘못입니까?!

멀리서 공격하던 흑흑이가 자기도 모르게 변명했다.

사디크 권능은 흑흑이가 준 것도 아닌데!

-아키서스 개자식아! 너는 명예도 없느냐! 정정당당하게 싸워라!

블랙 드래곤은 태현만큼이나 뻔뻔하고 얼굴 가죽이 두꺼웠다. 자기 불리하면 억지 정도는 바로 부릴 수 있는 존재!

물론 태현도 만만치 않았다.

"어? 응. 정정당당하게 싸울게."

-사디크의 화염! 사디크의 화염 룬!

말과 행동이 정반대!

[학카리아스를 매우 분노하게 만듭니다!]
[화술 스킬이 오릅니다!]

화르륵!
학카리아스 등 위를 내달리며 닥치는 대로 불을 지르고 화염 룬을 새기는 태현! 거기서 멈추지 않았다.
"야! 왜 포격 안 하냐!"
"그, 그래도 됩니까?"
"쏴!"
태현이 붙어 있어서 멈추고 있던 아키서스 포병대는 바로 발사했다.

쏘라면 쏴야지!
태현을 떨쳐내려던 학카리아스는 몸을 뒤흔드는 진동에 괴로워했다.
-크아아…… 〈얼어붙는 한기의 저주〉, 〈뼛속부터 얼리는……〉.
학카리아스는 닥치는 대로 저주를 사용했다. 방금 화염 저주를 걸었다가 사디크 권능 때문에 피를 봐서 그런지, 학카리아스는 빙결 저주 위주로 걸었다.
태현을 어떻게든 움직이지 못하게 만들 생각! 그러나 이미 한 번 당한 태현은 학카리아스가 언제 저주를 거나만 기다리고 있었다.

-저주 이동!

[걸린 저주가 랜덤으로 다른 상대에게 이동합니다!]
[학카리아스에게 저주가……]

지금 저주로 행운이 엄청나게 낮아진 학카리아스가 받는 것도 이상하지 않았다.

촤르륵-

학카리아스 자신이 건 저주에 꼬리와 발톱이 얼기 시작했다. 태현은 그걸 보며 혀를 내둘렀다.

"뭐 얼마나 세게 건 거야?"

-이런 잔 수작으로 내 저주를 막을 수 있을 것 같으냐!

학카리아스는 바로 자기 저주를 풀고 다시 걸려고 했다.

상대하면 상대할수록 드래곤의 사기성만 강하게 느껴졌다.

육체적으로도 엄청나게 강한데, 마법적으로는 더 강했다.

접근하는 악마들을 광역기로 쓸어버리면서 자기 저주를 풀고 동시에 태현에게 저주를 걸다니. 심지어 아키서스의 저주에 걸린 상태에서!

"……그래. 어디 한번 갈 데까지 가보자!"

푹찍!

태현은 다시 한번 학카리아스를 찔렀다.

이번에는 대만불강검이 아니었다. 조금 더 깨어난 카르바노그의 무딘 창!

-카르바노그의 진심 저주 사용!

[창의 힘을 모두 사용해 상대를 1분간 토끼로 만듭니다.]
[카르바노그가 뛸 듯이 기뻐합니다!]
[믿을 수 없는 위대한 업적으로 <조금 더 깨어난 카르바노그의 무딘 창>이 더 깨어납니다. <조금 더 깨어난 카르바노그의 무딘 창>이 <많이 깨어난 카르바노그의 창>으로 바뀝니다.]

많이 깨어난 카르바노그의 무딘 창:
내구력 ∞/∞, 공격력 1.
스킬 '카르바노그의 발목 공격' 사용 가능. 스킬 '카르바노그의 진심 저주' 사용 가능. 스킬 '카르바노그의 혼동' 사용 가능. 카르바노그의 인정을 받아야 착용 가능.
카르바노그의 성물 중 하나인 카르바노그의 창이다. 많이 깨어난 덕분에 무뎌진 날이 고쳐지고 놀라운 위력을 발휘한다. 카르바노그의 인정을 받은 자만이 이 창을 다룰 수 있을 것이다. 카르바노그가 인정할 만한 위업을 해냈기에 창의 힘은 조금 더 늘어났다.
아이템 등급: 전설.

와! 공격력 0에서 공격력 1로 엄청 늘어났어!

[카르바노그가 민망해합니다.]

……는 당연히 아무런 의미가 없었고, 새로 추가된 〈카르바노그의 혼동〉이 의미가 있었다.

〈카르바노그의 혼동〉
창에 찔린 상대의 균형감각을 뒤집습니다. 상하좌우가 바뀐 상대방은 혼란스러워할 것입니다.

'젠장. 뭐 이런 스킬이.'

[카르바노그가 나름 좋은 스킬이라고 항의합니다!]

나쁜 스킬은 아니었다. PVP나 지능 낮은 몬스터 상대로는 확실히 좋았다. 그렇지만 학카리아스 같은 지능 높은 드래곤 상대로는 저런 식의 스킬이 거의 의미가 없었다.

1초 만에 바로 적응하겠지!

'그래. 나중에 쓴다고 생각하자!'

태현은 바로 학카리아스에게 시선을 돌렸다. 학카리아스가 있던 자리에는 검고 커다란 토끼가 하나 있었다.

거의 드래곤만 한 토끼!

"귀…… 귀엽다?"

케인은 그걸 보고 무심코 중얼거렸다. 살벌한 분위기와 전혀 어울리지 않는 귀여움!

-뀨뀨뀨!

토끼가 살벌하게 외쳤다. 태현은 카르바노그가 해석해 주지 않아도 그 뜻을 알 수 있었다.

"음. 무슨 소리를 하는지 잘 알겠군."

죽여 버리겠다는 게 너무 잘 느껴졌다.

쿵!

토끼가 앞발을 휘두르자 근처에 있던 바위가 박살 나고 언덕이 무너졌다. 드래곤의 스탯은 어디 가지 않는 법!

그러나 1분간 마법이 막힌 것만으로도 자리에 있던 모두에게 숨통이 트였다.

"가자! 지금이 기회다! 최대한 HP를 많이 깎아라!"

-와아아아아!

악마들은 기세가 미친 듯이 올라서 덤벼들었다.

-토끼 모습이 아주 잘 어울리는구나!

-평생 토끼로 살아라!

퍼퍼퍼퍼퍼퍽!

악마들은 사방에서 달려들어 두들겨 패기 시작했다. 학카리아스는 앞발을 귀엽게 휘둘러 저항했지만 마법이 없으면 역시 한계가 있었다.

"너희들 뭐 하냐! 왜 안 쏴!"

"어…… 아, 아군 있지 않습니까?"

"내가 나 있을 때도 쏘라고 하지 않았니? 쏴!"

[아키서스 포병대의 기계공학 스킬이 오릅니다!]
[아키서스 포병대의 공포 스탯이 더욱 높아집니다!]
[기계공학 스킬이……]

태현한테 점점 물들어가는 아키서스 포병대!

쾅! 쾅! 콰앙!

학카리아스의 몸통을 때리면서 악마들도 같이 폭발에 휩쓸렸지만, 악마들은 신경 쓰지 않았다.

-그것도 못 피하다니!

-형편없어! 형편없어!

"크…… 영지로 돌아가면 악마들한테 저걸 본받으라고 해야겠다."

에슬라의 군세는 태현에게 깊은 감명을 주었다.

악마라면 저래야지! 자기 목숨 아끼면서 빌빌대는 게 무슨 악마란 말인가!

펑!

신나게 두들겨 패던 사이 학카리아스가 원래 모습으로 돌아왔다.

'잠깐. 그러고 보니 아이템은 안 흘렸나?'

태현은 주변을 훑어보았다. 학카리아스는 딱히 아이템을 흘리지 않은 것 같았다.

깊은 실망!

'후. 학카리아스 놈 뭐라도 좀 장비하고 다닐 것이지……'

자기 몸만 믿고 맨몸으로 다니다니!

죽어도 싸다!

돌아오자마자 학카리아스는 저주부터 걸고 시작했다.

-학카리아스의 권능 봉쇄!

[한동안 <많이 깨어난 카르바노그의 무딘 창>을 사용할 수 없습니다!]

다른 수많은 권능을 내버려 두고 카르바노그의 권능을 봉쇄하다니. 냉정하게 생각하면 좀 웃긴 일이었지만 방금 당한 학카리아스한테는 절실한 일이었다.

'어차피 쿨타임 때문에 바로 못 쓰는데. 싸게 먹혔군.'

-아키서스 화신…… 이 미친놈이…… 카르바노그의 권능까지?! 대체 뭐 하는 놈이냐!?

그러나 학카리아스는 몰랐다. 태현이 파이토스, 데메르, 살라비안, 시이바의 권능까지 갖고 있다는 것을!

"지금 HP가 얼마나 깎였지?"

"68% 남았어요!"

"윽……"

거의 흠집도 나지 않던 학카리아스의 피를 저만큼이나 깎

왔단 건 분명 성과였다. 그렇지만 학카리아스 상대로 똑같은 수법은 여러 번 통하지 않았다.

아까처럼 창을 찌르려고 하면 학카리아스가 바로 반응할 것이다.

'저 무식한 방어력의 비늘을 뚫고 대미지를 넣을 다른 방법이 필요한데……'

〈신의 예지〉가 말해주는 목 밑의 약점이 아른거렸지만, 태현은 그 약점은 포기했다. 아까부터 학카리아스가 그 주변으로만 가도 바로 비늘과 방어 마법을 떡칠하면서 반격을 가해왔던 것이다.

자기한테 하나밖에 없는 약점을 방심하다 찔려서 쓰러지는 드래곤은 옛날이야기에나 나오는 드래곤!

요즘 드래곤들은 훨씬 더 철저했다.

주변이 1초마다 뒤집히고 불타오르는 상황이었지만 태현은 냉정했다.

'저 약점은 사실상 불가능한 미끼라고 봐야 한다. 포기하고 다른 곳을 노려야 해.'

그렇다면 어디를?

태현은 문득 학카리아스가 벌린 입이 참 커다랗다고 생각했다.

'좋아!'

자기 발로 드래곤 뱃속으로 들어간다!

남들이 보면 미친 생각이라고 했겠지만 태현은 나름대로 계산이 있었다. 아직 안 쓴 권능 스킬들과, 빠르게 쿨타임이 돌아오고 있는 권능 스킬들. 이것들을 조합한다면 드래곤 뱃속에서 무슨 일이 일어난다 하더라도 목숨 하나는 부지할 자신이 있었다.

[카르바노그가 말립니다. 그냥 <신의 예지>가 알려준 약점을 뚫어보자고 합니다.]

'아니야. 상대도 바보가 아니라서 무리다. 아까부터 계속 확실하게 방어하고 있어.'

보통 플레이어라면 가장 취약한 약점이 있을 경우 거기에만 집착했을 것이다. 그러나 태현은 깔끔하게 포기했다.

약점도 거기에 대미지를 넣을 수 있어야 약점!

-용용아!

-주인이여!

위에서 날며 공격하던 용용이가 태현의 부름에 쏜살같이 날아왔다. 태현은 재빨리 용용이 위에 타며 외쳤다.

-앞으로!

-어? 주인이여. 학카리아스가 물 수도 있다.

하필이면 왜 학카리아스 머리 근처로?

-날 믿어라!

-알겠다!

용용이는 태현을 믿었다. 괜히 골드 드래곤이 아니었다.

쉬이익!

학카리아스는 바로 경계의 눈빛을 보냈다. 어느 몬스터나 머리는 약점. 당연히 경계할 수밖에 없었다.

-취약의 저주, 시간 둔화의 저주, 해체 불가능의……

순식간에 수십 개가 넘는 마법들이 목 근처를 감싸기 시작
했다. 원래도 강력한 마법 결계가 쳐져 보호하고 있었는데, 저
렇게 마법으로 떡칠이 되자 접근 자체가 불가능해졌다.

-주인이여! 무리다!

-목이 아니야! 위로 올라가!

태현은 학카리아스와 눈을 마주하고 섰다. 목이 아니라 입
앞으로 온 태현의 모습에 학카리아스는 살짝 당황했다.

-브레스를 먹여주…….

-주인이여!?

탓!

태현은 용용이를 박차고 뛰어올랐다. 목만 집중적으로 방
어하고 있던 학카리아스는 태현의 움직임에 기겁했다.

저놈이 지금 어디로 착지하는 거야?

-블랙 드래곤 브레스!

촤아아아아아아아아악!

[블랙 드래곤 브레스를 직격으로 맞았습니다!]
[회피에……]

[브레스의 독기로 인해 장비의 내구도가 빠르게 하락합니다!]
[행운 스탯으로 인해 장비의 내구도가 일정 이상으로 하락하지 않습니다!]

태현이 학카리아스의 혓바닥 위에 착지하는 순간, 학카리아스의 목구멍 안에서 브레스가 솟구쳐 나왔다. 이를 악물고 대만불강검을 학카리아스 입천장 안에 박았다.

푹!

[치명타가 터졌습니다!]
[학카리아스가 고통에 발광합니다!!]
[마법 <학카리아스의 산성비>가 취소됩니다!]
[마법 <학카리아스의 대지 골렘>이 취소됩…….]
[마법 <학카…….]

이제까지 단단한 비늘 위로 공격을 맞아대던 학카리아스도, 입천장 안에서 찔러대자 괴로워서 날뛰었다. 어마어마한 HP를 생각해 보면 태현의 폭딜도 초라한 수준이었지만…….

이런 고통은 처음 겪어보는 것!

덕분에 주변을 휩쓸던 학카리아스의 마법이 취소되기 시작했다. 산성비에 쓸려 나가고 각종 원소 마법에 쓸려 나가던 악마들은 그 모습에 반색했다.

-죽여라! 죽여!

-지금이다!

학카리아스는 비명을 지르며 외쳤다.

-이런 미친 인간 놈! 어디로 들어가는 거냐!

"고맙게 생각해라, 학카리아스! 입이 막혔다면 뒷구멍으로 들어갈 생각이었거든!"

[카르바노그가 제발 좀……]

여유있게 대답했지만 사실 태현의 상황도 아슬아슬했다.

앞이 보이질 않았다. 마치 거대한 모래폭풍에 휩쓸린 것 같은 시야! 아직도 주변을 브레스가 휩쓸고 있었던 것이다. 태현은 이를 악물고 〈신의 예지〉를 사용했다.

입안으로 들어오자 〈신의 예지〉는 지금 상황에 맞게 새로운 길을 보여줬다.

'저기다!'

태현은 대만불강검의 칼날 폭파를 사용했다. 다시 한번 학카리아스가 발광하고, 태현은 그 틈을 타 브레스를 헤치고 학카리아스의 목구멍으로 뛰어들었다.

'역시 목구멍이 맞았어!'

[칭호: 드래곤 브레스를 맞고도 살아난 자를 얻었습니다.]
[체력이 크게 오릅니다!]
[민첩이 크게 오릅니다!]

[……]

[레벨 업 하셨습니다!]

아직 잡지도 못했고, 치열하게 싸우고만 있었는데도 레벨이 올랐다. 드래곤이 어느 정도 상대인지 짐작할 수 있었다.

-아키서스! 아키서스으으으!

학카리아스는 절규했다. 왜 드래곤들이 아키서스와 상종하지 말라는지 몸으로 직접 겪는 중!

설마 입으로 들어가 몸 안으로 들어올 줄이야!

이제 싸움은 다음 단계로 넘어갔다.

드래곤 레이드가 워낙 화려해서 주변의 시선을 전부 끌어오고 있었지만, 그 뒤의 평원에서도 못지않게 치열한 싸움이 벌어지고 있었다.

길드 동맹 vs 오크 대공세!

원래라면 몇 주 동안 이거 관련 영상만 나와도 이상하지 않을 커다란 이벤트였다.

"내가 나선다! 비켜!"

"와아아아아!"

태현이 아키서스의 축복을 걸어주고 가버린 덕분에 오크들은 순식간에 진지 앞까지 다가와 난전을 벌이기 시작했다.

아무리 레벨이 낮아도, 계속해서 맞고 맞고 맞다 보면 피해가 쌓이게 마련. 하나둘씩 로그아웃되고 쓰러지는 사람들이 나오자 결국 랭커들이 앞으로 나왔다.

-고대 무술 권법!
-몰아치는 얼음의 파도!
-섬광의 연쇄!

랭커들은 과연 대단했다. 한번 나서서 스킬을 사용하기 시작하자 주변에 있던 오크들이 수십씩 날아가며 공간이 만들어졌다. 이대로라면 기껏 진지 앞에 붙어서 원거리 공격을 막은 게 소용없게 된다!

"가자! 저놈들을 막아야 한다!"

아저씨들은 용감하게 외치며 달려들었다.

컨트롤로는 밀리더라도 장비로는 밀리지 않아!

"뭐 이런…… 죽어라!"

랭커, 린야오는 달려오는 아저씨 셋을 보고 바로 권법 스킬을 사용했다. 사방에 몰아치는 화려한 주먹의 그림자!

그러나 오크 아저씨들은 버텨냈다.

온갖 옵션이 덕지덕지 붙은 장비의 힘!

"시간만 끌어! 무리하지 말고!"

"알고 있다! 어이쿠! 이놈 살벌한 거 봐! 야, 이놈아! 넌 부모도 없나!"

"내가 집에 가면 너만 한 자식이 있어 이 자식아!"

린야오는 정신이 혼미해지는 걸 느꼈다.

이 인간들은 뭐지?

"됐다!!"

-취이이이익!

랭커들이 아저씨들에게 발목이 묶인 사이, 가장 앞에 위치한 진형 하나가 무너졌다. 거인들과 사디크의 마수가 집중적으로 덤빈 덕분에 진지가 완전히 박살 나고 그 사이로 오크들이 미친 듯이 쏟아져 들어온 것이다.

거기 안에 있던 길드원들과 NPC들은 그대로 포위당했다. 나름 버텼는데도 결국 대부분이 빠져나오지 못하고 로그아웃!

"크으윽!"

"큭!"

"우리도…… 늙은 건가!"

그러나 진형 하나를 무너뜨린 대가는 컸다. 랭커 상대로 시간을 끌던 아저씨들도 하나둘씩 쓰러진 것이다.

아무리 장비가 좋아도 따라갈 수 없는 레벨과 실력!

시간을 끈 것만 해도 대단한 일이었다.

"죽어, 이 아저씨들아!"

린야오는 외치며 달려들었다. 그 순간 케인이 외쳤다.

-노예의 쇠사슬!

"으헉?!"

린야오가 그대로 끌려갔다. 린야오는 케인을 보고 경악했다.

"너…… 너 이 자식!"

"케인!"

"케인! 케인! 케인! 케인!"

최강지존무쌍 길드원들은 케인을 보고 환호성을 질렀다.

여기도 랭커가 있다!

그 외침에 케인은 뭉클해졌다.

'크흑……!'

아까 아키서스 포병대를 지킬 때와는 딴판이었다.

-이거 지키는 거 의미가 있어? 학카리아스 소환수는 악마들이 오기 전에 다 썰어버리는데…….

-근데 가면 죽잖아요.

-맞습니다. 그냥 팝콘이나 가져요……아니, 그냥 경계나 하시죠.

-……나 저기 도우러 갈래!

케인은 울컥해서 외쳤다. 차라리 저기 뒤에서 벌어지고 있는 전투에 끼는 게 나을 것 같았다.

-선배가 지키라고 명령했잖습니까?

-내가 김태현이 하라고 하면 하는 사람인 줄 알아?!

-네.

-그렇죠?

-당연한 소리를?

……물론 내가 김태현이 하라면 하는 사람이긴 하지만 나한테도 자유 의지가 있어!

케인은 단호하게 말했다.

-그래서 김태현한테 귓속말로 허락을 받았지. 그러면 난 갔다 올게!

-저 사람 정말 쓸모가 있나요?

유지수가 의문을 표했다. 이다비와 정수혁이 변명해 줬다.

-그래도 활약할 때는…….

-맞습니다.

"케인! 케인! 케인! 케인!"

케인은 거만하게 손을 들고 환호성에 답해줬다.

이 맛에 유명해지는 건가!

환호성이 들릴 때마다 뿌듯했다.

그러나 딱 거기까지였다.

살벌한 목소리가 곳곳에서 튀어나온 것이다.

"저 새끼 잡아 오는 놈한테 영지 준다!"

"케인 목에 영지 걸려 있다! 죽여!"

케인은 기겁했다. 아니, 김태현이야 그런 현상금 거는 게 이해가 간다지만 왜 나까지?!

케인은 자신의 위치를 정확히 알지 못하고 있었다.

태현의 오른팔! 그 상징적인 의미는 길드 동맹이 이를 갈기 충분했다. 김태현을 잡기 무리라면 케인이라도 잡아서 길드 동맹의 체면을 세우고 말겠다!

"잡아라! 영지다!"

"우와아아아아아아!"

"미친!"

케인은 비명과 함께 뒤로 물러섰다. 오크들이 사방에서 덤비고 있는데도 아랑곳하지 않고 케인 척살 파티가 조직되어 덤벼오기 시작했다.

케인은 태현처럼 다가오는 놈들을 다 쓸어버릴 수 있는 사람이 아니었다. 공격을 손쉽게 씹어버릴 수 있는 것도 아니고!

"케인을 보호해라!"

"취이익! 케인 전사를 보호해라!"

"케인! 잘했다! 놈들이 스스로 진형을 무너뜨렸다!"

아저씨들이 감탄했다.

보라!

태현보다 상대적으로 만만해 보이는 케인. 그 케인을 쫓아 수많은 길드원들이 진형 안에서 밖으로 나오고 있었던 것이다.

"멍청이들아! 그렇게 많이 나가면 어떡해!"

"돌아와!"

그러나 탐욕으로 눈이 먼 길드원들에게는 들리지 않았다.

케인은 확실히 잡을 수 있어!

"대단하다. 스스로를 미끼로 삼아 진형을 무너뜨리다니!"

"크으윽…… 케인 저놈! 저런 교활한 수를!"

양쪽에서 케인에게 감탄했다. 지금 진행되고 있는 방송에서도 마찬가지였다. 방송을 중계하는 플레이어들은 흥분된 목소리로 외쳤다.

-케인이 판 함정에 길드 동맹이 걸렸습니다! 길드 동맹이 스스로 진형을 무너뜨렸습니다! 오크들이 몰려듭니다!

빈틈을 틈타 두 번째, 세 번째 진지에 오크들이 달려들기 시작했다.

-플레어 샷! 태양의 강림!

쾅! 콰아앙! 콰콰콰쾅!

궁지에 몰린 길드원들은 팀킬을 각오하고 광역기를 사용했다. 아까 오크들을 내버려 뒀다가 함락당한 첫 번째 진지가 기억에 선명했던 것!

"미친?! 뭐 하는 거야!"

"광역기 쓰지 마라! 멍청한 자식들아!"

랭커들이 당황한 목소리로 외쳤다. 오크들이 붙는다고 해도 그들이 가면 정리할 수 있었다.

저렇게 광역기를 난사하는 건 제 살 깎아 먹는 짓!

-취이이익!

-칙! 칙!

오크들은 더 흥분해서 돌격했다. 몸으로 구덩이를 메꾸고 닥치는 대로 화살을 쏘아 올렸다. 눈먼 조잡한 화살이지만 수백 개가 넘게 날아오니 보통 위협적인 게 아니었다.

쿵-

"뚫렸다!!"

"막아! 내가 간다!"

상황이 이렇게 되자 이기적이었던 랭커들도 적극적으로 움직였다. 이대로 두다가는 정말 큰일이 날 것 같았던 것이다. 빠르게 달려와 닥치는 대로 오크들을 쓸어버리는 것으로 급한 불을 끄는 랭커들!

언덕 위까지 올라와 미친 듯이 몰아붙이던 오크들이 썰려 나가며 다시 공간이 생겨났다. 그러자 다시 마법과 화살이 쏟아지며 오크들을 무자비하게 쓸어내기 시작했다.

김태산과 아저씨들은 다 된 밥에 재를 뿌리는 랭커들에게 이를 갈았지만 대응할 방법이 없었다.

'조금만 더…… 조금만 더……!'

캬아아아아악!

그 순간 길드 동맹 뒤편에서 소란이 일어났다.

"체세도!"

김태산과 손을 잡은 리치 체세도! 이제까지 꾹 참고 숨겨놓았던 체세도가 드디어 활약하기 시작한 것이다.

네크로맨서의 장점은 무에서 유를 순식간에 만들어낼 수 있다는 것! 고렙 네크로맨서는 혼자 다니다가도 수틀리면 순식간에 군대를 불러낼 수 있었다. 그게 리치라면 더 할 말이 없었다.

체세도는 길드 동맹이 치열하게 싸우는 와중 뒤편에서 닥치는 대로 언데드를 소환한 다음 돌격했다.

앞뒤로 싸 먹는 공격!

-산 자에게 죽음을! 산 자에게 죽음을!

강화된 스켈레톤 궁수들이 뼈 화살을 미친 듯이 쏘아 날리고, 스켈레톤 기마병들이 언덕 위를 기어올라 진지 벽에 박아댔다. 대부분은 일격에 박살 났지만 체세도가 노린 건 다른 것이었다.

-언데드 폭발!

콰콰콰쾅!

보낸 언데드들을 폭발시켜 버린 체세도!

-김태헌 백작한테서 배웠지! 크하하하!

어디서 못된 것만 배워온 체세도!

언데드 부하들을 가차 없이 보내서 폭발시키자 진지에 구멍이 숭숭 뚫렸다.

-돌격! 돌격! 죽음을 맞이해라! 어둠의 손아귀! 에너지 흡수! 음에너지 화살 발사!

체세도는 진지에 같이 뛰어들어 닥치는 대로 마법을 난사했다. 리치의 공격에 길드원들과 병사들이 비명을 지르며 나뒹굴었다.

뒤에 일어나는 커다란 혼란!

그걸 본 김태산은 주먹을 불끈 쥐며 외쳤다.

"지금이다! 받은 공성 병기 전부 꺼내!"

태현과 태현의 영지에 있는 대장장이들한테 받아낸 공성 병기들! 아까 꺼냈다면 랭커들이나 마법사, 궁수들한테 저격당해 바로 부서질 것 같아 꺼내지 못했었다.

그러나 지금처럼 혼란스러울 때라면!

"거인들 왼쪽으로! 사디크의 마수들은 오른쪽으로! 오크 최정예 전사들 앞으로! 총공격에 나선다!"

김태산이 기르고 기른 최정예 전력들! 핵심 길드원들과 플레이어들, 최정예 전사들을 총동원한 밀어붙이기!

김태산도 승부수를 건 셈이었다.

슈우웅- 쾅! 콰아앙!

공성 병기에서 바윗덩이와 폭탄이 날아가며 상황을 뒤흔들었다. 원거리 공격은 비교적 안심하고 있던 길드 동맹 측은 기겁할 만한 습격!

그러나 길드 동맹도 이번에는 정말 정예들이 모였다는 걸

증명하듯이 발 빠르게 움직였다.

"감히 이런 짓거리를……!"

길드 동맹은 이를 갈며 성기사, 사제 랭커들을 재빨리 뒤로 보냈다.

"성기사 사제 랭커들은 전부 뒤로! 나머지는 앞으로!"

-랭커들의 숫자는 압도적이다. 나눠도 된다!

"돌격! 돌격! 놈들이 아예 올라오지 못하게 기세를 꺾어버려라! 놈들 숫자가 아무리 많아도 고렙 이상은 적다!"

리치를 카운터칠 수 있는 성기사, 사제 직업들은 다 뒤로 보내고 남은 랭커들만으로 김태산의 공격을 막아내기로 한 것이다. 과감한 전략이었지만 효과적이었다.

"너희들이 김태현인 줄 아나! 덤벼!"

"우리가 김태현이 무섭지 너희들이 무서운 줄 아나!"

길드 동맹 랭커들은 이를 갈며 앞으로 덤벼들었다.

평소에 태현한테 당하고, 태현하고 비교당하고…….

쌓일 대로 쌓인 한!

"공성 병기부터 조져! 공성 병기부터 조져!"

"뚫고 들어간다!"

"막아!!"

김태산 쪽에서도 승부수를 던진 이상 물러설 수 없었다.

반드시 랭커들을 막고 언덕 위를 뚫어야 한다!

'생각보다 훨씬 강하다……! 길드 동맹을 우습게 본 건 나였나!'

뒤에서 체세도가 일으킨 소란도 점점 잦아드는 것 같자, 김태산은 가슴이 덜컥 내려앉았다. 태현한테 맨날 다양하고 창의적인 방식으로 두들겨 맞아서 그렇지, 길드 동맹은 보통 강한 게 아니었다.

판온 내 최대 길드라는 타이틀을 그냥 딴 게 아닌 것!

이렇게 정예들을 모아서 정면 승부를 하니 그 힘 차이가 여실히 드러났다. 김태산 쪽도 나름 선전했지만 이대로 가면…….

"이……."

"이?"

"이세연이다!!"

최상위권 랭커는 나타나는 것만으로도 전장의 분위기를 바꿨다. 태현이 그랬듯이, 이세연도 마찬가지였다.

허공에 나타난 본 드래곤! 그리고 그 위에 타고 있는 이세연!

그걸 본 서로가 직감했다. 이 싸움은 길드 동맹이 패배할 가능성이 커졌다고!

푹! 푸푹! 푹!

"와! 찌를 곳이 너무 많네!"

[카르바노그도 동의합니다!]

-크악! 크악! 그만둬라! 개자식아!

태현은 학카리아스의 목구멍을 타고 내려가며 칼춤을 휘두르기 시작했다.

[검술 스킬이 크게 오릅니다!]
[드래곤에게 연속 공격을 성공했습니다! 검술 스킬이 더 크게 오릅니다!]
[아키서스 검법의 새로운 스킬이 열렸습니다!]
[<아키서스의 세 번째 공격> 스킬을 얻었습니다!]

<아키서스의 세 번째 공격>
행운 스탯을 소모해 강력한 일격을 날립니다. 적중시킨 부위는 새로운 약점이 됩니다.

새로 얻은 스킬은 바로 써줘야 제 맛!
태현은 가차 없이 사용했다.
푸우우욱!

[학카리아스에게 새로운 약점이 생깁니다!]

'지금 검술 스킬이 몇이야?'
일단 안에 성공적으로 들어오자 약간 여유가 생겼다.
이럴 때일수록 냉정하고 침착하게 계산기를 굴려야 했다.
올릴 수 있는 스킬은 전부 올려야지!

고급 검술 8(85%).

평소랑은 다르게 어마어마한 속도로 오르는 스킬!

드래곤은 스킬 성장을 하기 가장 좋은 상대였다.

'영지에 드래곤 모양의 허수아비를 설치해야겠군!'

태현은 감탄하며 검을 계속 휘둘렀다.

검술 스킬 최고급 찍고 만다!

물론 그럴 때마다 학카리아스는 비명을 질러댔다.

-크아악! 끄아아악!

학카리아스도 가만히 있지 않았다. 이런저런 대응을 했다.

[맹독성 산이 학카리아스의 몸 안을 가득 채웁니다!]

"저주 아니지? 저주 아니면 괜찮아. 버틸 수 있다!"

태현은 버텼다. 학카리아스는 태현이 안으로 들어오자 새삼 아키서스의 화신이 상대하기 얼마나 까다로운 상대인지 느꼈다. 어지간한 일반 공격은 행운으로 인해 잘 통하지도 않고, 그나마 먹히는 게 저주 계열이었는데…….

그중 가장 대미지가 강력한 화염 계열 저주는 또 사디크 권능으로 막혔다. 그렇다고 다른 저주를 또 잘 맞아주는 건 아니었다.

-움직일 수 없는 석화의 저주!

"흥! 〈살라비안의 안개화〉!"

-이 개자식은 대체 권능을 몇 개나 갖고 있는 거냐?!

노리고 쏜 석화 저주도 안개로 변신해서 피해 버리는 태현에게, 학카리아스는 질릴 대로 질려 버렸다. 각종 저주를 쏘아내도 피하고, 막아내고, 권능으로 버티고, 심지어 언령 마법까지 사용했다.

'이 개자식한테 언령 마법을 가르친 놈 누구냐?!'

범인은 고대 해룡 오케노아스!

그러나 학카리아스가 알 방법이 없었다. 학카리아스는 결국 입을 열었다.

-아키서스의 화신…… 아키서스의 화신! 타협하자!

[!!]

카르바노그가 깜짝 놀라는 것도 당연했다. 그 자존심 높은 드래곤이 먼저 고개를 숙이고 들어올 줄이야!

[화술 스킬이 크게 오릅니다!]

[명성이 크게 오릅니다!]

[칭호: 드래곤을 굴복시킨 자를 얻습니다!]

검술, 마법, 화술 등등 각종 스킬들이 오르고 명성까지 올랐다. 태현은 흐뭇했다. 정말 아낌없이 퍼주는구나!

"그래! 타협하자!"

[카르바노그가 교활한 블랙 드래곤을 섣불리 믿지 말라고 경고……]

푹푹푹!

말과 행동이 정반대!

카르바노그가 경고해 줄 필요도 없었다. 태현은 애초에 학카리아스와 타협할 생각이 없었던 것이다.

학카리아스는 지금 무조건 잡아야 했다. 에슬라의 군세는 시간이 지나면 사라질 거고, 태현의 각종 권능 스킬들은 학카리아스가 다 알게 된 상태였다.

그런 상황에서 다시 싸우면?

게다가 태현은 잃을 게 너무 많았다. 학카리아스가 아탈리 왕국으로 날아와서 브레스만 갈겨줘도…….

'길드 동맹이 신나서 학카리아스 동상을 세우겠지!'

-개자식아! 내 말이 안 들리는 것이냐!

"어! 어! 듣고 있어! 그래! 이야기해 봐!"

푹! 푹!

-크아아아악!

학카리아스는 데굴데굴 굴렀다. 그걸 본 악마들은 신이 나서 더욱더 공격을 퍼부었다.

-놈이 약해지고 있다!

-역시 아키서스의 화신은 대단한 놈이다! 드래곤의 뱃속으로 들어가서 공격하다니!

-아키서스의 화신! 아키서스의 화신!

-너는 악마 대공의 자격이 있는 놈이다!

악마들의 환호성과 함께 공격이 쏟아졌다.

놀랍게도 이 와중에도 학카리아스는 크게 대미지를 받지 않고 있었다. 악마들의 공격은 대부분 비늘에 막혔던 것이다.

지금 학카리아스를 몸부림치게 만드는 건 안에서 찌르는 태현의 공격!

-아키서스의 화신……! 내 말을 들어라! 네놈의 공격은 날 죽이지 못한다! 타협하는 게 좋을 것이다!

학카리아스는 고통을 참으며 태현을 협박했다. 실제로 태현이 지금 미친 듯이 검을 휘두르고 있는데도 학카리아스의 HP는 여전히 50%대였다.

-지금 내 상처는 얼마든지 회복할 수 있다!

[최고급 화술 스킬을 갖고 있습니다. 학카리아스의 말이 거짓이라는 걸 알아차립니다.]

'휴. 다행이다.'

학카리아스가 HP를 회복하면 어쩌나 걱정했었는데, 아무리 학카리아스라도 이만한 공격을 바로 회복할 수는 없는 모양이었다. 자기도 모르는 사이에 태현에게 정보를 제공하고 있는 학카리아스였다.

-내 말을 들어라! 아키서스의 화신! 악마들도 계속 여기 있지는 못할 텐데!? 악마들이 돌아가고 나면 넌 여기 갇히는 거다!

-그러면 여기서 살지 뭐.

태현은 쿨하게 대답했다.

적응하면 여기도 나름 쾌적했다.

스킬 레벨은 엄청 올릴 수 있겠군!

학카리아스는 당황했다. 도대체 이 미친 자식은?

-원하는 게 뭐냐? 원하는 걸 말해라!

'네 목을 원한다!'고 말할 수는 없었기에 태현은 머리를 굴렸다.

어떻게 해야 학카리아스 놈을 속여서 약점을 노릴 수 있을까? 지금 보니 안에서 칼을 휘두르는 것만으로는 확실히 잡기 부족했다.

대미지의 한계!

판온 플레이어들 폭딜로는 태현을 따라올 수 있는 플레이어가 드물었는데도 이 정도라니. 새삼 드래곤이 얼마나 강한 몬스터인지 느껴졌다. 이걸 지금 수준에 잡겠다고 나섰으니…….

"이세연!"

길드 동맹 간부들은 이를 갈며 외쳤다.

"이세연! 지금이라도 물러서면 오늘 일은 잊어주겠다!!"

"아주 많이 절박한가 봐?"

이세연은 비웃으며 무시했다.

저런 말에 흔들릴 그녀가 아니었다. 애초에 길드 동맹은 너무 커져서 한번 꺾어야 했었다. 이렇게 기회가 찾아오다니 다행일 뿐!

간부 중 하나가 이세연의 말에 욕설을 내뱉었다.

"저, 저…… 누가 김태현 여자친구 아니랄까 봐 말 개같이 하는 거 봐!"

"……브레스 발사!"

-본 드래곤 브레스!

콰아아아앙!

방금까지 간부가 있던 자리가 싹 사라졌다.

"태현이랑 사귀었니?"

뒤에서 김태산이 당황해서 물었다.

뉴스가 정말이었나?

태현이는 부정했지만, 지금 생각해 보면…….

"아니거든요!?"

"아. 아니군."

이세연은 고개를 돌렸다. 아무리 생각해도 이 루머의 근원지는 저 길드 동맹 놈들이다!

"모두 쓸어버려!"

사제와 성기사들한테 두들겨 맞던 체세도였지만, 이세연까지 합류하자 더 이상 막을 수 있는 수준이 아니었다.

언데드의 폭포!

앞에서는 수많은 오크들이 새로 달려들고, 뒤에서는 몇십 겹으로 강화된 언데드들이 날뛰자 길드 동맹도 더 이상 버틸 수가 없었다.

"후퇴! 후퇴!"

결국 후퇴 선언이 나왔다. 길드 동맹 랭커들은 이를 악물고 길을 뚫기 시작했다.

물론 이세연은 그들을 그냥 두지 않았다.

"어디 가? 린야오! 도망치는 거 아니지? 너 지금 방송에 다 잡히고 있어! 도망치면 너 판온 접을 때까지 이 영상 나온다?"

도망치는 랭커들의 뒤통수로 쏟아지는 도발!

그리고 그 도발은 그냥 끝나지 않았다. 자존심 상한 랭커들이 멈칫이라도 하면 이세연은 바로 저주를 걸어 발을 묶었다.

"걸렸다! 잡아!"

순식간에 먹잇감에 달려드는 이세연의 길드원들!

그걸 본 다른 랭커들은 식겁했다.

이세연…… 역시 진짜 무섭다!

"튀어, 튀어!"

"눈 마주치지 마!"

완전히 기세가 꺾인 랭커들은 뒤도 돌아보지 않고 달려 나갔다.

승리! 값진 승리였다.

길드 동맹이 없는, 오스턴 왕국의 외곽 지역을 털어서 얻은 승리가 아니라 길드 동맹의 주력과 부딪혀서 얻은 승리!

길드 동맹의 랭커들을 다 잡지 못한 건 아쉬웠지만 승리는 승리였다.

'랭커를 잡는 건 처음부터 무리였지.'

랭커들은 기본적으로 자기 관리에 철저했다. 길드 동맹 소속이라고 달라지진 않았다. 상황이 유리할 때는 그래도 좀 나서서 싸웠지만, 상황이 이상하게 흘러가면 자기부터 발을 빼고 보는 것!

랭커들을 잡으려면 정말 궁지에 몰고 몰아야 했다. 그래야 도망을 안 가지! 아니면 태현처럼 도망치기도 전에 죽이든가…….

번쩍!

김태산은 팔을 들었다. 랭커들을 놓쳤어도 승리는 승리였다.

"우리가 이겼다!!"

[오스턴 왕가의 군대와 부딪혀 승리했습니다!!]

[명성이 크게 오릅니다!]

[전술 스킬이……]

[검술 스킬이……]

[우르크 지역에서 당신의 명성이 하늘 높이 치솟습니다! 모든

오크들이 당신을 선망합니다!]

　[<우르크 오크 대족장>으로 전직합니다!]

　파아아아앗!

　엄청난 보상과 함께 김태산은 전설 직업, <우르크 오크 대족장>으로 전직했다. 드래곤을 레이드하는 태현과 함께 이번 이벤트에서 가장 크게 주목을 받은 플레이어!

　부자가 같이 명성과 악명을 떨치고 있었다.

　-취익! 취익! 취익! 취익! 취익!

　-취이익! 취익!

　평원을 가득 채운 오크 함성! 수많은 오크 NPC들의 함성에 플레이어들은 그대로 압도되었다.

　보기만 해도 가슴 뛰는 장면!

　"김태산! 김태산! 김태산!"

　"김태산! 김태산! 김태산!"

　평소에는 나잇값 못하는 아저씨라고 생각했지만, 이렇게 보니 선녀 같…… 아니, 정말 멋있다!

　"김태산 님! 추격해도 됩니까?"

　"뭐?"

　김태산은 어이가 없었다. 추격을 한다고?

　'지금 이 상황을 보고 그런 소리가 나오나?'

　이기긴 했지만 김태산 쪽 피해도 막심했다. 전술로 이기고, 기습하고, 앞뒤에서 공격하면서 포위를 했는데도 데리고 온 오크들이 어마어마하게 쓸려 나간 것이다.

정말 이세연까지 합류하지 않았으면 위험할 뻔했다!

길드 동맹 놈들이 도망치고 있었지만, 아직 남은 전력이 꽤 있었다. 랭커들도 남아 있었고.

궁지에 몰린 쥐는 고양이를 문다고, 괜히 쫓다가는 피를 볼 수 있는 것!

-길마님. 쫓아도 돼요?
-안 돼. 위험해.

이세연도 그걸 알고 있는지 전장에 남은 NPC들과 플레이어들만 탈탈 털고, 더 이상 쫓아가진 않았다.

"안 돼."

"우-우-우!"

"자기가 뭔데!"

"??"

"길마님. 저거 우리 길드 놈들이 아니라 외부 놈들이에요."

"아……."

김태산 길드가 유리해지자, 구경하고 있다가 참가한 플레이어들! 지금 오스틴 왕국에는 산적질을 하러 온 플레이어들이 우글거렸으니(주로 태현의 홍보 때문에), 그런 플레이어들이 눈치 보다가 슬쩍 낀 건 이상한 일이 아니었다.

"그럼 마음대로 해라!"

김태산은 호탕하게 외쳤다.

뭐 내 길드원도 아닌데 쫓다 뒤지던가 말던가!

"역시 김태산! 김태산!"

"와아아!"

허락받은 플레이어들은 신나서 우르르 달려 나갔다.

"칙. 족장. 우리도 쫓고 싶다."

"안 돼, 이것들아."

김태산은 단칼에 잘랐다.

이기긴 했지만 피해를 보니 한숨이 나왔다.

'기껏 키운 놈들이 전부 다 쓸려 나갔으니……'

오크가 아무리 빨리 늘어난다고 해도 이렇게까지 쓸려 나가면 회복이 더뎠다. 솔직히 전설 직업 퀘스트가 아니라면 하지 않았을 싸움!

그래도 이겨서 다행이었다. 위험하고 피해가 커도, 일단 이기면 장땡! 이기면 어떻게든 수습이 됐다.

'전리품 챙기고 경험치 나눠서 정예 전사들 친위대로 올리고…… 외곽에 안 턴 곳 좀 더 털고 우르크로 빠져야겠군.'

김태산은 간단하게 앞으로의 계획을 세웠다.

이겼지만 욕심을 부리지 않는다! 욕심을 부리기엔 워낙 오크들이 많이 죽었던 것이다.

더 정면 대결을 하는 것보단, 길드 동맹이 이번 패배로 충격에 빠져 있는 사이 못 턴 곳을 몇 군데 더 털고 빠지는 게 나았다.

'남은 건 다른 놈들이 알아서 잘하겠지. 태현이라던가.'

그나저나 지금 평원 뒤에서는 드래곤 레이드가 벌어지고 있었는데, 어떻게 됐으려나?

-원하는 게 무엇이냐! 아키서스의 화신!

학카리아스와 태현은 대치하고 있었다. 자기 뱃속에 들어간 태현을 어떻게 할 방법이 없는 학카리아스!

학카리아스에게 대미지를 주기 힘든 태현!

'살아 움직이는 폭탄…… 밖에 없다.'

태현이 아무리 사기적인 행운 스탯과 회피율, 플레이어들 사이에서 손꼽히는 폭딜을 갖고 있다고 해도 한계는 있었다.

학카리아스와 태현은 기본적으로 레벨 차이가 너무 심했다. 이제까지 온갖 고렙 보스 몬스터를 잡아온 태현이었지만, 학카리아스는 그 수준을 훌쩍 뛰어넘은 보스 몬스터!

그런 학카리아스의 숨통을 끊을 방법은 하나밖에 없었다.

살아 움직이는 폭탄!

학카리아스 자체를 폭탄으로 바꿔 버리는 것이었다.

레벨 차이를 무시하는 비장의 스킬!

태현이 〈살아 움직이는 폭탄〉 스킬을 모르는 건 아니었다. 처음부터 그걸 생각하고 있긴 했다.

'문제가 너무 많아……!'

레벨 차이를 무시하는 강력한 스킬이었지만 아무렇게나 쓸 수가 없었다. 먼저 학카리아스가 얌전히 있어 줘야 했다.

수십 개의 마법 방어를 걸고 있는 학카리아스가 저런 스킬을 쓰는 동안 얌전히 있을까?

그리고 두 번째로 폭발이었다. 학카리아스를 폭발시키면?

드래곤 하트나 드래곤 비늘부터 시작해서 온갖 전리품을 날리는 것도 날리는 것이었지만…….

무엇보다 이 근처가 완전히 날아갈 것이다.

'솔직히 나도 어디까지 폭발할지 무섭다.'

태현도 두려운 학카리아스 폭탄!

이 근처에는 태현 파티도 있었던 것이다.

과연 버틸 수 있을까?

'아키서스의 축복 걸면…… 으. 폭발이 이십 초는 무조건 넘어갈 거 같은데…… 데메르의 시간 되돌리기까지 쓰면 어떻게든 되려나.'

태현은 이다비에게 귓속말을 보냈다. 혼자 결정하기는 어려웠던 것이다.

-이다비. 상황이 이런데…….

-터뜨리죠!

-……괜, 괜찮아?

-다른 방법이 있었으면 태현 님이 그걸 썼을 거 아니에요?

뭉클!

태현은 순간 감동했다. 케인한테 상담했으면 분명 '야! 싫어!' 이랬겠지!

-학카리아스 레이드 성공하면 사망 페널티 정도는 감안할 수 있을 거예요.
-하긴…….

얻는 경험치로 사망 페널티를 커버가 충분히 될 것이다.

-그리고 안 죽을 수도 있잖아요.
-그래…… 그런데 학카리아스한테 걸 방법이 문제인데. 어떻게든 잠깐 멈추게 해야 해.
-제가 〈녹인 황금의 저주〉 걸 수는 있는데…….

이다비의 가장 강력한 스킬 중 하나, 〈녹인 황금의 저주〉!
맞는 순간 일단 상대와 같이 발을 묶는 스킬이었다.
레벨과 상관없이 확실하게 먹힌다!

-학카리아스가 마법을 너무 많이 걸어서 저주를 쓸 수가 없어요.

저주 조준을 못 하게 하는 마법, 저주를 튕겨내는 마법, 저주를 약하게 만드는 마법, 저주를 상대한테 돌리는 마법…….
하여간 온갖 마법이란 마법은 다 떡칠하고 있는 학카리아스!

-그건 내가 풀어볼게. 걸 수 있겠어?

……해볼게요!

이다비가 잠시 멈칫한 데에는 이유가 있었다.

〈녹인 황금의 저주〉는 레벨 차이가 심한 상대한테 쓰면 그만큼 골드가 소모되는 것!

학카리아스한테 쓰면…… 파산할지도 몰랐다.

하지만 이다비는 결심했다. 파산, 아니, 마이너스 통장의 저주가 덮치더라도 걸겠어!

-좋다. 학카리아스. 지금 나갈 테니까 주변에 걸린 마법을 풀어라!

-뭐라고? 아키서스의 화신. 그걸 어떻게 믿으란 거냐?

학카리아스는 질색했다. 무슨 말도 안 되는 말을…….

-네가 날 못 믿는 것처럼 나도 널 못 믿는다. 내가 밖에 나가는 순간 마법으로 공격할지 어떻게 아나?

뜨끔!

학카리아스는 찔렸다.

사실 태현이 나오기만 하면 방어고 뭐고 다 포기하고 태현만 조지려고 하고 있었던 것이다.

-아키서스의 명예를 걸고 맹세한다! 너도 네 명예를 걸고 맹세해라. 내가 나가도 날 공격하지 않겠다고!

-……그래! 그렇게 하겠다. 내 명예를 걸고 맹세하마!

[최고급 화술 스킬을 갖고 있습니다.]
[학카리아스에게 명예는 아무런 의미가 없습니다!]
[학카리아스는 방금 약속을 지키지 않을 것입니다!]
[카르바노그가 속지 말라고 외칩니다! 블랙 드래곤은 양심 없는 쓰레기라고……]

'괜찮아. 나도 안 지킬 거거든.'

명예라고는 신경 안 쓰는, 자존심 강한 두 쓰ㄹ…… 아니, 천재들의 대결!

-마법을 풀어라! 학카리아스!

-아키서스. 너도 명예를 지켜라!

평소라면 속지 않았을 것이다. 평소라면 살짝 의심을 해봤을 것이고, 하다못해 학카리아스가 골드 드래곤이었다면 넘어가지 않았을 것이다. 아키서스한테 종족 단위로 한 번 속은 적 있는 골드 드래곤은 저런 말에 넘어갈 리 없는 것!

그러나 학카리아스는 블랙 드래곤이었다. 아키서스한테 속은 골드 드래곤을 '어휴, 드래곤이 돼서 아키서스한테 속냐?'라고 비웃기만 했지, 아키서스가 얼마나 사악한 신인지 직접 경험해 보지 못했다. 아키서스가 아무리 잘나 봤자 자기보다는 못할 것이라는 교만함! 거기에 처음 느껴보는 고통 때문에 급해진 마음까지!

학카리아스는 태현이 자신을 속이지 못할 것이라 생각하고 마법을 풀었다.

그 순간 태현은 명령했다.

-악마들! 반으로 나뉘어서 학카리아스의 발을 묶고 나머지는 내 일행을 보호해라!

-녹인 황금의 저주!

[검은 묘비 산맥의 지배자, 학카리아스는 당신 수준으로 잡을 수 있는 상대가 아닙니다!]

[골드가 미친 듯이 소모됩니다!]

[파산합니다!]

[마이너스의 저주에 걸립니다!]

〈죽음의 황금 상인〉 직업의 가장 무서운 상태!

골드를 먹어도 빚만 갚아지고 먹어지지는 않는 저주!

그러나 이다비는 학카리아스를 단단히 묶었다. 절대 놓치지 않는다!

그녀가 이런 소리를 하게 될 줄은 몰랐지만…….

'세상에는 가끔 돈보다 더 중요한 게 있어!'

-살아 움직이는 폭탄!

악마들과 이다비의 기습 때문에 정신이 없었던 학카리아스는 태현이 〈살아 움직이는 폭탄〉을 쓰는 것도 뒤늦게 눈치챘다.

-아키서스의 화신! 이런 잔수작을…… 감히 날 먼저 속여!? 나보다 먼저 속이다니……!

태현한테 속은 것보다 늦게 뒤통수를 친 게 더 억울한 학카리아스!

음모와 계략의 조종자란 타이틀을 갖고 있는 블랙 드래곤으로서 당연한 일이었다.

-내가 경고했지! 너로서는 날 죽일 수 없다고! 이런 허튼수작으로 날 묶어봤자 뭐가 될 줄 아느냐?

학카리아스는 그렇게 말하며 경계했다.

목 밑의 약점을 노리나?

그 정도는 대비하고 있었다!

'흥! 아무리 약점이라고 해도 짧은 시간에 날 죽일 정도로 대미지를 줄 순 없을 거다.'

학카리아스는 치밀한 드래곤이었다.

언제나 만약의 만약을 대비했다. 마법을 전부 풀었어도 목 밑에 있는 최대의 약점에는 함정이 있었다.

목 밑에 접근하는 순간 심어놨던 함정이란 함정이 모두 작동한다!

'이 저주가 무슨 저주인지는 모르겠지만 움직임만 묶는 저

주다. 풀리는 순간 이 주변을 지옥으로 만들어주마……!'

그러나 학카리아스는 태현에 대해 너무 몰랐다. 태현은 애초에 그 약점을 노리지도 않고 있었다.

태현에게는 권능만 있는 게 아니었다. 기계공학도 있다!

[살아 움직이는 폭탄 스킬이 완료되었습니다!]
[기계공학 스킬이 크게 오릅니다!!]
[명성이 크게 오릅니다!]
[레벨 업 하셨습니다!]
[칭호: 드래곤을 폭탄으로 바꾼 자를 얻었습니다!]
[스킬 <드래곤 폭탄>을 얻었습니다!]

하도 메시지창이 많아서 다 확인할 수는 없었지만 기계공학 스킬이 확 오른 건 볼 수 있었다.

최고급 기계공학 5! 최고급으로 오르고 나서부터는 뭘 해도 0.1%씩 오르거나 하는 게 일상이었는데, 한 번에 레벨 단위가 3이나 뛴 것이다.

'드래곤 두 마리만 더 폭탄으로 바꾸면 기계공학을 마스터할 수 있겠군!'

태현은 그런 말도 안 되는 생각을 하며 모두에게 명령했다.

-모두 최대한 빨리, 여기서 벗어나라!

그리고 한마디 더 명령했다.

-악마들은 남고!

-아니 왜 우리만?!

-아키서스 본색 나오는 거 봐라!

-역시 신이 아니라 악마라니까!

에슬라의 악마들은 태현의 말에 불평을 터뜨렸지만 어쩔 수 없었다. 주인인 에슬라가 맹세를 했으니 지켜야지!

-전력을 다해서 방어막을 쳐라!

태현은 악마들을 전부 이다비 앞으로 보냈다. 지금 다른 사람들은 모두 호다닥 도망치고 있었지만 이다비 혼자 저주를 거느라 발이 묶여 있었다.

이다비 앞에 악마들이 마법으로, 몸으로 방어하면 피해를 줄일 수 있으리라. 그리고 그 뒤로 도망가는 놈들도!

-뭐…… 뭐냐? 무슨 일이 일어나고 있는 것이냐? 아키서스의 화신! 대체 뭘 한 거냐!

학카리아스는 그제야 태현이 무슨 스킬을 썼는지 깨달은 것 같았다. 악마들이 약점을 노릴 줄 알았는데, 전혀 다른 곳에서 들어온 공격!

-멈춰라! 아키서스의 화신! 터뜨리면 너도 죽는다!

-죽었다가 부활하지 뭐.

아키서스의 권능 스킬, 부활!

부활 계열 스킬은 정말 희귀하고 구하기 힘들었지만, 한번 얻어놓으면 그 값을 했다. 쿨타임이 더럽게 긴 편이어도 이럴 때 배짱을 부릴 수 있는 것이다.

-아키서스의 화신! 정말로 타협하자! 이번에는 정말로 맹세

를 지키겠다!

-그래!

태현은 말은 그렇게 대답하면서 준비했다. 학카리아스한테
는 시간을 많이 줘서는 안 됐다.

〈살아 움직이는 폭탄〉도 해제할지 몰라!

-폭발!

-아키서스의 화신!!

그리고 대폭발이 일어났다. 판온에서 한 번도 본 적 없는 거
대한 폭발이었다.

태현은 모두에게 명령할 때 김태산한테도 말했다.

-아버지.

-왜? 잘 싸우고 있냐? 학카리아스는 어떻게 됐고?

-최대한 멀리 도망치세요!

-그게 뭔…….

[사용자가 현재 귓속말을…….]

어이가 없고 황당했지만, 김태산은 태현이 이런 걸로 농담하지 않는 사람이라는 걸 잘 알고 있었다.

태현이 저런다면 이유가 있는 것!

"전부! 반대 방향으로 달려 나가라!"

"길마님이 왜 저러시지?"

김태산의 길드원들과 오크들은 영문을 모르는 채 움직였다. 아직 평원에 전리품들이 널려 있었지만……. 길마님 명령이잖아!

"아, 아깝네 저거."

"그래도 뭐……."

그러나 길드원이 아닌 플레이어들은 명령을 듣지 않았다.

"뭐 하러 도망쳐?"

"대박이다! 우리끼리 다 먹을 수 있겠어!"

"길드 동맹 놈들 무서워서 다시 안 온다니까. 오면 도망치면 되지."

희희낙락하며 아이템을 줍는 플레이어들! 그 순간 저 멀리 숲에서 길드 동맹 파티들이 말을 타고 달려 나왔다.

"이 자식들!"

"히이익!"

쫓아오던 플레이어들을 두들겨 패고 다시 나온 이들!

방금 평원에서 진 게 억울해 뭐라도 좀 해보려고 나온 이들이었다. 보아하니 이세연도 없고 김태산과 오크들도 없어 보이는데 화나 풀자!

"잘…… 잘못했어요!"

"죽어!"

"저희는 그냥 아이템 줍기만……."

"죽어!!"

길드 동맹 파티들은 잔뜩 분노해 있었다. 지면 안 되는 싸움에 지고 도망친 상황! 이 분노를 어떻게 푼단 말인가!

"잠깐. 저거……."

그 순간 평원 뒤쪽에서 거대한 폭발이 날아왔다.

콰콰콰콰콰콰쾅!

아까 학카리아스의 브레스보다 몇 배는 더 강렬한 폭발이 주변을 뒤덮었다. 학카리아스 안에 있던 태현은 그 폭발을 직격으로 맞았다.

뭘 할 수가 없다! 폭풍 안에 휩쓸린 나뭇잎처럼 태현은 폭발 안에서 이리저리 나뒹굴었다.

-아키서스의 축복! 아키서스의 신성 영역! 행운의 바람 소환!

태현은 피해를 최소화하기 위해 쓸 수 있는 스킬들을 닥치는 대로 사용하기 시작했다.

[행운의 바람 소환 스킬을 사용했습니다. 지역에 강력한 바람

이 붑니다! 바람이 폭발을 밀어내고 아군을 보호해 줍니다!]

'됐다!'
태현은 안도의 한숨을 내쉬었다. 무작위 속성이라 위험했는데 잘 뽑은 것이다.

[바람이 폭발을 밀어내 앞으로 보냅니다!]
[폭발의 위력이 더더욱 거세집니다!]

'어……?'
태현 일행 쪽으로는 위력이 줄었지만 반대 방향으로는 더욱더 강해진 위력!
바로 김태산과 길드 동맹이 싸운 자리였다.
'……괜…… 괜찮겠지?'
태현이 그걸 신경 쓸 여유가 없었다. 눈 앞을 가릴 정도로 많은 메시지창이 날아왔다.

[회피에 성공……]

1초에 수십, 수백 번도 넘게 들어오는 폭발 대미지! 아무리 행운으로 많이 회피한다고 쳐도 가끔 대미지가 들어왔다.

[검은 마력의 폭발에 휩쓸립니다! 크게 대미지를 입습니다!]

'크윽……'

이렇게 길고 길게 폭발이 지속되면 아무리 행운으로 피한다고 해도 한두 대씩 맞게 됐다.

행운을 압도하는 거대한 물량 공격!

'음. 이거 어떻게든 적응이 될 거 같은데.'

공중에서 폭발에 휘말려 날아가던 태현은 슬슬 적응하고 헤엄을 치기 시작했다. 아직 폭발 도중이지만 어떻게든 적응할 수 있을 것 같다!

[폭발 속에서 버텨냅니다! 체력이 오릅니다.]

[폭발 속에서……]

[폭발의 반동을 이용해서 움직입니다! 기계공학 스킬이……]

강한 시련은 언제나 스킬을 성장시켰다.

이런 폭발은 더더욱 그랬다.

-아키서스의 화신!!

"어? 학카리아스 놈 지금 죽었을 텐데?"

폭탄으로 변해서 빵빵 터지고 있을 텐데 말을 걸다니.

태현은 당황했다. 드래곤 정도 되면 죽어도 영혼이 남나? 영혼이면 얼마나 센 거지?

-아키서스의 화신! 크아악!

"아. 악마들이었구나."

태현은 안도했다. 물론 악마들은 전혀 안도할 입장이 아니었다.

-어떻게 이걸 버티…… 크악!

악마들은 전력을 다해 방어막을 치고, 태현의 축복과 신성 영역까지 받아가며 버텼다. 그런데도 지금 하나둘씩 쓸려 나가고 있었다.

-언제까지 버텨야 하나!

"폭발 끝날 때까지! 힘내!"

태현은 그렇게 말하며 폭발의 반동을 이용해 이다비 앞에 도착했다. 학카라이스를 붙잡느라 이다비 혼자 남아 있었던 것이다.

"고생 많았어. 가자!"

"태현 님……!"

"……너 왜 주변이?"

이다비 주변에 어두컴컴한 기운 같은 게 보였다.

"아. 이거 별거 아니에요."

"별거 아닌 게 아닌 것 같은데……?"

무슨 악귀 씌인 사람 같다!

"그…… 그게. 이게 마이너스 저주라고……."

-대화는 나중에 하고 빨리 좀 뛰어라 아키서스의 화신!!

악마들이 비명을 질렀다. 앞에서 몸으로 막고 있는데 저것들은 화기애애하게 대화하면서 걸어가고 있네!

설명을 들은 태현은 감동한 표정으로 말했다.

"……내가 꼭 갚아줄게."

"아, 아니. 진짜 괜찮거든요. 제가 하고 싶어서 한 거예요."

"아냐. 내가 꼭……."

-아! 빨리 좀 가라고 이…….

악마들의 아우성!

CHAPTER 2

〈데메르의 시간 되돌리기〉, 〈부활〉 같은 아껴뒀던 히든 스킬들을 전부 쓸 각오를 하고 있었지만……. 놀랍게도 그런 일은 벌어지지 않았다. 에슬라의 군세가 만들어준 위대한 기적! 그 거대한 폭발을 몸으로 막아내 탈출로를 만들어준 것이다.

"생각보다 훨씬 더 잘 해줬어, 악마들!"

그러나 대답은 돌아오지 않았다. 몇 남지 않은 고위 악마들은 지치고 너덜너덜해진 표정으로 말했다.

-우린 약속을 지켰다.

-이제 마계로 돌아갈 것이다.

태현은 아쉬워서 말했다.

"학카리아스의 부하들이 있을지도 모르잖아?"

-그런 게 있을 리가 있나!

-있었어도 폭발에 휩쓸려서 날아갔겠다!

고위 악마들 말고는 아까 폭발을 막다가 전부 쓰러져서 마계로 돌아간 상황! 힘을 회복하려면 한참은 회복해야 할 것이다.

악마들은 태현을 가리키며 비난했다.

-우우! 악마 같은 놈!

아까와는 다른 뉘앙스를 가진 '악마 같은 놈'!

-에슬라 님! 저희를 돌려보내 주십시오!

-이 아키서스의 화신을 떨어뜨려 주십시오!

그 간절한 외침을 들었는지 하늘에서 마계의 문이 열리더니 에슬라의 목소리가 들렸다.

-돌아와라. 나의 부하들아!

"에슬라. 고마웠습니다."

-그래. 나는 빚을 갚았다. 에슬라는 맹세를 지킨다.

"우리 앞으로 더 친하게……."

-함께해서 더러웠고 다신 만나지 말자!

후다닥!

마계의 문이 악마들이 들어오자마자 바로 닫혔다. 에슬라는 아키서스의 화신을 어떻게 상대해야 하는지 잘 알고 있었다.

잡상인 사절! 접근 자체를 피하는 것이야말로 장수의 길이었다.

태현은 마계의 문이 닫히기 전에 크게 소리쳤다.

"에슬라! 그렇게 굴지 맙시다! 내가 어떻게 고생해서 풀어줬는데! 듣고 있는 거 다 압니다! 찾아갈 겁니다!"

-……그러지 마라! 안 들여보내 줄 거니까!

어지간히 겁이 났는지 닫혀가는 문 사이에서 대답이 들려왔다.

"그나저나……."

태현은 닫힌 마계의 문에서 시선을 떼고 주변을 둘러보았다.

거대한 크레이터! 언덕들은 싹 사라졌고, 주변에는 플레이어 한 명도 보이지 않았다.

남아 있던 플레이어들은 전부 로그아웃된 게 분명했다.

'폭발이 어디까지 간 거야?'

주변에 요새나 마을까지 전부 쓸어버린 건 아니겠지?

이럴 줄 알았으면 학카리아스를 길드 동맹 수도 앞에 불러서 싸울 걸 그랬다!

'하긴 그랬으면 싸우기도 전에 게네들한테 맞아서 죽었으려나…….'

[레벨 업 하셨습니다.]

[레벨 업……]

남은 폭발까지 완전히 끝나자, 보상이 차례대로 들어오기 시작했다. 한 번에 무려 레벨이 15나 오르는 쾌거!

블랙 드래곤은 과연 블랙 드래곤이었다.

'드디어 HP가 10만을 넘었다!'

레벨 143! 다른 최상위권 랭커들은 250을 넘어 300을 목표로 달리겠다고 원대한 포부를 밝히고 있었지만, 태현은 이걸로도 만족했다. 사실 레벨 업 욕심은 반쯤 포기했다. 이제 그냥 스탯과 스킬로 승부를 볼 수밖에!

　[신성이 크게 오릅니다!]
　[명성이 크게 오릅니다!]
　[악명이…….]

'아니 악명은 왜!?'
주변을 박살 냈으니 당연한 일이었다.
'명성이 7만을 넘기고 악명이 5만…… 아직 괜찮긴 한데…….'
이 와중에 드디어 신성이 2만을 넘겼다. 거기에 맞는 보상
이 따라 나왔다.

　[스킬 <아키서스의 기도>를 얻었습니다.]

　<아키서스의 기도>
　행운 스탯을 일시적으로 크게 증가시킵니다!

'아니, 더 필요 없는데?'
지금도 행운 스탯은 충분했다.

　행운: 6,215

보라! 이 줄어들지 않는 행운 스탯을!

태현도 이 행운 스탯을 어딘가에 좀 쓰고 싶었다.

학카리아스를 잡을 때 저주를 걸어서 좀 많이 떨어진 줄 알았는데, 레벨 업 보너스로 와장창 오른 것 같았다.

'솔직히 4~5천 정도가 더 나을 것 같은데……'

행운이 높아서 손해 볼 건 없다고 할 수도 있었지만, 태현은 손해를 봤다. 태현은 패시브 스킬 때문에 행운 스탯이 높아질수록 필요한 경험치가 늘어나는 것이다.

적당히 올려야 할 필요가 있는 것!

'음. 제작용 스킬인가……'

제작할 때라면 일시적으로 행운을 올리는 스킬이 의미가 있었다.

'아. 씨앗도 있군. 마침 잘됐네.'

악명 때문에 찜찜했었던 참! 행운이 엄청나게 높다면 좀 어떻게든 수습이 되지 않을까?

[칭호: 드래곤 슬레이어를……]

[레벨 업 하셨습니다!]

[전 스탯이……]

[대륙에 명성이……]

[대륙의 사냥꾼들이 당신의 위업에 경악합니다! 유명한 사냥꾼들이 당신을 찾아올 수 있습니다!]

[아탈리 왕국의 영주들이 이 소문을 듣고 술렁거립니다. 이들 중 당신을 섬길 자가 나올지도 모릅니다!]

칭호 드래곤 슬레이어! 이름만 들어도 가슴 뛰는 칭호였다.

[전설 직업 <드래곤 슬레이어>로 전직할 수⋯⋯.]
[<아키서스의 화신>이라 불가능합니다.]
[카르바노그가 깔깔 웃습니다.]

남들은 생전 한 번 보기도 힘든 전설 직업 전직을 태현은 참 많이도 보는 기분이었다.

남은 보상들이 차례대로 들어왔다.

[에슬라의 군세들을 쓸어버렸습니다. 신성이 오릅니다.]
[명성이 오릅니다.]
[악명이 내려갑니다.]

태현은 놀랐다. 이게 이렇게 되나?

악마들을 방패로 쓴 건 다른 방법이 없어서였지, 이런 욕심을 부려서가 아니었다.

'하하 참. 다른 사람들이 보면 오해하겠군.'

[⋯⋯.]

카르바노그가 의심 가득한 눈빛을 보냈지만 태현은 당당했다.

[아이템을……]

'그 폭발에 남은 아이템이 있다는 게 신기한데?'

태현은 의아해하며 아이템들을 확인해 보았다.

대부분이 악마들이 뿌리고 간 아이템들이었다. 〈상급 악마의 정수〉, 〈중급 악마의 정수〉, 〈원한 가득한 악마의 정수〉……. 태현은 감사하는 마음으로 정수를 알뜰하게 챙겼다. 아키서스의 능력 덕분인지 그 폭발 와중에도 정수들은 상당히 많이 나왔다. 다른 사람이었다면 훨씬 적게 챙겼을 것이다.

블랙 드래곤의 파손된 비늘:

어떤 힘으로도 부술 수 없는 드래곤의 비늘이지만, 대체 무슨 일을 겪었는지 비늘이 부서져 있다. 분명 주인인 드래곤은 끔찍한 고통을 겪었으리라.

(아이템에 사용할 경우 다른 드래곤들이 싫어할 수 있음)

드래곤이 싫어하거나 말거나는 알 거 없고, 중요한 건 비늘!

'드래곤 하트는 없나??'

[그렇게 날려 버리고 나서 양심이 없냐고 카르바노그가 구박합니다.]

드래곤 하트! 만약 있으면 태현은 〈아키서스의 화신〉은 때려치우고 바로 대마법사가 될 수 있었다.

카르바노그는 경악했다. 저게 아키서스 화신이 할 소리야?

그러나 드래곤 하트는 없었다. 그렇게 뻥뻥 터뜨렸는데 드래곤 심장이 남아 있으면 그게 더 웃기는 일이었다.

블랙 드래곤의 꼬리 고기:
대륙의 미식가 중에서도 드래곤 고기를 먹은 사람은 없을 겁니다. 운동을 하지 않아 살이 통통하게……

블랙 드래곤의 목살:
고기는 역시 목살이……

"……"

이상하게 고기는 몇 점 나왔다.

'아키서스의 행운은 좀…… 이상해……'

행운으로 드랍 확률을 올려주는 건 알겠는데, 원래라면 얻을 수 없는 상황에서도 아이템이 나오니까 기분이 좀 묘했다. 그렇게 뻥뻥 터졌는데 고기는 몇 점 나오나?

드래곤 하트보다 훨씬 더 아이템이 많았으니 확률적으로는 나오는 것도 이상하진 않았지만……

'드래곤 비늘…… 이걸 내가 다룰 수 있을까?'

드래곤 비늘은 어떻게 보면 아다만티움보다도 다루기 까다로운 재료였다. 강력한 마법의 힘이 깃든 아이템!

대장장이 중에서도 마법 장비 다루는 대장장이는 아예 마법도 따로 익혔다. 그만큼 대장장이의 길은 멀고도 험했다.

'갑옷에 어떻게든 붙여보고 싶은데.'

태현은 일단 나중에 더 고민해 보기로 했다.

'아. 드래곤 폭탄은 확인해 봐야지.'

[대륙에서 살아 움직이는 드래곤을 폭탄으로 만든 것은 당신밖에 없습니다!]

[아무도 해내지 못할 위업을 해낸 당신은 폭발하는 드래곤을 보면서 폭발의 진리에 도달했습니다.]

<드래곤 폭탄>

폭발하는 드래곤을 보며 영감을 얻은 미치광이가 만들어낸 스킬이다. 스탯 중 일부를 랜덤으로 사용해 폭탄에 드래곤의 힘을 담아낼 수 있다.

이 스킬은 강력하다! 태현은 보는 순간 직감이 왔다. 스탯을 영구 소모해서 만드는 폭탄이라니.

있는 폭탄을 개조하거나 새로 만드는 것 둘 다 가능했다.

'아. 근데 행운을 쓰면 좋겠는데…… 하필 랜덤인가…….'

행운은 넘쳐나니 폭탄 만드는 데 좀 써도 상관없었다.

다른 스탯은 안 돼!

"태현 님. 이동해야 하지 않을까요?"

이다비가 조심스럽게 말했다. 주변이 둥그렇게 싹 날아간 덕분에 뭔가 으스스한 느낌을 줬다.

"하긴. 길드 동맹 놈들이 좋다고 찾아올 지형이긴 하지."

주변이 싹 날아가서 숨을 곳도 없고, 한 명 패기는 참 좋은 곳이었다. 물론 길드 동맹은 그럴 여유가 전혀 없었다.

"죽어라 이 자식……."

[폭발에 휘말립니다!]

"뭐, 뭐야? 포션……."

신나서 반격하던 길드 동맹 길드원들은 폭발이 덤벼오자 재빨리 포션을 꺼냈다. 그러나 이건 포션 한 번으로 견딜 수 있는 게 아니었다.

[폭발에……]

"대체 몇 번이나 터지는 거냐! 크아아악!"

전원 로그아웃!

폭발이 얼마나 대단했는지 먼저 잘 도망치고 있던 길드원들도 몇몇 잡아갔다. 뒤에서 무시무시한 속도로 덮쳐오는 폭발!

-이…… 이 폭발을 보십시오, 여러분! 이 폭발은 대체……!

한 편의 대전쟁을 담으려고 준비하고 있던 길드 동맹의 카메라맨들은 졸지에 재난 영화를 찍게 됐다.

진짜 실감 나는 재난 영화! 폭발에 붙잡히면 죽는다!

랭커들이나 고렙들은 재빨리 탈것을 불러내 미친 듯이 달렸지만 나머지는 그럴 수도 없었다.

"크아아악! 같이 갑시다!"

"야! 같이 가자고!"

물론 랭커들은 멈춰서 그들을 태워주지 않았다.

자기 목숨이 우선!

이런 상황인 만큼 길드 동맹은 지금 다들 뿔뿔이 흩어져서 수도로 돌아가고 있었다. 반격이고 뭐고, 일단 정신부터 차리고 보자!

그러나 그걸 모르는 태현은 조심할 수밖에 없었다.

"그러면 슬슬 빠져볼까? 드래곤도 잡았겠다, 길드 동맹도 아까 깨진 거 같고…… 한동안 가만히 있겠지?"

오스턴 왕국 외곽 지역은 이제 사실상 길드 동맹이 통제할 방법이 없다고 봐야 했다. 학카리아스도 잃어버렸고, 데리고 나온 전력도 한 번 박살 났고…….

이제는 정말 수도와 중앙만 지키는 게 고작일 것!

태현이 이다비와 같이 초토화된 폐허를 떠나려는 그 순간 메시지창이 떴다.

[정체불명의 고대 씨앗이 요동칩니다!]

[카르바노그가 고대 씨앗이 여기 심어지고 싶은 것 같다고 말해줍니다.]

씨앗이 자기 의지가 있다는 건 둘째 치고, 태현은 당황스러웠다.

'지금은 좀 곤란한데…….'

악명이 너무 높다! 게다가 여기는 길드 동맹과 너무 가까운 곳 아닌가. 기왕이면 아탈리 왕국 안에 심고 싶었는데!

[정체불명의 고대 씨앗이 더욱 심하게 요동칩니다!]

마치 이번 기회를 놓치면 안 된다는 것처럼 씨앗이 미친 듯이 진동했다.

태현은 〈신의 예지〉를 사용했다.

이대로 써도 되나?

신의 예지는 확실하게 발밑을 가리켰다.

심어라!

'……확실히 아탈리 왕국보다는 나을 수 있긴 해.'

태현이 찜찜해하는 이유 중 하나, 미친 듯이 높은 악명 스 탯! 행운, 명성, 악명, 신성 영향을 받는데 하필 악명……

'주변을 오염시키거나 주변에 독기를 푼다거나…… 그럴 수 있으니까.'

기껏 심은 씨앗이 그럴 경우 피눈물이 날 것이다. 만약 남의 땅에 심는다면 그런 일은 없을 것!

'좋아. 한번 심어본다!'

태현은 씨앗을 던졌다. 그러자 씨앗이 땅속으로 빠르게 파 고들며 사라졌다. 그리고 잠잠해졌다.

사기당했나?

태현은 순간 당황했다. 이 씨앗을 준 놈이 누구였지?

알렉세오스!

'알렉세오스 놈! 역시 드래곤답게 사기를……!'

태현이 학카리아스 레이드할 수 있도록 온갖 지원과 권능 을 선물해 준 알렉세오스! 태현이 저런 소리를 하는 걸 들었다 면 뒷목을 잡았을 것이다.

"태현 님. 왜 그러세요?"

"씨앗을 심었는데 안 나와…… 사기당했나 봐…… 알렉세 오스 이 자식, 살아만 있었으면 폭탄으로 만드는 건데!"

"……?"

이다비는 고개를 갸웃거렸다.

"씨앗을 심었으면 시간이 좀 지나야 나오지 않나요?"

"아. 그러네."

[……]

태현은 바로 기운을 차렸다. 하긴, 알렉세오스는 나름 믿을 만한 드래곤이었다.

"그러면 다른 곳에 갔다 오자. 이다비. 골드 얼마나 마이너스로 들어갔어?"

"진짜 괜찮은데요……."

"내가 갚게 해줘."

둘은 돌아서서 걸어갔다.

꿈틀, 꿈틀-

그러는 사이 뒤에서 땅이 요동치기 시작했다.

태현은 흩어진 일행들을 불러 모았다. 아키서스의 포병대부터 시작해서 다들 어떻게든 목숨은 건진 모양이었다.

-이…… 이건…… 말도 안 돼…….

"쟤 왜 저래?"

태현은 고개를 갸웃거리며 우리에 갇힌 악마를 가리켰다.

태현만 보면 '너 내가 누군지 아냐! 풀어줘라!'이러던 악마였는데, 이제 태현을 보니 '히이이익!' 히면 눈도 못 마주쳤나.

-그게, 화신님께서 보여주신 폭발을 보더니 완전히 기가 질려서…….

-얘가 좀 맛이 간 거 같습니다.

-성수 뿌릴까?

-아냐. 잠잠해지니까 좋네.

포병대 NPC들은 자기들끼리 이야기를 나눴다.

태현은 그 대화를 듣고 악마가 왜 저러는지 깨달았다.

'아…… 오핸데.'

드래곤을 폭발시켜 악마들을 일제히 쓸어버린 모습!

태현이 일부러 악마들을 쓸어버린 건 아니었다.

정말 어쩔 수 없었는데!

[이름 모를 악마가 당신의 위업에 단단히 공포에 질렸습니다!]

악마의 정체가 신경 쓰여서, 싸움이 끝나면 누군지 물어보려던 태현은 당황했다.

"야. 그건 오해였어."

-히익! 히이익!

"……오해라니까?"

-나도…… 아키서스되어 버릴 거야…… 아키서스되어 버릴 거라고……! 저 다른 악마들처럼……!

[공포에 너무 질려 설득할 수 없는 상태입니다!]

"끙."

조금 시간을 둬야겠다!

태현은 영지에 있는 다른 악마들을 불러 이 악마를 좀 설득해 보라고 할 생각이었다. 같은 악마면 좀 이야기가 통하지 않을까?

쿠르릉-

"그래도 이번 레이드 고생 많았다. 여러모로 힘들었는데 다들 잘해줘서…… 잠깐. 케인 어디 갔지?"

김태산 일행과 같이 싸우다가 그쪽에 끼어서 같이 도망간 케인!

아직 못 돌아오고 있었다.

태현은 어깨를 으쓱거리며 말했다.

"뭐 없으면 어쩔 수 없지."

기다리는 것 따위는 없다!

"어쨌든 다들 최선을 다해서……."

쿠르릉, 쿠르르릉-

"……누가 자꾸 이런 소리 내냐?"

-저 아닙니다.

"저도 아닌데요?"

"저도……."

태현은 뭔가 이상하다는 걸 깨달았다. 일행은 여기 다 모여서 가만히 있는데 이런 묵직한 소리가 왜 나지?

[정체불명의 고대 씨앗이 성장합니다!]

[행운이 미친 듯이 높습니다! 정체불명의 고대 씨앗이 <세계와 세계를 잇는 거대 세계수>로 자랍니다!]

좋은 건가? 좋은 건진 모르겠지만 일단 좋은 거 같다!

태현은 그렇게 생각하며 기뻐했다. 일단 꽝은 아닌……

그러나 메시지창은 이제 막 시작일 뿐이었다.

[명성이 미친 듯이 높습니다! <세계와 세계를 잇는 거대 세계수>가 천계와 이어집니다!]

[세계수를 타고 천사들이 찾아올 수 있습니다. 주의하십시오!]

'오…… 오?'

천사라면 좋은 건가? 천사와 몇 번 만난 적 있는 태현이었기에 알았다. 천사라고 무조건 착한 NPC는 아니었다.

모시는 신에 따라 악마보다 더 위험할 수도 있는 것!

[악명이 미친 듯이 높습니다! <세계와 세계를 잇는 거대 세계수>기 마계와 이어집니나!]

[세계수를 타고 악마들이 찾아올 수 있습니다. 주의하십시오!]

'아. 젠장. 영지에 안 심길 잘했다.'

태현은 욕과 함께 그나마 안심했다.

영지에 안 심어서 다행이지!

물론 길드 동맹 입장에서는 기가 막힌 일이었다. 주변을 싹 날려 버린 것도 모자라 악마가 찾아오는 나무까지 심고 가다니!

진짜 한번 오면 기둥뿌리까지 뽑아서 박살 내고 가는 태현이었다.

지하 깊숙이 시작해 하늘 끝까지 솟은 것처럼 보이는 거대한 나무!

'나무를 타면 이동할 수 있는 건가?'

태현은 세계수를 보며 어떻게 쓰나 알아보려고 했다. 그때 마지막 메시지창이 떴다.

[신성이 미친 듯이 높습니다! <세계와 세계를 잇는 거대 세계수>에 아키서스의 힘이 깃듭니다.]

[아키서스의 힘이 세계수를 보호합니다.]

'왜 하필 아키서스……'

태현은 일단 불안함부터 느꼈다.

제발 좀 멀쩡한 거였으면 좋겠다! 태현은 다른 신의 권능도 갖고 있으니 그런 거면 훨씬 더 좋지 않았을까? 사디크나 카르바노그 같은 건 아니더라도 데메르 같은 권능이면……

'아. 근데 남의 영지니까 별 의미가 없군.'

생각해 보니 아키서스가 더 잘된 것 같았다. 데메르 권능 때문에 이 주변이 갑자기 엄청나게 비옥한 땅이 된다면?

배가 미친 듯이 아팠을 것이다.

[<세계와 세계를 잇는 거대 세계수>로 인해 아키서스 교단의 세력이 증가합니다.]

[대륙에 펼쳐진 아키서스의 힘이 증가합니다. 아키서스 관련 스킬의 위력이 증가합니다.]

'오오……!'

그래. 이 정도는 되어야 심은 보람이 있지!

[<세계와 세계를 잇는 거대 세계수>에 아키서스의 힘이 깃들었습니다. 기도를 할 수 있습니다.]

태현은 의아해했다. 기도를 할 수 있다고? 그건 지금도 신전에 가면 할 수 있는 건데?

교단의 기본 기능 중 하나, 기도! 교단의 조각상이나 신전에 가서 기도를 하면, 교단 관련 버프를 받았다. 공적치 포인트가 높을수록, 교단이 강력할수록 좋은 버프가 들어왔다.

기도하는 교단의 조각상이나 신전이 얼마나 크고 잘 만들어진 곳이냐도 영향을 받았고!

'세계수에서 기도하면 뭐 달라지나? 수상한데…….'

타다다닥-

그때 마침 케인이 도착했다.

"헉헉. 내가 너무 늦었나?"

-우우우!

-화신님. 저렇게 늦게 오는 놈을 노예로 쓸 가치가 있습니까?

아키서스 포병대에서 대번에 야유가 쏟아졌다. 케인은 기가 죽었다.

"아, 아니. 나도 도망치느라 어쩔 수 없었다고!"

-너만 도망쳤냐!

-화신님! 저희한테 노예 자리를 주십시오! 저희가 더 잘하겠습니다!

-저놈은 노예 자격이 없어!

아키서 부족 출신 포병대 전사들은 케인을 맹비난했다.

케인은 쩔쩔맸다. 정말 잘리는 건 아니겠지?

"뭐 늦을 수도 있지."

"김태현……!!"

"저기 가서 기도나 해봐라."

태현은 뭔지 모를 때는 케인부터 시켰다.

믿음의 증거!

케인은 뭔지 모르는 채 순진한 소처럼 앞으로 걸어갔다. 이다비와 유지수, 정수혁은 케인을 짠한 눈빛으로 쳐다보았다.

참 잘 속는 사람이야!

[아키서스를 믿습니다. 세계수에서 기도를 할 수 있습니다.]

[무엇을 원하십니까?]

케인은 고개를 갸웃거렸다. 별생각 없이 나오는 대답!
"어…… 돈?"

[세계수가 당신의 기도를 받습니다.]

차르륵!
케인 앞에 금화 다섯 개가 떨어졌다.
무려 5골드!
이다비가 가장 놀랐다. 돈이 떨어지는 나무라니!
그녀가 어렸을 때부터 키우고 싶었던 나무 아닌가!

[기도가 이루어졌습니다!]
[이루어진 기도만큼 불운이 세계수에 쌓입니다.]

"뭐야? 어떻게 된 거야?"
태현의 질문에 케인은 있었던 일들을 상세하게 설명하기 시
작했다.
'불운이 누적된다고?'
태현은 위험을 바로 깨달았다.
이거 설마……?
그걸 모르는 케인은 신이 나서 외쳤다.

"나 이거 더 기도해 봐도 돼?"

"어. 그래. 대신 계속 돈만 원해봐라."

케인은 신이 나서 다시 갔다.

돈! 돈! 돈!

은화가 떨어지고, 가끔은 금화, 가끔은 동화가 떨어졌다.

그러다가 어느 순간 메시지창이 떴다.

[세계수가 당신의 기도를 거부합니다!]

[불운이 폭발합니다!]

[세계수가 당신의 골드를 전부 가져갑니다!]

[세계수가 더욱더 강해집니다!]

[아키서스의 힘이 대륙에 살짝 더 퍼집니다!]

"……으아아아아아아악! 으아아악! 크아아악!"

케인이 비명을 지르며 뒤로 쓰러졌다.

"왜 그래?"

"내, 내 골드를…… 저 나무가……!"

케인은 말도 제대로 잇지 못했다. 당연했다. '어' 하는 순간에 전 재산을 나무에 뺏긴 것이다.

날강도도 이런 날강도가 없다!

"얼마나 뺏겼는데?"

"전부!"

"오……."

"오라고 할 때야?! 저 나무 죽여야 해! 저 나무를 갈라서 골드를……."

케인은 눈이 반쯤 돌아간 상태로 나무한테 덤벼들었다.

쿵! 쿵!

[대미지를 주지 못합니다!]

"야! 돈 내놔! 돈 내놓으라고!"

"쟤 좀 말려봐라."

태현의 말에 아키서 부족 전사들이 우르르 달려가 케인을 붙잡았다.

'아. 대충 그런 거군.'

태현은 어떤 시스템인지 파악했다. 다른 곳보다 기도 효과가 훨씬 더 강력하고 구체적인 대신, 하면 할수록 꽝 터질 때 나오는 불운이 강해진다!

케인처럼 저렇게 계속하다가 한번 터지면…….

'즉사!'

골드여서 망정이지 힘 스탯을 올려줘! 이런 거 했다가는 정말 게임 접어야 했을 수도 있었다.

'소원은 어느 정도까지 되지?'

태현은 케인이 정신을 차리자 다시 케인에게 말했다.

"야. 다른 거 좀 빌어봐."

"……너무하지 않냐?!"

"걱정 마. 불운 한 번 터져서 괜찮아."

사실 별로 괜찮지 않았지만, 케인은 거기에 또 넘어갔다.

"그런가?"

"한 번 터졌으니까 또 한동안은 안 터지겠지."

도박사의 오류! 동전 열 번 던졌을 때 한 번도 앞면이 안 나온다고 다음에 앞면이 나올 확률이 더 높아지진 않았다.

물론 태현도 그걸 잘 알고 있었다. 그냥 케인 속이려고 하는 소리!

"그러네?"

"그래. 자. 가서 이번에는 '길드 동맹을 물리치게 해주세요'라고 빌어봐."

케인은 시키는 대로 했다.

"그건 해줄 수 없다는데?"

"왜? 능력 밖의 일이래?"

"아니. 내 옆에 이미 있다고……."

케인은 말하면서 태현을 가리켰다. 태현은 당황했다. 예상 밖의 대답!

"……이번에는 신이 되게 해달라고 해봐."

"그건 좀…… 부끄러운데……."

"……."

"알겠어. 가서 해볼게."

케인은 가서 빌었다. 신이 되게 해달라니. 하면서도 좀 부끄러운 소원!

[들어줄 수 없는 소원입니다. 세계수의 능력 밖의 일입니다.]

"들어줄 수 없대. 능력 밖의 일이라는데."
"역시 능력 밖의 일이면 저렇게 뜨는군."
원래 저게 정상!
'네 옆에 있는 놈이면 길드 동맹을 부술 수 있어!'라고 하는
건 예외였다.

"음…… 괜찮은 거 같아. 일단 여기 근처에 신전부터 지어야
겠군."
"그런데 태현 님……."
"……?"
"이 주변 괜찮은 거 맞나요?"
고오오오-
세계수 주변으로 한쪽에는 빛이, 한쪽으로는 어둠이 몰려
들고 있었다.

[<드래곤이 쓰러진 평원>의 이름이 <천계와 마계가 이어진 세
계수의 평원>으로 이름이 바뀝니다!]
[새로운 지형을 만들었습니다. 명성이 오릅니다.]
[이 지형에서 보너스를 받습니다.]

당장 무슨 일이 일어나도 놀랍지 않을 것 같은 분위기!

"악마든 천사든 오면 싸우지 뭐. 아니면 잡든가."

태현은 간단하게 대답했다. 다른 플레이어들이라면 천사나 악마를 꺼렸겠지만 태현에게는 이제 좋은 먹이로 보일 뿐이었다. 보이면 잡아서 써먹는다!

-정말로 해냈습니다! 김태현 플레이어가 서버 최초로 드래곤 사냥을! 해냈습니다!

-보고 계십니까! 여러분! 이 감동 넘치는…… 으아아악! 폭발이 여기까지!

태현의 드래곤 레이드 성공은 판온을 뒤흔들었다. 아무리 김태현이라도 지금 플레이어들 수준에서 드래곤 레이드가 될까? 하고 의문을 품던 사람들을 모두 조용하게 만드는 대성공!

-드래곤 레이드 파티 모집합니다.

-김태현이 한다면 우리도 할 수 있다! 드래곤 레이드 도전!

한동안 금기로 여겨지던 드래곤 레이드 파티가 다시 이곳저곳에서 모일 정도였다. 원래라면 절대 하지 않을 미친 짓이었지만, 그만큼 태현이 준 충격이 대단했던 것이다.

게다가 먼저 한 명이 성공하면 뒤의 사람들은 그 사람이 어떻게 성공한 건지 보고 공략할 수 있었다. 유명해지고 싶은 하위권 랭커와 고렙 플레이어들은 머리를 맞대고 태현의 영상을 공부했다.

-김태현을 보고 배워보자!
-어떻게 하면 드래곤을 잡을 수 있나!
-일단 악마들을 불러내서 드래곤을 방해한 다음 드래곤의 뱃속으로 들어가서…… 그다음 어떻게 어떻게 해서 터뜨리는 건가 본데요?

대체 어떻게 한 거야??
악마들을 불러내서 드래곤을 붙잡는 것부터가 실현 불가능! 하위 악마 한 마리 소환해서 부리는 것도 아니고, 고위 악마들을 저렇게 미친 듯이 소환해 내서 부리다니.

-김태현한테 물어보면 안 되나?
-너 같으면 대답해 주겠냐?
-그야 김태현은 파티장님처럼 쪼잔한 놈이 아니니까 대답해 줄지도 모르잖아요.
-그럴듯한…… 잠깐. 이 새끼가?
-아차. 본심이……!

드래곤 레이드 파티들이 고민하고 있는 사이, 대다수의 다른 사람들은 다른 것에 집중했다.

초원의 대격돌로 인한 여파! 드래곤 레이드도 충격적이었지만, 길드 동맹의 군대가 깨져서 후퇴한 것도 만만치 않게 충격적이었다. 길드 동맹이 이곳저곳에서 약탈당하고 있었지만 그건 어디까지나 정면 대결이 아니었기 때문이었다.

오스턴 왕국은 길드 동맹이 전부 지키기에는 너무 넓었고, 산적 플레이어들도 그걸 틈타서 몰래 치고 빠지는 줄 알았는데……. 초원에서 붙은 정면대결에서 패배하다니!

길드 동맹에서는 충격적인 패배였다. 막강한 이미지가 흔들리고 투자자들한테서 연락이 왔다.

-지금 장난하나? 이런 걸 보려고 우리가 투자한 줄 아나?
-그걸 데리고 지는 게 말이 되나? 랭커들이 몇 명인데.
-이런 싸움에서는 이겨줬어야지!

수만이 넘는 오크 군세, 거기에 뒤를 치는 네크로맨서의 언데드들……. 이기기만 했다면 정말 빛나는 승리였을 것이다. 초원의 전투와 드래곤 레이드가 방송들 시청률 투탑을 찍고 있었으니까.

그런데 거기서 졌다! 길드 동맹은 안에서부터 흔들리기 시작했다. 가장 크게 나타난 건 몇몇 길드들의 이탈이었다.

-우리한테 약속한 영지들은 지금 다 외곽에 있는 곳이라 물

건너 갔다고 봐야 하고……

길드 동맹은 쑤닝과 친분이 있는 중국계 길드들만으로 구성된 게 아니었다. 주축을 이룬 중국 쪽 대형 길드들과, 거기에 연합한 그 외 대형 길드들로 구성된 것! 당연히 그 외 대형 길드들은 바로 탈주각을 보기 시작했다.

원래 중국 쪽 길드가 아니면 암암리에 손해를 보고 있었다. 중요 영지가 아니라 외곽 영지를 받는 등등. 그래도 길드 동맹에 남아 있어서 얻는 이익이 더 컸고, 길드 동맹이 강하다는 걸 알고 있어서 남아 있었는데……

그게 깨진 이상 남아 있을 이유가 없었다.

영미권 대형 길드들 연달아 이탈! 안 그래도 오스턴 왕국 수도와 중부 근처만 유지하고 있는 길드 동맹 입장에서 이런 이탈은 치명적이었다. 동원할 수 있는 랭커들이 확 줄어드는 것이다.

길드 동맹은 창립 이후 가장 힘든 시간을 보내고 있었다. 밖에서는 투자자들이 '제대로 안 하냐'고 쪼아대고, 안에서는 불만을 가진 길드들이 이탈하고, 왕국 외곽 지역들은 완전히 박살이 났고……

개자식들! 용서하지 않겠다! 이탈한 놈들은 바로 선전포고 받을 준비해라!

그러나 쑤닝에게 닥친 시련은 여기서 끝이 아니었다. 이탈한 영미권 길드들이 에랑스 왕국 쪽에 있던 대형 길드들과 연합을 시도한 것이다.

-가만히 있으면 쑤닝이 분명히 보복한다.

-차라리 연합하자! 한 번 연합했는데 두 번 연합 못 하겠나!

길드 동맹에 맞먹는 새로운 세력이 탄생하려 하고 있었다.

-크하하! 건방진 놈 같으니! 감히 우리의 앞에서 이런 건물을 지을 줄이야!

세계수의 어둠 쪽에서 나타난 악마는 부하들과 함께 호탕하게 웃으며 다가왔다. 목표는 세계수 앞에 지어지고 있는 정체불명의 신전!

-우리가 두고 볼 줄 알았느냐! 어느 신이길래 건방…… 으아아악! 으아아아아악! 으아아아아아아악!

[마계에 당신의 악명이 너무 높습니다!]
[악마가 아키서스의 신전을 보고 기겁합니다!]
[악마가 당신의 이름을 듣고 겁에 질립니다!]
[공포 상태에 빠집니다!]

악마들은 태현과 지어지던 아키서스의 신전을 보고 비명을 지르며 도망치기 시작했다.

아키서스 신전을 건설하던 플레이어들은 황당한 표정을 지었다. 방금 뭘 본 거지?

"태…… 태현 님?"

"응? 왜?"

태현은 아무 일도 없었다는 듯이 플레이어들을 쳐다보았다. 건축가 플레이어들은 저 멀리 비명을 지르며 도망치는 악마들을 가리키며 물었다.

"쟤네들이 방금…… 도망치지 않았나요?"

"원래 악마들이 신전 무서워하잖아."

그랬나? 처음 들어보는데?

신전 무서워하는 건 하급 언데드나 그렇고, 악마들이나 고위 언데드들은 오히려 부수려고 하지 않나?

"그런 건가요?"

"그래. 그런 거야. 빨리 건설 마무리하자."

태현은 그런 말로 플레이어들을 달랬다.

플레이어들은 의혹 가득한 눈으로 태현을 쳐다보았다.

'아무리 봐도 태현 님 보고 도망친 거 같은데?'

'김태현 보고 도망친 거 맞지?'

'김태현이 악마 좀 부리던데 설마 부하 아냐?'

'에이, 설마…….'

수군거리던 플레이어들이었지만, 지금은 할 일이 많았다.

신전 건설이 막바지!

꼭 건축가 플레이어들만 있는 건 아니었다. 태현이 부른 조건에 혹해서 온 플레이어들도 많았다. 판온에서 절망과 슬픔의 골짜기에서는 이미 많은 사람들한테 유명했다.

-젊은이여 짧고 굵게 살고 싶다면 〈절망과 슬픔의 골짜기〉로 가라!

-요즘 누가 레벨 100 일일이 다 레벨 업하니? 난 〈절망과 슬픔의 골짜기〉에서 한 번에 땡긴다!

성실하게 레벨 하나씩 올리고 퀘스트 깨면서 장비를 맞추는 게 아닌, 〈절망과 슬픔의 골짜기〉에서 한 번에 대박을 노리는 플레이어들! 물론 대박이 나는 건 소수였고, 나머지는 뽑기의 노예가 됐다.

영지 투기장에 가거나, 고블린 만능 제작기를 노리거나, 사제들의 축복을 받아 상자깡을 한다거나……. 영지에서 뭘 하든 간에 아키서스 교단 공적치 포인트 없이 할 수 있는 건 없었다.

그랬다. 아키서스 교단은 이런 사람들을 아주 알뜰히 잘 사용했다. 영지 건물 2/3는 골드 한 푼 안 내고 공적치 포인트로만 지었을 정도!

태현이 교단 공적치 포인트를 내걸자 골짜기에서 평원까지 우르르 몰려온 것이다.

"그런데 좀 더 화려하게 지어도 되지 않나요?"

건축가 플레이어들이 욕심이 나서 물었다. 더 크고 더 화려하게 지을수록 더 경험치가 오르는 그들! 게다가 태현 정도면 이제 이런 신전들도 좀 멋있고 화려하게 지어도 되지 않을까?

그러나 태현은 고개를 저었다.

"빠르고 간단하고 튼튼하게가 최고야."

화려한 건물 지어서 자랑할 생각이라고는 조금도 없는 태현이었다. 다른 플레이어들이 괜히 거대한 건물을 짓고, 화려한 장비를 차고 다니는 게 아니었다.

홍보!

정말 수많은 플레이어들 중에서 눈에 띄고 유명해지려면 이런 게 중요했던 것이다.

비싼 집, 비싼 장비, 비싼 차…… 아니, 비싼 탈것 등등!

그러나 태현에게 그런 건 이미 충분했다.

'빠르게 신전 짓고 근처에 요새 몇 개 박은 다음 빠져야지.'

신전이 아무리 작고 검소해도, 세계수의 위력이 퍼지면 수많은 사람들이 몰려올 것이다.

부작용? 사람들이 그런 걸 신경 쓰지 않는다는 걸 태현은 이미 경험으로 알고 있었다.

사람들은 생각보다 겁이 없다!

"으윽…… 한, 한 번 더 해볼까……."

'역시.'

태현은 확신했다.

갖고 있던 골드를 날린 케인은 얼마나 됐다고 진지하게 고민하고 있었다.

솔직히 고민이 안 될 수가 없었다.

운 좋게 몇 번 성공한 다음 빠지기만 하면 공짜로 스탯을 올릴 수 있는 것이다.

원래 스탯 하나 올리려면 거기에 걸맞은 고생을 해야 하는데!

물론 태현은 저런 도박을 할 생각이 없었다. 스탯으로 먹고 사는 태현에게 스탯 감소는 치명적이었다.

저런 도박을 하는 건 절박하거나 잃을 게 없는 놈들!

……아니면 케인처럼 멍청하거나.

태현의 다음 목표는 하나.

학카리아스의 레어를 터는 것이었다.

학카리아스의 레어! 원래 학카리아스가 살아 있었다면 접근 자체가 미친 짓인 곳이었지만, 학카리아스는 죽었다.

'워낙 예상치 못한 일이니 바로 움직이는 사람은 적겠지만 분명 곧 있으면 나온다. 빨리 움직여야지.'

학카리아스가 잡힐 걸 예상한 사람은 아무도 없었다. 당사자인 태현도 확신하지 못했던 일이었으니 당연했다.

그렇지만 잡힌 게 알려진 이상, 늦든 빠르든 학카리아스의 레어를 털 생각을 하는 사람들은 나오게 되어 있었다.

'뭐…… 솔직히 조금 늦게 가도 크게 문제는 없을 거 같긴 한데.'

부잣집은 망해도 삼 년은 간다고, 학카리아스가 죽었다고 학카리아스 레어가 그렇게 쉽게 뚫릴 것 같지는 않았다.

학카리아스와 직접 싸워본 태현은 알 수 있었다.

학카리아스 없는 학카리아스 집도 이제까지 플레이어들이 간신히 사냥한 보스 몬스터 수준의 난이도 아닐까?

'그렇지만 내겐 흑흑이가 있지.'

같은 블랙 드래곤!

레어를 털 때 든든한 조력자가 되어주리라.

-괜찮냐?

용용이가 흑흑이에게 조심스럽게 말을 걸었다.

주인인 태현이 학카리아스와 적대하는 사이라 어쩔 수 없이 싸워야 했지만, 흑흑이의 기분이 좋을 리 없었다.

그래도 같은 블랙 드래곤에, 아는 사이였는데…….

-너무…….

-너무 슬프다고? 너무 괴롭다고?

-너무 기쁘다!

-??

-크하하! 잘 죽었다 그 자식! 어디 한번 저승 가서도 나보다 잘나간다고 잘난 척해봐라!

어디 가지 않는 블랙 드래곤의 인성! 블랙 드래곤은 골드 드래곤과는 본질적으로 다른 드래곤이었다.

흑흑이는 날개를 파닥거리며 외쳤다.

-내가 사디크 믿었다고 무시하더니 아주 잘됐다!

-그…… 그래. 기운찬 걸 보니 좋군.

용용이는 그렇게 말하면서 슬쩍 거리를 벌렸다.

조금 친해졌다가 급격히 멀어진 마음의 거리!

신전 근처에 악마들이 왔다가 태현을 보고 '힉! 아키서스잖아! 눈 마주치지 마!' 하고 도망친 건 한 번이 아니었다. 대여섯 번 넘게 그런 일이 일어나자 플레이어들은 대충 확신을 했다. 악마들이 태현을 두려워한다고!

그러나 평원은 넓었다. 악마들은 다른 곳에서 나타나기 시작했다. 세계수 바로 앞에 지어지고 있는 신전은 내버려 두고, 평원 끝쪽으로! 평원은 워낙 넓었으니 태현이 있는 쪽은 충분히 피하고도 남았다.

-크하하하! 마계에서 대륙으로 건너온 이 몸의 힘을 받아라!

-악마의 힘에 굴복해라!

하급 악마들이었지만 주변을 지나가는 플레이어들에게는 충분히 위협적! 악마를 상대할 수 없는 플레이어들은 일단 도망부터 치고 봤다.

"여기 원래 악마 안 나왔잖아?!"

"몰라! 그거 말해서 뭐 해! 뛰어!"

상인 플레이어들은 마차를 몰며 정신없이 달렸다. 전투력도 낮고, 실시간으로 정보를 확인하지 못한 그들에게 믿을 수 있는 건 이동 속도밖에 없었다.

"저기 사람들 많다!"

"도와달라고 하자!"

저 멀리 거대한 나무 밑에 사람들이 모여서 뭔가를 짓고 있었다.

-이런 치사한 인간 놈 같으니!

-정지해라! 정정당당하게 싸우자!

상인들은 귀를 의심했다. 악마들이 뭘 잘못 먹었나?

끼이이익-

상인들은 마차를 세웠다. 원래라면 하면 안 되는 짓이었지만 호기심이 그렇게 만든 것이다.

"야! 세우면 어떡해! 빨리 몰아! 속임수면 어쩌려고!"

"아니야. 악마가 이쪽으로 못 오는데?"

날아다니던 하급 악마들이 이를 갈며 이쪽을 노려보고 있었다.

-크아악! 여기로 와라!

-인간! 겁먹은 거냐!

상인한테 저런 도발은 통할 리가 없었다. 오히려 상인 플레이어들은 신이 나서 약을 올리기 시작했다.

"저것들 못 오나 봐!"

"야! 돌멩이 던지자! 돌멩이!"

"에비! 에비!"

-이 아키서스 같은 놈들이!

이런 일들이 몇 번이고 일어나자 플레이어들 사이에는 소문이 퍼졌다.

-세계수 신전(가칭)을 거점으로 주변 악마 사냥이 가능하다더라!

-세계수 평원이 그렇게 좋다고?

-악마 사냥을 어디서 해보겠냐? 게다가 여기는 악마들이 제대로 공격도 못 한대!

판온 플레이어들은 언제나 명당을 찾아 헤맸다. 명당이란, 강한 몬스터가 많이 나오되 그 몬스터를 잡기 쉬운 곳! 그리고 세계수 신전 근처는 명당의 조건을 전부 갖추고 있었다.

길드 동맹도 너무 세게 맞은 탓에 근처에 못 오겠다, 플레이어들은 우르르 몰려갔다.

"뭐 사람이 이렇게 많지?"

태현은 의아해했다.

세계수 근처에 이렇게 사람이 많이 모일 이유가 없었다. 기껏해야 신전 건설하고 공적치 포인트 받아갈 사람이 전부인데?

'암살자 아냐?'

의심부터 하고 보는 태현!

하도 저지른 짓이 많다 보니, 일단 이상한 걸 보면 의심부터 하는 태현이었다. 참 오래 살 거 같은 성격!

[카르바노그가 고개를 절레절레 흔듭니다.]

물론 암살자가 아니었다. 소문을 듣고 사냥하러 온 사람들부터 시작해서, 신전 건설에 참여하러 온 사람들, 그리고 세계수 소문을 듣고 온 사람들이 있었다.

"태현 님! 부탁드릴 게 있습니다."

"세계수에 기도하고 싶다고? 줄 서서 기다려. 신전 다 지어지면 거기서 하게 해줄 테니까."

태현은 귀찮다는 듯이 대답했다. 도박에 중독된 플레이어들이 벌써부터 구름처럼 몰려오고 있었던 것이다.

새로운 도박이 있다는 소문을 듣고 온 플레이어들의 눈빛은 반짝반짝 빛났다.

한 번만 당기게 해줘!

"그게 아닙니다!"

"응?"

태현은 그제야 플레이어의 얼굴을 쳐다보았다. 의외로 눈빛이 멀쩡했다. 도박 중독자의 눈빛이 아니었다.

"뭐지?"

"세계수에 먼저 기도하게 해주시면…….."

"……중독자 맞잖아?"

태현은 상대를 못 알아본 자기 눈을 의심했다.

"그게 아닙니다! 저는 다른 사람들처럼 저거에 중독된 게 아니라…….."

"그래. 그래. 중독된 놈들 모두 그러더라. 가서 줄 서. 어차피 하루에 횟수 제한 걸 거니까."

고블린 만능 제작기를 돌려본 태현은 잘 알고 있었다. 제한을 두지 않으면 사람들은 계속해서 매달린다는 것을! 줄이 돌아가려면 한 사람당 횟수 제한을 걸고 계속 회전을 시켜야 했다. 그럼에도 불구하고 영지 제작기 앞에는 24시간 내내 긴 줄이 서 있었지만…….

"이건 태현 님한테도 좋은 이야기일 겁니다. 저는…… 개인 방송을 하는 파샹이라고 합니다."

"어…… 그래. 축하해."

"진지하게 들어주십시오!"

"진지하게 들어줄 만한 이야기를 해야 진지하게 들어주지! 와서 먼저 기도하게 해달라는데 뭘 어쩌라는 거야?"

파샹은 태현에게 설명하기 시작했다.

"저희 같은 방송인들에게 태현 님의 영지가 뭐라고 불리는지 아십니까?"

"……뭐라고 불리는데?"

태현은 불안해졌다. 〈파산의 땅〉이나 〈아키서스 지상노역장〉 같은 곳으로 불리진 않겠지?

"방송의 성지로 불립니다!"

인기 없는 개인 방송도 아키서스 영지만 가면 재밌어진다!

그냥 가서 고블린 만능 제작기나 아키서스 투기장만 돌려도 보는 재미가 엄청났다. 그뿐만이 아니라 영지에서 상자를 까거나, 교단 퀘스트를 받거나…….

정말 인기를 얻고 싶어서 목숨을 건 사람들은 〈악마의 대장간〉으로 가서 폭탄을 샀다.

-환상의 폭탄쇼! 뭔가 보여 드리겠습…… 크아아악!

어쨌든 〈절망과 슬픔의 골짜기〉는 하나부터 열까지 방송으로 완벽한 곳이었다. 숨만 쉬어도 재밌다!

태현은 몰랐지만, 영지 초창기 때 여기서 유명해진 방송인들이 나라 가리지 않고 많았다. 문제는 이제 이것도 경쟁이 치열해졌다는 것!

수천 명이 넘는 방송인들이 '투기장 한다!' '제작기 돌린다!' '전 재산 다 써서 상자깡 한다!'이러는 상황에서 어지간한 거로는 더 이상 뜰 수가 없었다.

뭔가…… 뭔가 더 자극적인 게 필요해!

그런 와중에 세계수 소식은 눈치 빠른 방송인들에게 귀가 번쩍 눈이 번쩍하는 소리였다.

이건 꼭 해야 해!

"저는 전문 방송인으로서 여기를 가장 먼저 해야 한다는 사명감을 갖고 있습니다. 제 팬을 위해서……!"

"알겠으니까 가서 줄 서라."

"태현 님! 태현 님한테도 좋은 이야기라니까요!"

"어떻게?"

"홍보가……."

"야. 저거 끌어내라."

태현의 말에 아키서 부족 전사들이 우르르 달려왔다. 겉모습부터 미친놈 같은 모습에 파상은 겁을 먹었다.

"아, 아니! 특별출연 시켜 드릴게요! 특별출연! 이거 아무나 시켜주는 거 아닙니다!"

"참신하게 미친놈이네 저거."

그러나 이건 시작일 뿐이었다.

"태현 님. 저한테 3일! 아니, 1일만 독점으로 이 세계수 기도를 허락해 주시면 제가 태현 님 광고를……."

"아. 쫓아내라 저거. 그냥 잡상인 사절을 달까?"

태현은 짜증을 냈다.

파상은 시작일 뿐, 온갖 놈들이 와서 '제발 세계수 먼저! 독점 좀 하게 해주세요!' 이러면서 들이대니 짜증이 났다.

근거 없는 자신감은 덤!

태현이 저기 나가서 홍보해서 뭐 하겠는가? 안 그래도 지금 너무 유명해서 암살자부터 시작해서 온갖 놈들이 몰려오는데…….

그러나 저렇게 근거 없는 자신감에 가득 찬 플레이어들만 오는 건 아니었다. 나름대로 머리를 써서 합리적인 제안을 들고 오는 플레이어들도 있었다.

"줄 서서 기다릴 테니까 다른 놈들 방송 못 하게 막아주시면 제가 크게 사례하겠습니다."

"제 길드에 부리고 있는 용병대가 있는데 절 가장 먼저 하게 해주시면 이 용병대를 드리겠습니다!"

하도 많이 몰려들자 슬슬 플레이어들도 눈치를 챘다.

이 자식들이 이걸로 방송하려고 하는구나!

경쟁자들끼리 모이니 협상은 더욱더 치열해졌다.

"저는 이 황금 상자를!"

"에이! 저는 여기 이 자루에 루비를 가득 채웠습니다!"

"태현 님! 저는 판온 1 때부터 팬이었습니다!"

"이 자식! 저리 안 꺼져?!"

급기야 플레이어들은 멱살을 잡고 싸우기 시작했다. 추한 싸움의 결정체였다.

"멍청한 놈들 같으니. 사람은 머리를 써야지."

플레이어 중 한 명은 꾀를 냈다. 태현처럼 강직하고 정직한 플레이어한테, 다른 줄 선 플레이어들을 무시한 부탁은 역효과! 일단 은근한 접근으로 마음을 사야 했다.

슥-

-화신님. 누가 이걸 두고 갔는데요?

"??"

아키서 부족 전사들은 신전 근처에 누군가 두고 간 짐짝을 들고 왔다. 안에는 골드가 가득 들어 있었다.

"누가 잃어버린 건가?"

"어떤 멍청한 놈이 저걸 잃어버리고 가겠냐……."

태현은 한심하다는 듯이 케인한테 말했다.

"뇌물 아닐까요?"

"잘됐네. 자. 이다비."

태현은 바로 이다비에게 건넸다.

화아악!

이다비 근처의 저주가 눈에 띄게 약해지는 게 보였다.

케인은 그걸 보며 물었다.

"뭐야? 왜 이다비만 줘? 나는?"

자기도 전 재산 다 털렸는데!

"너는 참 사서 욕을 먹는 재주가 있어. 이다비는 전 재산 다 털어서 학카리아스 레이드했다. 게다가 마이너스 통장까지."

이다비는 쑥스러워서 얼굴을 붉혔다. 정수혁과 유지수는 감탄, 감동한 표정으로 이다비를 쳐다보았다.

"대단합니다. 이다비 씨."

"대단해요……!"

"그에 비해 케인 씨는……."

정수혁은 케인을 빤히 쳐다보았다. 학카리아스 레이드하던 도중 할 거 없다고 길드 동맹하고 싸우러 가지 않았나?

"나…… 나 허락받고 간 거라고!"

"음. 그렇다고 합시다."

"뭐 그런 거로 해요."

정수혁과 유지수의 목소리에서 느껴지는 경멸의 기운!

"근데 선배님. 뇌물 받은 거 이렇게 막 써도 됩니까?"

"놓고 간 놈이 바보지."

-화신님. 여기 편지 있는데요.

"그건 버려."

쿨하게 무시하는 태현이었다.

"저놈 왜 이렇게 기분 나쁘게 웃지?"

"뭔가 하고 있나? 헉. 설마 김태현한테 허락받은 거 아냐?"

"아니야. 김태현이 누구인데 그렇게 쉽게 허락을……."

신전 근처에 모인 개인 방송 플레이어들은 서로를 견제의 눈빛으로 쳐다보고 있었다.

나름 유명한 사람들도 몇몇 있다 보니 얼굴만 봐도 누구인지 알았다.

다른 건 몰라도 네가 앞서가는 건 절대 용서할 수 없어!

파워 워리어 길드가 보면 감탄했을 이기주의!

어쨌든 이렇게 모여 있으니 소문도 빨리 돌았다.

"야. 내 친구가 저놈이 밤에 몰래 신전 앞에 가서 뇌물을 두고 왔다는 걸 봤다는데?"

"뭐……?!"

플레이어들은 경악했다. 감히 그런 사악한 짓을!

'질 수 없다!'

'나도……!'

그때부터 밤에 신전 앞에 들락날락하는 사람들이 늘어나기 시작했다.

-화신님. 이런 걸 자꾸 두고 가는데요.

"얘네들은 대체 무슨 생각인 거지?"

태현도 슬슬 당황스러워질 정도!

혹시나 해서 편지를 읽어봤지만 안에는 '저는 누구입니다. 태현 님 사랑합니다. 절 기억해 주십시오.' 같은 두루뭉술한 내용만 적혀 있었다. 뭘 말하려는지 알 수 없는 내용!

어쨌든 이 뇌물 경쟁으로 인해 제일 이득을 많이 본 건 이다비였다. 이다비가 마이너스 저주에 걸리게 된 일이 많이 미안했던 태현! 쌓이는 골드를 족족 이다비에게 건넸다.

"저…… 태현 님. 진짜 괜찮은데요. 이제 저주 풀렸어요!"

"아냐. 앞으로 스킬 쓰려면 골드가 더 많이 필요할 텐데 더 받아."

[아이템을 얻었……]

[일시적으로 많은 골드를 얻었습니다! 황금의 축복을 얻습니다.]

[관련 스킬의 쿨타임이 줄어듭니다.]

골드가 많아지면 강해지고 줄어들면 약해지는 직업 특성상, 이다비는 골드를 많이 확보할 필요가 있긴 했다. 이다비가 최대한 골드를 쓰지 않으려고 해서 그렇지!

이다비 입장에서 스킬 한 번 쓰려고 골드를 소모하는 건 그야말로 미친 낭비였다. 한사코 거절했지만 태현은 끝까지 이다비에게 골드를 쏟아부었다.

그 결과…….

"후, 후광?!"

이다비의 뒤에서 번쩍번쩍 빛이 나기 시작했다.

"저는 괜찮으니까 케인 씨도 좀……."

이다비가 입을 열었다. 케인이 세상에서 가장 부러운 눈빛으로 빤히 쳐다보고 있는 게 신경이 쓰였던 것이다.

꿈에 나올 법한 간절한 눈빛!

"에이, 케인은 골드가 별로 안 중요한 직업이야. 그렇지?"

"아니야! 나도 골드 필요해!"

"너 장비도 내가 만들어주고 각종 소모템도 내가 주는데 뭘……."

할 말이 없다!

그렇게 말은 했지만, 태현은 그래도 챙겨주기로 했다.

"본전 말해봐."

"응?"

"넌 딱 본전까지다."

보너스를 기대했던 케인은 시무룩해졌다.

소소한 일들이 일어나는 와중에도 신전 건설은 빠르게 완성되었다.

"와아아아!"

"세계수! 세계수! 세계수!"

신전 건설을 다 했는데 세계수 이름을 외치는 이상한 현상! 건설에 참여한 사람들도 소문을 들어서 다 알고 있었다.

저 세계수가 새로운 슬롯머······ 아니, 새로운 기도 장소라는 것을!

"자! 자! 줄을 서라!"

"건설에 참여한 사람부터 먼저 기도하게 해주겠다!"

영지에서 온 교단 NPC들이 플레이어들을 통제했다.

그러자 뇌물을 바친 사람들이 당황해서 태현을 찾았다.

"어······ 어? 왜 아무 말도 없으시지?"

"김태현 님 어딨어요?"

"태현 님 여기 떠나신 지 좀 됐는데······?"

순간 그들의 머릿속에 한 단어가 스치고 지나갔다.

먹튀!

"아, 아니. 김태현이 설마 먹튀를······."

"맞아. 김태현이 그런 사람은······ 생각해 보니 판온 1에서는 그랬던 것 같은데······."

"누가 뇌물 주자고 했냐?! 최소한 주더라도 약속은 받아놓고 줘야 할 거 아냐!"

"맞아! 맞아!"

우당탕!

2차로 추한 싸움이 다시 시작되었다.

"……저 인간들은 뭐 하는 겁니까?"

"세계수에 기도할 순서로 싸우나 봅니다."

"참. 그게 뭐 중요하다고……."

뒤늦게 신전에 도착한 고렙 파티들은 플레이어들은 싸우는 걸 보며 한심해했다. 여기 있는 사람들이 들으면 분노할 소리였지만, 세계수에서 중요한 건 그깟 기도가 아니었다.

그런 건 욕심에 눈이 먼 한탕주의자들한테만 중요한 것!

중요한 건 마계나 천계로 이동할 수 있는 능력이었다.

"저 세계수가 진짜 마계로 갈 수 있다 이거죠?"

"네. 영상 보면 확실합니다. 근데……."

"……?"

"아키서스 믿어야 한다고……."

플레이어들은 대번에 일그러졌다. 이제까지 쌓은 타 교단 공적치 포인트가 얼마인데!

"우리는 학카리아스의 레어를 찾아 들어간 다음 최대한 빠르게 약탈할 거다."

-듣기만 해도 너무 신납니다!

일행 중 가장 기뻐하는 흑흑이!

-제가 앞장서서 털어도 됩니까?

"역시 흑흑이. 아주 열정적이야. 마음에 들어!"

-제가 원래 그렇습니다!

흑흑이는 신나서 날개를 펄럭였다.

"아예 그 레어 턴 다음 네 거라고 선언하지 그래?"

-그…… 그래도 됩니까?!

"뭐 어때? 학카리아스도 죽었는데."

흑흑이는 태현의 말에 말도 못 할 정도로 감격했다.

자기 레어라니!

드래곤한테 레어를 가진다는 건 정말 커다란 의미였다.

원래 내 집 장만은 모든 사람의 꿈. 게다가 드래곤에게 집 장만은 보통 어려운 게 아니었다. 일단 그 드래곤에게 맞는 환경인지가 중요했고, 거기 근처 지형이 맞는지도 중요했다.

작아서는 안 됐다. 드래곤에게는 위엄이 생명. 작은 굴 안에 들어가 레어라고 하면 그 드래곤은 드래곤 사회에서 얼굴도 들고 다니지 못했다. 그리고 방어하기도 좋아야 했다. 드래곤은 적이 많았다. 겁 없는 놈들이 드래곤 잡아보겠다고 덤비는 경우도 많았으니까.

그 결과 중앙 대륙에 드래곤 레어로 쓸 만한 곳은 몇 군데 없었다. 그리고 그런 곳은 보통 이미 늙은 드래곤이 있다!

드래곤은 늙으면 늙을수록 강해졌고, 흑흑이처럼 어린 드래곤은 그런 고룡과 싸워서 이길 확률이 거의 없었다.

하늘과 땅의 차이!

저번에 학카리아스가 흑흑이와 만났을 때 그렇게 거들먹거린 데에는 다 이유가 있었던 것이다.

-충성을 다하겠습니다!

"그래. 그래."

어차피 자기 땅도 아닌 이상, 태현은 흑흑이에게 친절을 베풀어줬다.

네 마음대로 해라!

[카르바노그가 걱정합니다.]

"……?"

[블랙 드래곤의 레어는 독과 함정이 가득한 늪으로 둘러싸여 있는 곳. 아무리 강하더라도 쉽게 뚫을 수 있는 곳이 아닙니다.]

'괜찮아. 안 죽어.'

태현은 말하고서도 좀 불길해졌다. 보통 이런 소리를 하던 놈들이 가장 먼저 가던데?

태현은 아키서스 신전 건설을 기다리면서, 레어로 갈 놈들이 그렇게 많지 않을 거라고 생각했다.

상식적으로는 그게 당연한 일!

학카리아스가 죽은 지 얼마 되지도 않은 데다가 레어 관련 정보는 거의 없었다. 최상위권 랭커에 들어가는 태현도 긴장하면서 가는데, 정보도 거의 없는 그런 곳에 들이박을 파티가 그렇게 많을 리 없었다. 판온은 결코 만만한 게임이 아니었다. 자기 주제를 모르고 멋대로 들어갔다가는 자비 없이 전멸했다.

'세상 사람들이 그렇게 겁 없고 멍청할 리가 없잖아?'

그러나 태현은 한 가지를 놓치고 있었다. 태현이 학카리아스를 레이드한 덕분에 사람들의 두려움이 확 줄었다는 것!

'드래곤은 절대 잡을 수 없는 몬스터'에서 '드래곤도 잡을 수 있네?'로 바뀐 것이다.

덕분에 평소라면 레어의 '레' 자도 꺼내지 않았을 사람들도 머리를 굴리기 시작했다.

어? 지금이라면 다들 레어 생각 못 하고 있을 텐데 지금 가면 대박 아닌가?

사람 생각하는 것은 비슷!

그 결과 수십 개의 파티들이 오스턴 왕국 북동쪽에 있는 검은 묘비 산맥에서 만나게 되었다.

"이…… 이 자식! 나 혼자 온 줄 알았는데!"

"너…… 너도 왔냐?!"

어디서 한 번씩 본 적 있는 파티들부터 처음 보는 파티들까지. 산맥의 좁은 길에서 마주친 플레이어들은 민망함과 경계심이 반반 섞인 표정을 지었다.

'내가 가장 먼저 온 줄 알았는데…….'

'젠장. 다 생각하는 게 비슷해.'

'이 자식들을 어떻게 떨쳐놓고 가지?'

주제 파악을 전혀 못 하는 생각!

레어 걱정부터 해야 하는데, 레어는 벌써 해결됐다고 생각하는지 경쟁자들을 어떻게 떨칠지 생각하고 있었다.

그러나 다행히 그런 사람들만 있는 건 아니었다.

"일단 협력하는 게 어떠냐?"

"협…… 력?"

그 말을 들은 파티들은 웅성거렸다.

협력! 쉽지만 어려운 단어였다. 특히 이런 상황에서는 더더욱!

대형 던전이나 고난이도 던전 같은 경우에는 파티 하나가 아닌 여러 파티가 연합해서 같이 깨는 경우도 많았다. 파티 하나로는 절대 무리인 보스 몬스터나 던전이 판온에는 너무 많았던 것이다. 그렇지만 그런 연합 파티는 보통 출발 전에 모이고, 규칙을 정하고, 이런저런 약속과 그걸 어길 시의 처벌을 정했다. 그런데도 종종 문제가 터졌다.

파티 하나가 몰래 보상을 빼돌렸다든지, 파티원 중 하나가 잠입하고 들어온 약탈자 플레이어라 보상을 훔치고 튀었다든지……. 이 정도면 나은 수준이었다.

정말 질이 나쁜 파티는 아예 다른 파티를 공격했다. 보스 몬스터보다는 네 장비가 더 좋아 보인다!

사전에 공을 들여 준비한 연합 파티도 이런 문제가 터지는데, 이렇게 즉석에서 만나서 협력하는 파티들은 어떻겠는가? 못 믿는 것도 당연했다.

"뭘 믿고?"

"맞아. 여기 중 절반은 누군지도 모르는 놈들이라고."

상위권 랭커쯤 되면 처음 보는 얼굴이라도 이름을 알 법하지만, 그 밑만 내려가도 어지간하면 이름을 알기 힘들었다.

판온의 플레이어 숫자는 그만큼 어마어마했던 것이다. 하물며 여기는 겁 없는 고렙 플레이어 파티까지 몰려왔으니……

"잘 생각해 봐. 여기는 그 학카리아스의 레어라고. 파티 하나로는 무리야."

"학카리아스는 뒤졌잖아."

"죽어도 드래곤 레어는 레어지. 너 드래곤이 얼마나 마법에 강한지 알고 있냐? 레어에 배치된 골렘만 해도 수십, 수백 채가 될 수 있다고. 게다가 부리고 있는 종족들도 있고."

이야기를 꺼낸 파티의 말이 그럴듯했는지, 파티들 중에 고개를 끄덕이는 사람들도 있었다. 그러나 못 믿는 파티들은 쉽게 물러서지 않았다.

"너희를 어떻게 믿고?"

"그냥 우리는 우리가 알아서 깨고 싶은데."

"같이할 거면 너희가 무조건 앞장서라."

"뭐? 이 자식들이 뭐라는 거야?"

이런 말을 듣고 참고 있을 사람은 얼마 없었다.

슬슬 험악해지는 분위기!

그러자 사태를 지켜만 보고 있던 랭커들이 나섰다.

"아니. 연합하는 게 좋을 것 같다."

"크······ 크로포드!"

"저건 앨콧이다!"

서로 싸우던 와중에 유명한 랭커들의 등장은 그만큼 무게감이 있었다.

"요한손까지 있어!"

"랭커들이 얼마나 온 거야?"

곳곳에서 등장하는 랭커들에 싸우던 파티들도 움찔했다.

"일단 연합하자. 뒤통수를 치는 건 나중에 걱정해도 되니까."

"맞아. 뒤통수를 치는 놈이 있으면 내가 꼭 쫓아가서 죽여주지."

앨콧의 기세등등한 말에 플레이어들은 침을 삼켰다. 암살자 랭커로 유명한 앨콧의 협박을 그냥 넘길 수 있는 사람은 얼마 없었다. 게다가 요즘 앨콧은 에랑스 왕국에서 처음으로 영지를 받은 플레이어로 한창 잘나가고 있었던 것이다.

다른 랭커들도 앨콧을 주목할 정도!

'길드 동맹은 망해가는데 저놈 혼자 잘 나가는군. 주의해야겠어.'

'앨콧 저놈······ 언제 저렇게 컸지?'

검은 묘비 산맥 근처에 온 태현은 당황했다.

플레이어들이 너무 많다!

"일단 변장부터!"

"네!"

태현 일행은 이제 변장의 달인이 되어가고 있었다. 오죽하면 케인이 변장 스킬 중급을 찍었을까!

평범한 플레이어들은 한두 번 하면 많은 변장을 그들은 매번 하고 있었다.

'무슨 일이지? 설마 길드 동맹이 함정을 팠나?'

생각해 보니 자기라면 가장 먼저 했을 짓이었다.

태현은 스스로를 반성했다. 길드 동맹을 너무 얕봤구나!

'좀 더 치밀하게 머리를 굴렸어야 했는데……!'

물론 길드 동맹의 함정 같은 게 아니었다.

"아. 또 왔나?"

"아오. 여기 대체 몇 명이 오는 거야?"

"몇 명…… 5명? 5명 갖고 뭐 하려고."

태현 파티를 본, 앞에 있던 플레이어들이 불평했다.

사람이 많아질수록 레어의 보상을 나눠 가져야 하니까!

게다가 남들은 나름 레어 공략한다고 열 몇 명씩 오는데, 달랑 다섯 명에서 오는 건 또 뭐란 말인가.

자기들이 랭커도 아니고!

"뭡니까?"

"지금 여기 온 파티들이 너무 많아서 연합하기로 했어."

태현은 당황했다.

함정이 아닌 건 잘 됐지만, 파티들이 많다고?

'겁대가리를 상실했나? 아니면 내가 모르는 무언가가 있나?'

대체 무슨 배짱으로 드래곤 레어에 이렇게 많이 찾아온 거지?

"너희들은 잘됐겠네. 그런 파티로는 깰 가능성도 없었는데 업혀 가게 되었으니까."

뒤에서 유지수가 활을 꺼내 화살을 장전하려고 하자 이다비가 말렸다.

"진정하세요."

"하지만 언니……! 쟤가……!"

"내버려 두면 태현 님이 알아서 탈탈 털어낼 거예요."

이다비는 태현을 믿었다. 저렇게 말하는 사람을 내버려 둘 리 없는 인성!

태현은 앞에 있는 놈을 푹찍하기 보다는 좀 더 물어서 정보를 얻으려고 했다.

"연합을 한다고?"

"그래."

"이 자리에서?"

"그래."

"……진짜? 그게 말이 되나?"

"아, 원래는 말이 안 되겠지만 여기 랭커들이 다 손을 잡고 파티를 모으기로 했거든. 그러니까 협력하는 거지, 아니면 안 해."

"아…… 그랬군."

"기쁘지? 솔직히 너희 파티는 그냥 전멸했을 텐데."

"그래그래."

토바는 지금 그가 누구의 수염을 당기고 있는지 모르고 있었다. 처음 보는 얼굴에다가, 인원도 적은 거 보니 그냥 겁 없이 온 소규모 파티인가보다 싶을 뿐!

"너희 레벨 100은 넘지?"

"물론 넘지."

태현은 이 질문에 당당하게 대답할 수 있어서 뿌듯했다.

그리고 그 뒤에 자괴감이 들었다.

'젠장…….'

이게 뭐라고!

아키서스의 화신 직업이 사람을 망가뜨리고 있어!

"그런데 넌 이름이 뭐냐?"

"김…… 태산."

"김태산? 한국인들은 이름이 다 비슷하단 말이야. 저번에 그 평원에서 대활약한 오크 랭커도 김태산이었지?"

"그랬었지."

"혹시 가족이야?"

무심코 정답!

뒤에 있던 케인이 움찔했다.

토바의 말에 옆에 있던 파티원이 면박을 줬다.

"멍청한 놈아. 한국은 우리랑 다르다니까. 성이 김이라고 다 같은 가족이 아니야. 몇 번을 말해줘?"

"아. 모를 수도 있지 왜 그래?"

토바는 투덜거리며 시선을 돌렸다.

케인이 옆에서 소곤거렸다.

"야. 어떻게 할 거야?"

"흠. 같이 가야지 뭐."

케인은 당황했다. 태현이 이들과 같이 갈 거라고는 생각지도 않았던 것이다. 그는 이런 연합 파티에 껴서 같이 갈 이유가 전혀 없는 사람!

여기 파티가 몇십 개가 있든 간에 '나는 먼저 간다 멍청이들아! 크하하하!'라고 외치고 들어갈 줄 알았는데……

"왜?"

"아…… 아니. 얘네랑 같이해서 뭐 하게? 보물도 나눠 가져야 할 거고……"

"아냐. 그럴 일 없을 거야."

태현은 단호하게 말했다. 그러자 케인은 무릎을 쳤다.

"그렇구나! 들어가서 전부 다 죽일 생각이구나!"

태현, 정수혁, 이다비, 유지수 모두 황당하다는 듯이 케인을 쳐다보았다.

"그게 말이 되는 소립니까?"

"선배가 그럴 리 없잖아요."

"태현 님이 그럴 리가…… 음. 아니죠?"

이다비는 혹시 몰라서 물었다.

그나마 태현을 객관적으로 볼 수 있는 사람!

"그럴 생각은 없었는데."

"거 봐요!"

"맞아요! 믿고 있었어요!"

그러자 케인은 당황했다.

"어? 그게 아니라고? 진짜? 그러면 어떻게?"

"나하고 척진 것도 없는데 내가 뭐 하러 다 공격하겠냐. 그리고…… 내가 내버려 둬도 알아서 자멸할걸."

태현은 확신했다. 이 연합 파티는 절대 오래갈 수가 없었다. 내버려 두면 알아서 망한다!

"마침 잘됐네. 아무리 흑흑이가 있어도 레어 공략은 좀 불안한 점들이 있었는데. 이렇게 사람들이 많으면 정보 얻기 쉽겠군."

적당히 따라가면서 정보를 얻다가, 파티가 붕괴하면 그때 실력을 드러내면 됐다.

"자멸 안 할 수도 있잖아?"

케인은 이해가 가지 않았다. 물론 연합 파티가 잘 망하는 건 사실이지만, 이번에는 랭커들이 나름 손을 잡고 관리한다고 들었다. 의외로 잘 굴러갈지도 모르는 것!

"무조건 자멸해. 이런 연합은 빠르게 공략하는 게 생명이거든."

연합 파티의 생명은 속도였다. 불만이 생기기도 전에 빠르게 공략해서 끝낸다!

이미 다른 파티들이 실패해서 정보가 많이 나온 던전 같은 경우는 이런 방법이 먹혔다. 지도도 만들어졌고 몬스터나 보스 몬스터가 누군지 다 아니까.

그렇지만 학카리아스의 레어는 정보도 거의 없는 데다가 난이도도 최상급. 안에 뭐가 있을지 알 수 없으니 시행착오를 엄청 겪어야 했다.

"시간 엄청 걸리고, 성공할지도 잘 모르는 일인데 무슨 배짱인지 학카리아스 죽었다고 우르르 몰려왔으니…… 무조건 깨진다."

소수정예로 조심스럽게 해도 불만 나올 던전 공략을 이렇게 연합해서 시도하다니. 태현이 보기에는 미친 짓이었다.

'직접 학카리아스를 상대해 본 적이 없으니 이러지……'

그러는 사이 랭커들은 모여서 파티 구성을 확인하고 있었다. 만약을 대비해 파티원들 목록과 이름 정도는 확인해야 했다. 물론 가명을 댈 수도 있었지만, 확인 안 하는 것보다는 나았으니까.

'그리고 설마 여기 레어를 노리고 온 약탈자 플레이어가 있겠어?'

앨콧은 그렇게 생각했다. 던전을 전문적으로 노리는 약탈자 플레이어들이 여길 왜 오겠는가.

차라리 다른 유명한 던전에 갈 것이다. 여기 있는 플레이어들은 기본적으로 전문 약탈자 플레이어는 아니다!

앨콧은 확신했다. 그렇다면 가명을 쓰는 플레이어도 없으리라.

"네 이름을 들으니까 다들 떠는 거 봤냐?"

크로포드가 대단하다는 듯이 휘파람을 불며 말했다. 앨콧은 순간 어깨가 올라가는 걸 참았다.

"사실 그렇게 굉장한 건 아닌데."

"시끄러워. 파티원 목록이나 줘봐. 음……."

"유명한 애들은 여기 있는 애들이 전부인 것 같은데."

"아니 뭔 배짱이야?"

랭커들이야 그렇다 처도 고렙 수준으로 여기를 깰 수 있나?

"뭐…… 잘 해봐야지. 학카리아스도 죽었으니까."

"그래. 학카리아스도 죽었으니까…… 잠깐. 김태산 뭐야 이거?"

앨콧은 질색했다. 재수 없는 동명이인!

그걸 본 크로포드는 큭큭 웃기 시작했다.

"김태현 아닌 게 어디냐?"

"아오. 재수가 없으려니……."

앨콧은 오싹해졌다. 설마 여기서 만나진 않겠지.

"자! 다들 모였으니 출발한다. 사전에 약속한 대로, 나오는 아이템은 각 파티가 주사위를 굴려서 가져간다. 파티 안에서 어떻게 분배할지는 알아서 하고. 만약 아이템을 빼돌리거나 다른 파티를 방해할 경우 규칙에 따라 엄격하게 처벌할 테니 명심해라!"

앨콧은 당당하게 외쳤다. 그 기세에 모두 숨을 죽였다.

태현 빼고.

"쟤 저렇게 폼 잡는 놈이 아니었는데 왜 저렇게 됐지?"

"원래 사람이 유명해지면 좀 맛이 가게 마련이잖아."

케인이 옆에서 대답했다. 케인이 보기에도 앨콧은 좀 과하게 어깨에 힘이 들어간 것 같았다. 저 차고 있는 검은 영주를 상징하는 검 같은데, 자기 영주인 걸 그렇게 자랑하고 싶나?

"돌입!"

앨콧의 신호가 떨어지자 파티들은 나름 질서정연하게 움직이기 시작했다. 순서는 제비뽑기로, 시간이 지날 때마다 돌아가면서 자리를 바꾸기로 결정했다.

불만이 쌓이지 않도록 나름 머리를 쓴 것이다.

[검은 묘비 산맥의 지배자, 학카리아스의 영역에 진입했습니다!]
[짙은 검은 마력의 늪에서 독기가 올라옵니다!]

아직 레어 입구에는 발도 못 디뎠는데, 죽은 학카리아스는 시작부터 화끈하게 맞이해 줬다. 멀리서는 평범해 보이던 땅이 바로 늪으로 변하더니 강력한 독기가 솟구쳐 올라왔다.

"크윽……!"

"사. 사제! 해독 좀! 해독 좀!"

곳곳에서 비명이 들려왔다. 이대로 몇 초만 더 있으면 쓰러질 수도 있는 맹독이었다.

다행히 연합 파티에는 힐러들이 많았다. 사제들이 곳곳에서 나서며 치료에 나섰다.

"가만히! 움직이지 마세요! 조준하기 힘듭니다!"

"모두 침착하게 버텨라! 죽을 정도는 아니다!"

곳곳에서 랭커들이나 파티장들이 소리치는 게 들려왔다.

독기보다 더 위험한 게 혼란! 중독 상태에 빠진 플레이어들이 당황해서 제멋대로 행동하면 상황이 더 꼬일 수도 있었다.

연합 파티인 만큼 더더욱 그랬다.

"해독 마법 걸었……."

[짙은 검은 마력의 늪에서 독기가 계속해서 올라옵니다!]
[중독됩니다!]

아직 공략은 시작도 안 했는데, 시작부터 쉽게 끝나지 않는 늪의 독기였다. 사제들이 해독을 했는데도 계속 올라오면서 중독을 시키는 집요함! 과연 학카리아스가 만든 함정다웠다.

"한 번 나오고 끝이 아니었어?!"

"근원지 찾아서 정화해!"

"아니야! 무시하고 가는 게 나아!"

이런 강력한 함정이 한 번 터지고 끝이 아니라니!

연합 파티는 당황해서 허둥지둥했다.

"4번 파티! 4번 파티 늪으로 접근해 독이 올라오는 근원지 찾아!"

"그냥 가자니까?!"

"음. 벌써 개판이군."

맨 뒤에서 따라오던 태현 일행! 태현은 뒤를 돌아보며 말했다.

"우리한테도 독기 올 테니까 준비해라."

"네!"

"어…… 근데 어떻게?"

케인은 당황했다. 태현 일행에는 힐러가 없다! 원래는 볼 수 없는 특이한 구성이었지만, 하도 이렇게 다니는 데에 익숙해져서 잊고 있었던 것이다.

"해독제 포션 써."

"계속?"

"참고 해야지 뭐."

"뭘 참고해?"

"아니. 그냥 참고 버티라고."

케이은 조용히 해독제 포션을 꺼냈다.

참고 하라면 참고 해야지 뭐!

그러나 해독제 포션을 쓸 일은 오지 않았다.

독기가 오지 않았던 것이다.

"뭐냐?"

"어…… 안 오는데?"

독기가 분명 가까이 다가왔는데, 닿지 않고 그냥 지나가 버렸다.

태현은 의아해했다.

회피도 안 떴는데? 뭐지?

[짙은 검은 마력의 늪의 독기가 블랙 드래곤 흑흑이를 피해갑니다!]

"……녀석!"

태현은 흑흑이를 껴안았다.

역시 데리고 오길 잘했어! 쓸모가 있군!

-크헷헷. 주인님. 제가 이 정도입니다.

"오냐. 오늘만은 잘난 척해도 좋다."

태현은 언령 스킬을 준비했던 걸 취소했다. 원래 중독되면 해독하고 주변에 결계라도 칠 생각이었던 것이다.

설마 해독제 포션만 믿고 있었을까!

태현 파티는 생각지도 못한 흑흑이 덕분에 함정을 그대로 피할 수 있었다. 그러나 앞의 파티들은 아니었다.

이리 뛰고 저리 뛰면서 난리가 났다.

"4번 파티! 근원지 찾으라니까!"

"앨콧 저놈 아직도 저 버릇 못 고쳤네. 여기가 길드 동맹인 줄 아나?"

태현은 쯧쯧 혀를 찼다.

길드 동맹에서야 저렇게 명령을 내려도 되겠지만, 연합 파티에서는 저런 식으로 명령을 내리면 안 됐다. 평상시에는 통하겠지만 이런 다급한 상황에서는 누가 그 말을 듣겠는가?

지금 연합 파티에서 4번 파티가 늪과 가까워서 명령을 받았지만, 4번 파티 입장에서는 그냥 손해 보라는 소리로밖에 들리지 않았다.

'잘 꼬드기고 좀 달래줘야지 저걸 저렇게……'

태현의 예상대로, 4번 파티의 파티장과 파티원들은 격렬하게 반발했다.

"저길 들어가라니 죽으라는 거냐?"

"그냥 원거리에서 다 같이 정화 갈겨!"

"뭐? 그래서 해결이 될 리가 없잖아! 저렇게 넓은 곳인데 무작정 갈겨봤자……."

앨콧은 황당하다는 표정으로 다시 외치려 들었지만 크로포드가 말렸다.

"야. 그냥 무시하고 들어가자."

"해독 안 하면 앞부터 뒤까지 계속 피해 입어!"

"쟤네 입장에서 생각해 봐라. 너 같으면 네 명령 듣겠냐? 얻는 거 하나 없잖아."

크로포드의 말에 앨콧은 정신이 들었다.

"……젠장! 앞으로 달려! 독기는 무시하고 들어간다!"

"그래. 그냥 가자."

그래도 미련을 버리지 못한 앨콧이 뒤를 노려보며 중얼거렸다.

"김태현이 말하면 다 듣던데……."

"네가 김태현이냐? 그리고 김태현 따라다니는 애들은 좀 광신도잖아."

"오. 통과했군. 하긴 여기서 전멸하면 그것도……."

[블랙 드래곤 학카리아스의 맹독 골렘이 나타납니다!]
[맹독 골렘은 침입자를 용서하지 않습니다!]

촤아악!

늪지대를 벗어나자마자 바로 사방에서 골렘들이 나타나기 시작했다. 물론 연합 파티들도 이 정도는 각오한 상태였다.

"파티별로 나눠서 맡는다. 전투 개시!"

태현도 나타난 맹독 골렘을 보고 탐냈다.

'정수 좀 챙기고, 독 나올 경우 〈독소 장착〉 스킬도 강화시킬 수 있겠군!'

빠르게 견적을 낸 태현.

그러나 맹독 골렘들은 태현 일행은 거들떠보지도 않았다.

[블랙 드래곤 학카리아스의 맹독 골렘이 블랙 드래곤 흑흑이를 피해갑니다!]

앞에서는 다들 골렘 하나나 둘씩 맡아서 치열하게 싸우는데 왠지 왕따 당하는 것 같은 태현 일행!

케인이 주저하면서 물었다.

"야. 그냥 들어갈까?"

"아…… 아니. 안은 어떻게 될지 모르니까 최대한 같이 가보자고."

[맹독 골렘을 쓰러뜨렸습니다!]

[독이 폭발합니다!]

"이런 학카리아스 개새······!"

연합 파티들은 죽은 학카리아스가 얼마나 독하고 짜증 나는 드래곤인지 온몸으로 느끼고 있었다.

이중삼중으로 설치된 함정!

맹독을 뿜어내는 골렘을 잡았더니 온몸이 폭발해서 독을 뿜어냈다. 결국 파티 하나에서 로그아웃 당한 플레이어가 나오기 시작했다. 레어는 아직 들어가지도 못했는데!

"토바! 골렘이 다가온다! 막아줘!"

"크윽! 나도 지금 발이 묶였다고!"

아까 태현 일행을 무시하던 토바 파티도 궁지에 몰려 있었다. 늪의 독기를 풀지 않은 상태에서 밀고 들어갔다가 골렘까지 만난 것이다.

평소보다는 몇 배는 어려운 상황에서 싸우는 일!

정신없이 싸우던 토바는 갑자기 뒤에서 쫓아오던 한국인 파티가 생각났다.

자기들도 이렇게 힘든데 애네들은 벌써 죽었으려나? 가장 뒤였으니까 다른 파티의 지원도 받기 힘들었을 테고······.

'그래도 내가 도와줬어야 했나······? 아냐. 나도 정신이 없었다고!'

미안한 마음에 토바는 힐끗 뒤를 쳐다보았다.

그리고 믿을 수 없는 광경을 보았다.

편안히 앉아서 휴식하고 있는 태현 일행! 새로 나타난 맹독 골렘이 태현 일행을 힐끗 보더니, 조심스럽게 피해서 토바 일행한테 다가왔다.

"토바! 뭐 해!"

"어…… 어!"

더 보고 싶었지만 다른 파티원들이 화를 냈다.

지금 한시가 바쁠 때인데 왜 뒤를 보고 난리야!

토바는 허겁지겁 고개를 돌려 다시 싸울 수밖에 없었다.

"이거……."

"잘못 생각한 것 같은데……."

앨콧과 크로포드, 그리고 다른 랭커들도 고개를 끄덕였다.

말로 하지는 않았지만 그들의 생각은 비슷했다.

학카리아스 죽었다고 들어서 왔는데 난이도가 장난 아니다!

레어 들어가기도 전에 파티 곳곳에서 로그아웃된 플레이어들이 나오고 있었다. 떼죽음을 당해도 이상하지 않은 수준!

앨콧은 속으로 생각했다.

'너무 쉽게 생각했어. 이 연합 파티로 레어 공략은 무리가 분명해.'

그렇게 생각했지만…….

아무도 입 밖으로 그만하자고 말을 하진 않았다.

아무 의미가 없는 말이었으니까!

연합 파티한테 가서 '여러분! 무리인 거 같으니까 그만하죠!'라고 하면 어떤 반응이 돌아올까?

'꺼져! 너희들끼리 독점하려고 그러는 거지!'란 반응이 무조건 돌아올 것이다. 그나마 착하고 순진한 랭커 한 명은 연합 파티장들에게 슬쩍 말을 해보려다가 반대만 잔뜩 듣고 돌아온 참.

"……뭐 어쩌겠냐. 계속 가야지."

"자기들이 선택한 거니까."

파티들이 저러는데 랭커들도 피할 이유는 없었다. 솔직히 여기서 가장 죽을 확률이 적은 건 그들이었으니까!

아무리 레어가 험난해도 피할 자신은 있었고, 저렇게 파티원들이 많으면 더더욱 피하기 좋았다. 나중에 욕을 먹겠지만 그런 것까지 신경 쓰는 랭커들은 없었다.

랭커들은 결국 결정을 내렸다. 계속 전진하기로! 그들이 손해 보는 건 없었으니까!

"그래! 레어가 코앞이다! 가자!"

그러나 그들은 모르고 있었다. 가장 위험한 건 무능한 아군이라는 것을!

연합 파티는 너덜너덜해진 채로 레어 입구에 도착했다.

인원 중 1/3은 로그아웃된 것 같았다. 확 줄어든 인원!

"레어 입구를 어떻게 여는지가 문제인데."

학카리아스의 레어는 거대한 산을 통째로 쓰고 있었다. 그 산 밑에 붙어 있는 웅장한 문은 침입자를 주눅 들게 만들었다.

"크로포드. 마법 탐지 가능해?"

"기다려 봐. 내가……."

쿠르르릉!

그냥 열리는 웅장한 문!

"함…… 함정인가?"

바로 나오는 의심! 당연히 의심부터 나올 수밖에 없었다. 오는 길까지는 온갖 함정이 있었는데 그냥 문이 열린다고?

그러나 태현 일행에게는 다른 메시지창이 떴다.

[블랙 드래곤의 기운이 감지되었습니다. 레어의 문이 열립니다!]

[학카리아스 레어의 문을 열었습니다! 명성이 크게 오릅니다!]

'……그냥 진짜 혼자 올 걸 그랬나?'

-크헷헷. 주인님. 더 칭찬해 주십쇼.

"그래. 그래. 잘했다."

앞에서 걸어가던 토바가 은근슬쩍 물었다.

"너희…… 아까 맹독 골렘 다 잡고 쉬고 있던 거냐?"

"물론이지."

토바는 깜짝 놀랐다. 이 자식들, 숫자 적어서 무시하고 있었는데 무시무시한 실력자였구나!

-그르르르르릉!

"……?"

알 수 없는 묵직한 소리가 레어 안에서 들려왔다. 플레이어들은 알아들을 수 없었지만, 태현과 용용이, 흑흑이는 알아들었다.

[용의 저주 섞인 말이 레어 안에서 들려옵니다!]
[거인족 전사, 미친 랑드버그가 달려온다고 말합니다!]

"랑드버그가 누구냐?"

-누군지는 잘 모르겠지만 매우 위험한 놈이 분명하다, 주인이여!

"그래. 나도 그런 거 같아. 그렇지만 흑흑이가 있으니까 괜찮겠지?"

-헤헤. 저만 믿으시면 됩니다.

용용이는 흑흑이를 노려보았다. 레어에 오고 나서 유난히 나대는 것 같았다.

"거인 온댄다. 준비해라."

"뭔 거인이 와?"

태현 앞에 있던 토바가 대화를 듣고 갸웃거렸다.

콰아아아앙!

"으아아악!"

열린 문에서 갑자기 바윗덩이가 날아오더니 폭발했다.

그리고 거센 포효가 주변을 진동시켰다.

-침입자! 침입자! 죽인다! 죽인다!

"저…… 저거 거인 맞아?"

케인이 당황해서 말을 더듬었다.

거인족이 크긴 컸지만 저렇게 크진 않았는데??

쾅! 쾅! 콰아앙!

랜드버그는 들고 있던 몽둥이를 미친 듯이 휘두르기 시작했다. 그러자 사방이 박살 나며 작은 폭풍이 일어나기 시작했다.

연합 파티는 그대로 쓸려 나갔다. 뭘 어떻게 할 수도 없는 압도적인 파괴력이었다.

-레…… 레벨 측정!

[상대의 레벨이 너무 높아 완벽하게 측정할 수 없습니다.]
[레벨이 600 이상입니다.]

'미친?!'

앨콧은 경악했다. 문지기 주제에 무슨……??

-흑흑아. 진짜 너만 믿고 있어도 되냐?

-어…… 그게…… 어…….

흑흑이는 랜드버그를 쳐다보았다. 무슨 작은 산 같은 덩치였다. 맛이 많이 간 것 같은데, 그래도 블랙 드래곤인 거 알아보고 안 때리겠지?

쉬이이익!

"안 때리기는 개뿔! 〈반격의 원〉!"

태현은 번개처럼 달려들어서 랑드버그의 공격을 쳐냈다. 랑드버그가 놀란 눈으로 비틀거렸다.

자기 공격을 막아내는 놈이 있다니!

-흑흑아?

-그, 그게. 저놈이 미친놈이라서 그런지…….

-그래. 알겠다.

태현은 바로 포기하고 손짓했다.

연합 파티의 목적은 이미 끝난 것이나 다름없었다. 그냥 버리고 안으로 들어간다!

그리고 태현만 이런 생각을 한 게 아니었다. 다른 파티들도 발 빠르게 움직이기 시작한 것이다. 겁에 질린 플레이어들은 도망쳤고, 아직 남아 있는 플레이어들은 앞으로 달려들었다.

랑드버그를 지나쳐서 레어 안으로 들어간다!

'그나저나 저놈은 어떻게 저렇게 강한 거지? 학카리아스가 뭘 쓴 건가?'

학카리아스가 대단한 건 알고 있었지만, 그 부하까지 저렇게 강하다는 건 좀 납득이 가지 않았다.

저렇게 강한 놈이 뭐 하러 학카리아스 밑에 있지?

[학카리아스가 각종 비술과 저주로 저 거인을 문지기로 만들었다고 카르바노그가 말해줍니다!]

'아. 그런 거야? 그런 거면 다행이군.'

이성을 잃고 문지기만 할 수 있게 만든 대신, 강력한 힘을 얻은 것! 그렇다면 여기서 저걸 잡느라 힘을 쓸 이유가 없었다. 그냥 지나쳐 들어가면 됐다.

물론 말이 쉬워서 그냥 지나쳐 들어가는 거지, 실제로는 그렇게 만만한 일이 아니었다.

"으아아아아악!"

"도…… 도와줘!"

쾅! 콰지직! 콰콰쾅!

랭커 마법사는 작은 범위에 지진을 일으키는 마법이 가능했다.

랑드버그는 주먹으로 지진을 일으켰다. 레어 입구 앞의 땅이 쪼개지고 뒤흔들리며 비틀렸다. 사방으로 바위가 날아다니고 쪼개진 파편이 비처럼 쏟아졌다.

혼란 그 자체!

-우아! 우아! 우아!

랑드버그는 울부짖으며 미친 듯이 휘둘러댔다. 어마어마한 압박이었다. 딱히 누구를 조준한 것도 아니었지만 한번 날뛸 때마다 플레이어 한둘이 재수 없게 걸려 로그아웃되고 있었다.

"애들아. 축복 걸어줄 테니까 빠르게 파고들자."

"네!"

돌격!

준비를 끝낸 태현 일행은 비처럼 쏟아지는 바위 사이를 뚫고 달려 나갔다. 뒤에 남아 있던 플레이어들은 그걸 보고 깜짝 놀랐다.

저놈들은 어떻게 저 사이로 막 가는 거지?

"따…… 따라가자!"

콰지직!

물론 따라 한다고 될 일이 아니었다. 파티 하나가 또 날아갔다.

"눈을 가려! 장막 깔고 들어간다!"

"순간이동 안 돼?"

"안 돼! 학카리아스 이 새끼가 막아놓은 거 같아!"

"……다 같이 가자!"

"?!"

"그거밖에 답이 없어!"

태현 파티처럼 쉽게 들어오진 못했지만 다른 파티들도 어떻게든 하나둘씩 랑드버그를 지나쳐 레어 안으로 몸을 던졌다. 여러 파티가 동시에 미친 듯이 달리면 한두 파티 정도는 운 좋게 피해서 들어올 수 있다!

누가 걸릴지는 모르겠지만 지금은 그거밖에 답이 없었다.

"헉…… 헉헉……"

"미친. 학카리아스 죽어서 레어 털기 쉽다는 놈 누구야?!"

간신히 살아 들어온 연합 파티!

인원이 절반 넘게 사라져 있었다. 더 뼈아픈 건 파티 구성이 깨졌다는 점이었다. 탱커, 딜러, 힐러 이런 식으로 역할을 맡아서 돌아가야 하는데, 아까 랑드버그의 난리로 힐러들이 대거 로그아웃된 것!

안에서 아까 같은 독 함정이라도 나오면 남은 힐러들이 엄청나게 부담될 수밖에 없었다.

-주인님. 어…… 이 레어 제가 차지하면 말입니다…… 저놈 치워주실 겁니까?

-하하. 흑흑아. 그건 네가 해야지.

-……저 레어 필요 없습니다! 주인님 곁이 좋습니다!

-아니야. 너도 레어 하나 가지자.

CHAPTER 3

"계속 가보자."

정신을 차린 앨콧이 입을 열었다.

갈 수밖에 없다! 이렇게 피해를 입은 이상 뭐라도 얻고 나가야 했다.

그냥 빈손으로 나갈 순 없었다. 다음을 기약하기에는 여기 레어가 너무 고난이도였다.

이걸 보고 이번 인원만큼 모을 수 있을지도 의문!

"젠장. 가볼 수밖에 없잖아!"

다른 사람들도 그걸 알았다. 이번을 놓치면 기회는 거의 없다고 봐야 했다. 한동안 여길 도전하는 사람은 없을 테니까! 그렇지만 분위기는 침울했다.

이제 뭐가 더 나올까?

우우웅--

태현은 의아해했다. 뭐지?

[<다 타버린 잡동사니>가 빛을 발합니다.]

하도 이곳저곳에서 아이템을 많이 주워서 넣다 보니, 이 아이템이 어디서 주운 건지 헷갈릴 때가 있었다.

[학카리아스를 터뜨리고서 주운 아이템이라고 카르바노그가 말해줍니다.]

-아. 그거야?

다 타버린 잡동사니 :
엄청난 폭발로 인해 전부 타버린 잡동사니입니다. 원래는 무엇이었을 지 알 수 없습니다.

정체불명의 아이템! 버리기도 뭐하고 해서 나중에 다른 곳에 쓰려고 갖고 있었는데……
'뭐 좋은 아이템인가? 열쇠? 길 알려주는 지도?'
태현은 기대했다.
빛을 발한 다음에는 뭐지?
그러나 그 뒤에는 아무것도 없었다.
설마 이게 끝?

[카르바노그가 시선을 피합니다. 물건은 원래 폭발하면 고장 날 수 있다고……]

아니. 그래도 그렇지……! 빛이나 발하지 말던가!

태현은 어처구니가 없었다. 기대하게 해놓고 이러는 게 어딨냐!

그러는 사이 앨콧은 사람들을 불러 모아 레어 안으로 들어갈 준비를 마쳤다.

"파티 위치 좀 바꾸자."

"바꿀 때가 되긴 했지."

앨콧은 그렇게 말하고 태현을 불렀다.

"김태산! ……씨!"

크로포드는 고개를 갸웃거렸다. 저 어색한 부름은 뭐지?

"야. 편하게 불러. 왜 그래?"

"아, 아니. 이상하게…… 몸이……"

자신도 모르게 '씨'가 붙어서 나오는 현상!

앨콧은 당황했다. 왜 이러지?

"왜?"

"앞…… 으로 가주시죠."

"알겠어."

태현은 일행을 이끌고 앞으로 갔다. 그걸 본 다른 플레이어들이 수군거렸다.

"앨콧이 저렇게 공손한 사람이었나?"

"난 처음 알았네. 그냥 좀 재수 없는 놈인 줄 알았는데."

생각지도 못한 곳에서 이미지가 호감이 되는 앨콧이었다.

태현 파티가 가장 앞에, 그 바로 뒤가 토바 파티였다.

토바는 태현의 뒤를 쫓아가면서 생각했다.

'이놈들 보통이 아니야!'

생각해 보니 처음부터 이상했다. 레어 오면서 저런 소수 인원으로 오다니. 어지간한 배짱이 아니면 할 수 없는 일!

그 뒤에 보여준 실력들을 생각해 보면 더더욱 그랬다. 남들은 죽어 나가는데 태현 일행은 한 명도 로그아웃되지 않은 것이다.

그렇다면?

'……스파이?!'

토바는 움찔했다. 저 실력을 갖고서도 나서지 않고 얌전히 있을 이유가 뭐가 있겠는가.

스파이밖에 없다!

'왜 숨어 있는 거지? 뭘 노리고? 레어의 아이템? 헉, 설마 길드 동맹이……?'

원래 여기 근처는 길드 동맹의 영역. 지금 길드 동맹이 자기들 일로 정신이 없으니까 다들 우르르 온 거지, 평소였다면 어림도 없었다.

토바가 그런 고민을 하는 사이 크로포드가 물었다.

"야, 앨콧."

"왜?"

"그래도 여기 길드 동맹 영역 아니었냐? 이렇게 외부인 데리고 와서 공략해도 돼?"

"괜찮아. 괜찮아."

"허락받은 거냐?"

"아니. 어차피 얘네 정신없어서 나한테 뭐라고 못 해."

당당 그 자체!

길드 동맹이 앨콧에게 따지기에는 지금 앨콧에게 아쉬운 게 너무 많았던 것이다.

토바가 둘의 대화를 들었다면 알았을 것이다. 길드 동맹이 지금 여기까지 스파이 보낼 정신이 없다는 것을. 그러나 그걸 모르는 토바의 의심은 더욱더 부풀었다.

'조심해야지!'

-침입자. 발견. 침입자. 발견.

"골렘이다!"

"맹독 아니지?"

"그냥 골렘이군. 다행이야."

아까 밖에서 하도 많이 시달려서, 플레이어들은 맹독 골렘이 아니라는 것만으로도 감사했다. 더 강하더라도 중독만 안 됐으면 좋겠다!

-손님. 발견. 손님 발견.

가장 먼저 앞에 있는 태현 파티가 공격을 받아야 하는 상황. 그런데 골렘은 태현 파티를 무시하더니 그냥 뒤로 달려가서 후려쳤다.

토바를!

"컥?!"

태현 파티가 앞에 있어서 마음 놓고 있던 토바는 비명을 지르며 뒤로 날아갔다.

"어? 뭐지?"

"그러게요?"

태현 일행도 당황! 흑흑이 때문인가?

'블랙 드래곤이라고 손님 취급해 주는 건가? 아니. 그런 거면 좀 이상한데.'

아까 밖에서는 딱히 손님이라는 말이 안 나왔었던 것이다.

그냥 흑흑이를 건드리지 않았을 뿐!

'뭐지?'

쿵쿵쿵쿵-

그러는 사이 골렘들이 뒤에서 더 나타나기 시작했다.

하나, 둘, 셋……

"어…… 어?"

그냥 골렘이라고 안심했던 플레이어들의 얼굴이 질리기 시작했다.

저게 대체 몇 마리야?

"학카리아스, 이 미친……"

골렘들의 연쇄습격! 그러나 이번에도 똑같았다. 그들은 태현 파티는 내버려 두고 뒤부터 공격해 들어갔다.

그러자 태현은 골렘한테 말을 걸었다.

"잠깐. 안으로 좀 안내해 줄 수 있나?"

"뭐 하냐?!"

태현의 행동에 케인은 기겁했다.

달려가는 골렘한테 말을 걸다니!

아무리 태현의 화술 스킬이 높다고 해도, 무생물인 골렘한테까지 통할 수는 없었다.

그게 말이⋯⋯

-손님. 안내. 손님. 안내.

골렘은 재빨리 태현을 들어서 어깨 위에 올리더니 뒤로 돌아서서 호다닥 달리기 시작했다.

"쟤네들도."

-손님. 더 안내. 손님. 더 안내.

"뭐, 뭐야?"

태현 파티는 혼란을 틈타 골렘의 어깨 위에 타 앞으로 달려가기 시작했다. 뒤에서 싸우고 있는 연합 파티는 워낙 정신이 없어서 상황을 제대로 보지도 못했다.

"이거 어떻게 된 거야?"

"내 생각에⋯⋯ 내가 학카리아스를 잡고 얻은 아이템 중에 손님 취급받는 아이템이 있었던 것 같아."

"⋯⋯무슨 레어 출입증이라도 있었나요?"

"그런 거 아닌가 싶은데."

그게 아니라면 골렘이 이렇게 말을 들을 이유가 없었다.

"확인해 보는 방법이 있지. 흑흑아. 저기까지 날아가 봐."

태현은 흑흑이를 일행한테서 멀리 날아가게 시켰다.

그러자 골렘이 입에서 불을 뿜으며 흑흑이를 쏘았다.

-으아아악!

"역시. 레어 안에서는 같은 블랙 드래곤이고 뭐고 없군."

정말 이런 부분에서는 칼 같은 학카리아스! 밖이면 모를까 안에서는 동족도 무조건 공격하는 철저함을 보여주고 있었다.

-흑흑. 주인님. 죽는 줄 알았습니다.

"그래그래. 그래도 곧 레어 얻을 생각하니까 신나지?"

-이제 별로 신 안 납니다……

흑흑이는 날개를 축 늘어뜨렸다. 이 레어는 아직 그가 관리하기에는 어려운 것 같아!

"골렘. 학카리아스 보물 창고로 가자."

-손님. 그쪽으로는 안내 불가. 손님. 그쪽으로는 안내 불가.

"와. 이런 치사한 자식을 봤나."

보물 창고로는 아예 안내를 안 시켜주는 철저함!

태현은 솔직히 조금 감탄했다.

레어를 관리한다면 학카리아스처럼!

하지만 이런 건 언제나 편법이 있는 법이었다.

"갈 수 있는 곳이 어디 어디 있지?"

-학카리아스 님의 응접실, 제1 고문실, 제2 고문실, 제3 고문실, 제4 고문실……

태현 일행은 질린 표정을 지었다. 이 산속에 뭔 놈의 고문실이 이렇게 많아?

"혹시 고문실에 사람 있나?"

-지금은 없습니다.

"쳇."

태현은 아쉬워했다. 구해주면 생색 좀 낼 수 있는 기회였는데!

'응접실…… 응접실은 아니야. 학카리아스 성격에 손님 들어오는 곳 근처에 보물창고를 두진 않았겠지. 최대한 멀리 뒀을 거다.'

"고문실로 가보자!"

-몇 고문실로?

"……1부터!"

태현은 망치를 꺼냈다. 어차피 학카리아스도 죽었겠다, 이제 대충 벽 부수면서 길 만들어도 되겠지?

-여기가 제1 고문실입니다.

고문실 안에는 각종 우리들이 가득했다.

[<마법처리가 된 백금 우리>를 발견했습니다. 특수한 몬스터를 가둘 수 있습니다.]

[대장장이 기술이 매우 높습니다. 오리하르콘이 아주 조금 섞인 쇠사슬을 발견……]

벽을 부수려고 망치를 들었던 태현은 조용히 망치를 내렸다. 생각지도 못한 부수입!

"일단 다 챙기자!"

-손님. 경고. 손님 경고. 학카리아스 님 물건에 손대면……

부웅-

태현은 대답 대신 망치를 휘둘렀다. 골렘은 한 대 맞고 그대로 박살이 났다.

콰지직!

"빨리 챙기자!"

"네!"

일행은 이런 치고 빠지기에 너무 익숙해져 있었다.

태현이 망치를 휘두르는 순간부터 바로 움직이는 손!

마치 전문 강도단 같은 동작이었다.

빠르게 견적 내고 훑고 집어넣고 빠져나가기!

-손님. 손님.

그러나 나가기도 전에 새 골렘이 나타났다. 태현은 망치를 들고 휘두르려……

-문제 생겨서 죄송. 새로 안내해 줌. 문제 생겨서 죄송. 새로 안내해 줌.

"음?"

-파손 이유 궁금. 파손 이유 궁금.

태현은 깨달았다. 골렘끼리는 서로 왜 부서진지 공유가 안 되는구나!

"어…… 갑자기 부서지던데?"

태현은 슬쩍 망치를 다시 집어넣었다.

-놀람. 놀람. 파손 이유 보고해야…….

"누구한테 보고하게?"

-학카리아스 님에게 보고하러 감. 학카리아스 님에게 보고하러 감. 앗. 학키리아스 님.

태현은 당황해서 움찔했다.

학카리아스가 여기 왜? 혹시 죽은 놈이 살아 돌아왔나? 혹시 숨겨둔 자식이라도?

-착각. 착각.

골렘은 흑흑이를 보더니 고개를 저었다.

-너무 작음. 너무 작음.

-아! 더 크게 할 수 있는데 움직이기 편하려고 줄인 거야!

흑흑이가 발끈했다. 레벨이 내려간 탓에 작아진 덩치는 흑흑이의 콤플렉스였다.

현재 레벨 300을 넘긴 상태여서 어느 정도 크게 덩치를 키울 수는 있었지만, 학카리아스처럼 하늘을 뒤덮을 정도로 거대하게 만들 수는 없었다. 그리고 솔직히 덩치 작아진 것에 익숙해지기도 했고! 이게 의외로 공격도 잘 안 맞고 편했던 것이다.

골렘과 흑흑이의 대화를 보던 태현은 곰곰이 생각하다가 입을 열었다.

"어…… 잠깐만. 잠깐만. 사실 얘가…… 학카리아스의 아들이야."

자리에 있던 전원이 놀람! 심지어 흑흑이마저 놀랐다.

다행히 골렘은 흑흑이의 감정 같은 걸 알아채는 기능이 없었다.

-주, 주인님. 그게 무슨…….

-쉿. 조용히 해봐.

밑져야 본전!

지금 이 레어에는 주인이 없었다. 학카리아스는 집요하고 끈질긴 성격. 자기가 없을 때 침입자를 상대하기 위해 이런저런 준비를 해놨었다.

그렇지만 자기가 아예 죽었을 경우는?

'대비했을 것 같지는 않다.'

그 자존심 세고 오만한 드래곤이 자기 죽었을 경우를 생각하고 준비하지는 않았을 것!

그렇다면 의외로 이런 방법이 먹힐지도 몰랐다.

학카리아스가 죽었다고 말하고, 학카리아스의 자식을 사칭해서 레어를 점거하는 방법!

'싸우지 않는 방법이 최선이다. 보니까 여기 레어는 던전 뚫는 식으로는 무리야.'

난이도도 난이도지만, 학카리아스의 더러운 성격이 조심스러웠다. 침입자들이 계속 뚫고 가다 보면 나중에는 레어를 폭파시키거나 보물을 땅에 묻어버릴까 봐 걱정됐던 것이다.

충분히 그러고도 남을 놈!

태현이 골렘 상대로 사기를 시도하자 케인이 불안하다는 듯이 말했다.

"야. 아무리 그래도 그렇지. 골렘 상대로 화술 스킬은……."

[학카리아스의 레어 골렘을 설득합니다.]

[최고급 화술 스킬을……]

-으음……

"된다?!"

케인은 기겁했다.

아니, 뭔 미친 무생물 상대로 설득이 돼?!

다행히도 케인의 상식은 지켜졌다. 골렘이 고개를 저은 것이다.

-너무 다름. 너무 다름.

[흑흑이의 모습이 학카리아스와 너무 다릅니다.]

[설득에 크게 페널티를 받습니다.]

[설득이 실패합니다.]

[카르바노그가 놀랍니다. 아키서스도 사기를 치지 못할 때가 있다고……]

콰직!

태현은 다시 한번 망치를 휘둘러 골렘을 쓰러뜨렸다. 골렘은 그대로 박살이 났다.

[카르바노그가 질겁합니다. 화난 거 아니지? 라고 묻습니다.]

-응? 아니. 다시 해보려고.

케인도 움찔 겁을 먹고 있었다. 태현은 그러거나 말거나 재빨리 가방에서 아이템을 꺼냈다.

그걸 본 흑흑이가 질겁했다.

설마…….

-주…… 주인님. 그건 좀…….

"한번 해보자. 흑흑아."

태현이 꺼낸 건 학카리아스를 폭파시키고서 나온 각종 잔해 아이템들!

비늘, 가죽, 꼬리 일부 등등…….

"흠. 고기를 두드려서 얇게 편 다음 바르면……."

-제발!

"알겠어. 그거까지는 안 할게. 어쨌든 다른 골렘 오기 전까지 빨리 준비하자고. 애들아. 좀 도와줘 봐."

다른 일행들은 정신이 혼미한 표정으로 움직였다.

지금 우리 뭐 하는 거지?

그러나 손은 재빨리 움직이고 있었다.

-아! 살살! 살살 좀!

비늘을 콱콱 꽂아 넣자 흑흑이가 비명을 질렀다.

"참아! 빨리 해야 한다고."

[흑흑이를 학카리아스로 변장시킵니다.]

[학카리아스의 신체 일부를 가지고 있습니다. 보너스를……]

-손님. 손님. 뭐 하…….

콰직!

준비가 다 끝나기 전에 골렘이 새로 왔다. 태현은 대답 대신 망치를 휘둘렀다.

"휴. 간신히 시간 맞췄다."

-뭔가 이상. 뭔가 이상. 왜 이렇게 많이 부서짐?

"그러게?"

태현 일행은 시치미를 뚝 떼고 시선을 피했다. 이다비는 휘파람까지 불었다.

"그나저나 여기를 봐라. 누굴 닮지 않았니?"

아까보다 뭔가 더 색이 진해지고 위압적으로 변한 흑흑이의 모습! 골렘은 고개를 갸웃거렸다.

-학카리아스 님…… 은 아니다. 학카리아스 님과 닮은 드래곤?

"그래! 학카리아스의 아들이다!"

골렘은 당황했다.

-그런 이야기 들은 적 없음. 그런 이야기 들은 적 없음.

"여기에는 매우 슬프고 가슴 아픈 이야기가 있기 때문이지. 학카리아스는 젊었을 적 한 드래곤을 사랑했는데……."

길고 그럴듯하게 말할수록 설득의 보너스는 늘어났다. 태현은 아버지가 챙겨보던 드라마의 내용을 떠올리며 그럴듯한 사연을 풀기 시작했다.

"어흑. 너무 슬프잖아."

옆에서 듣던 케인이 무심코 눈시울을 붉혔다. 그러다가 문득 깨닫고 멈칫했다.

'잠깐. 저거 구라였지?'

"……그렇게 된 거지. 학카리아스가 그런 걸 너희들한테 말하고 다닐 드래곤은 또 아니잖아. 어쨌든 여기 흑흑이가 온 건 학카리아스의 레어를 이어받기 위해서다. 학카리아스가 죽었기 때문이지."

-인정할 수 없음. 인정할 수 없음.

"학카리아스가 한동안 안 돌아오지 않았나?"

-그것만으로는 확인할 수 없음.

"학카리아스가 비상시 대비해서 자기를 소환할 수 있는 걸 남겨놓지 않았어?"

학카리아스 성격에 그 정도 대비는 해놨을 것이다. 만약 침입자가 장애물을 다 뚫고 더 안으로 들어왔을 때 자신을 부를 수 있도록!

-있음. 있음.

"그걸 사용해서 불러보라고. 학카리아스가 살아 있다면 올 거 아냐."

골렘은 잠깐 고민하다가 고개를 끄덕였다.

쿠르릉-

"응?"

그들을 두고 나가 버리는 골렘!

태현 일행은 당황했다.

"어디 가서 해야 하는 것 같은데?"

"기다려야 할 것 같습니다."

"음. 그러면 뭐…… 기다리는 동안 다른 곳 좀 더 털자."

알뜰하게 시간을 활용하는 태현이었다.

2 고문실, 3 고문실까지 찾아서 쇠사슬 하나까지 다 긁어모은 순간, 메시지창이 떴다.

[학카리아스의 레어의 소유가 임시적으로 흑흑이한테 넘어갑니다!]

[학카리아스의 레어를 지키고 있는 방어 마법들과 함정들의 권한이 흑흑이한테 넘어갑니다!]

[학카리아스의 소환수들이 흑흑이에게 넘어갑니다!]

[학카리아스의 소환수들은 학카리아스가 돌아오기 전까지 흑흑이의 명령에 따를 것입니다.]

[흑흑이가 소환한 것이 아니기에 레어를 지키는 게 아닌 명령은 듣지 않을 수 있습니다.]

대박!

싸우지도 않고서 레어를 손에 넣은 것이다. 당사자인 태현도 이렇게 쉽게 될 거라고는 생각지 못했던 상황!

-주인님……! 제게도 레어가 생겼습니다!

인생역전!

흑흑이는 눈물을 머금었다. 이제 블랙 드래곤들 사이에서 어깨에 힘 좀 주고 다닐 수 있겠다!

자세한 사연은 말할 수 없겠지만!

"가자. 흑흑아."

-어딜 말입니까?

"어디긴 어디야. 보물 털러 가야지."

-……넵.

흑흑이와 태현 일행은 신이 나서 움직였다. 학카리아스의 보물 창고에는 과연 얼마나 많은 보물이 있을까!

산더미처럼 많이 쌓여 있겠지?!

덜커덩!

"와! 와…… 와?"

골렘의 안내에 따라 학카리아스의 보물 창고에 들어선 일행은 온갖 금은보화가 쌓여 있는 무더기를 보고 감탄했다가, 의아해했다.

분명 어마어마한 양이긴 한데……. 저 뒤까지 난 거대한 홀에 비해 보물은 그냥 한 무더기가 끝이었던 것이다.

"어라? 공간에 비해 너무 적은 거 아냐?"

"학카리아스가 검소한 드래곤이었나요?"

"아니면 저 보물을 최근에 쓴 거 아닐까요?"

이런저런 추측이 나왔다. 그러자 안내해 준 골렘이 무슨 소리를 하냐는 듯이 말했다.

-흑흑이 님. 학카리아스 님은 원래 보물 대부분을 갖고 다니잖습니까. 모르셨습니까?

그러면 이게……. 대부분을 갖고 남은 일부?

일부분이 이 정도라면 대체 전체 양은 얼마였단 건가?

"앗. 현기증이……!"

이다비가 휘청거렸다. 태현은 급히 달려가 부축했다.

"태, 태현 님. 앞이……."

"나도 그 마음은 알아! 하지만 그때는 어쩔 수가 없었어!"

골렘의 말을 들으니 태현도 가슴이 미어지는 듯했다.

학카리아스 잡을 때 좀 더 고민 좀 해볼걸!

물론 그때는 어쩔 수 없었지만!

'잠깐만. 토끼로 변신시켰을 때도 뭐 안 나왔는데? 그러면 이 자식 어디에 숨기고 있었던 거야? 설마 뱃속에 넣어두고 다닌 건 아니겠지?'

의외로 그럴듯한 추측!

태현은 가슴이 두 배로 미어지는 듯했다. 만약 뱃속에 넣어두고 다녔다면 그때 조금만 더 안으로 들어갔으면 보물 더미를 만났을지도 모르는 것 아닌가.

"아. 학카리아스는 마법을 잘 쓰는 드래곤이니 아마 공간 주머니를 만들어서 거기에 직접 넣고 다녔을 겁니다."

정수혁의 말에 태현은 살짝 안도했다.

그런 거라면 어쩔 수 없었지!

"……그래도 뭐 이게 어디냐. 다 챙기자."

간단하게 어림잡아도 몇십만 골드는 나올 대박이었다.

만약 전체 보물을 다 챙겼으면 판온 끝날 때까지 골드 걱정은 안 하고 펑펑 살 수 있었을 텐데…….

'이거 다 수도하고 골짜기 운영비로 나가겠지…….'

그렇게 생각하니 살짝 서글퍼졌다. 영지는 밑 빠진 독에서 물 새어나가듯이 골드를 잡아먹었다. 세금을 올리고 던전이나 시설에 이용료를 엄격하게 붙이면 수입을 올릴 수 있겠지만, 태현은 그러지 않았다.

태현처럼 적이 많은 입장에서 인심을 잃는 건 치명적이었으니까! 길드 하나 없는 상황에서 길드 동맹에 맞서는 수많은 사람들을 불러 모을 수 있는 건, 그만큼 태현이 영지를 잘 운영하고 있어서가 컸다.

사람들은 지킬 게 있을 때 최선을 다하게 마련이었다.

[흑흑이가 학카리아스의 레어를 점령했다는 사실이 주변으로 퍼져 나갑니다. 인근 드워프 부족들이 곧 찾아올 것입니다. 준비하십시오.]

"드워프 부족들이면……."

-아마 학카리아스가 괴롭히고 있던 부족들일 겁니다.

주변 종족들을 괴롭히는 건 블랙 드래곤의 전통!

뭐 내놔라, 작고 반짝이는 거 갖고 와라, 와서 공사 좀 도와라, 저기 가서 몬스터 좀 잡아라 등등……. 해주는 건 없으면서 시키는 건 더럽게 많은 게 바로 드래곤!

그래도 어쩌겠는가. 죽기 싫으면 드래곤 레어 근처 종족들은 참고 하라는 대로 할 수밖에 없었다.

"설마 널 보자마자 공격하진 않겠지?"

-설…… 설마. 제가 그래도 블랙 드래곤인데…….

태현은 흑흑이를 빠히 쳐다보았다.

정확히 말하자면 '만만해 보이는' 블랙 드래곤!

-주인님. 그런데 이 비늘 뽑아도 됩니까? 오래 끼고 있으니까 좀 불편한데…….

"아냐. 잘 어울리니까 좀만 더 하고 있자구."

-언제까지요?

"주변 부족 애들 다 올 때까지?"

태현 일행은 학카리아스의 창고와 서재, 침실까지 샅샅이 뒤졌다. 혹시라도 남은 보물들을 마저 챙기기 위해서였다.

학카리아스가 두고 다니는 정도의 보물이지만, 그래도 한 가지 장점이 있었다. 비교적 수준이 낮은 덕분에, 지금 태현 일행이 입을 정도의 장비들이 나온다는 것!

"헉. 이거 봐! 〈드래곤에게 바쳐진 합금 갑옷〉! 심지어 세트 아이템이다!"

케인은 세트 아이템을 보고 흥분해서 들어 올렸다.

드래곤에게 바쳐진 합금 갑옷:

내구력 900/900, 물리 방어력 400, 마법 방어력 180.

스킬 '드래곤의 형상' 사용 가능, 스킬 '드래곤의 위엄' 사용 가능, 스킬 '드래곤의 분노' 사용 가능, 스킬 '드래곤의 파괴' 사용 가능.

블랙 드래곤의 허락을 받지 않고 착용하면 저주받음.

착용 시 드워프들이 분노함.

블랙 드래곤 학카리아스가 인근 드워프 부족들을 협박해 얻어 낸, 드워프들의 피와 땀으로 만들어낸 걸작 갑옷이다. 학카리아스는 이 갑옷을 별로라고 생각했는지 버려두고 있었다. 갑옷의 뒷면을 보면 아주 작게 드워프 글씨로 학카리아스의 욕이 적혀 있는 것을 볼 수 있다.

단순히 갑옷만 있는 게 아닌, 투구, 각반, 벨트, 건틀렛 등등이 갖춰진 세트 아이템! 게다가 놀라운 건 저런 성능인데도 레벨 제한이 없다는 점이었다.

판온은 레벨 제한이 꽤 까다로운 편이라서, 레벨 제한이 없는 아이템은 가격이 몇 배로 뛸 정도였다.

'근데 이건…… 드래곤 허락이 있어야 하니까 더 어려울 수도 있겠군.'

태현이야 블랙 드래곤을 데리고 다니니 상관없었지만 다른 사람들은 아니었다. 레벨 제한보다 훨씬 더 어려운 제한!

"나 이거 입어도 되지??"

"그래. 저번에 내가 만들어 준 갑옷은 다시 주고."

사실 지금 케인이 끼고 있는 장비도 매우 좋은 장비 축에 들어갔다. 무려 아다만티움이 아주 조금 들어간 것!

"어…… 어? 화난 거 아니지?"

"뭔 소리야? 줘야지 녹여서 추출한 다음 다시 쓸 거 아니야."

태현은 뭔 소리를 하냐는 듯이 케인을 쳐다보았다. 다른 금속이면 모를까, 아다만티움은 아껴 쓰고 나눠 쓰고 다시 써야 하는 귀한 금속이었던 것이다.

케인은 매우 아까워 죽겠다는 얼굴로 갑옷을 꺼내 건넸다.

"저는 이 갑옷 그대로 쓸게요."

"그래."

이다비는 갑옷을 바꿀 필요가 없었다.

맞는 아이템도 보이지 않는 데다가 태현이 아키서스의 아티팩트 제작으로 만든 덕분에 워낙 효과가 강력했던 것이다.

"저…… 저도 만들어주신 거 그대로 쓰고 싶어요."

"아니. 넌 바꿔야지."

유지수의 말에 태현은 무슨 소리를 하냐는 듯이 쳐다보았다. 여기 훨씬 더 좋은 장비들이 보이는데!

"괜찮은데……!"

"무슨 소리를 하는 거야? 바꿔."

"애써서 만들어주신 건데 바꿀 수가……."

유지수의 말을 들은 케인은 멈칫했다.

벌써 신나서 다 갈아입은 케인! 드래곤 갑옷 세트로 맞춰 입고 '나 좀 멋있는 듯?' 하고 있었던 것이다.

"크, 크흠. 그러게. 나도 원래 장비가 더……."

"야. 귀찮게 하지 말고 그냥 얌전히 좋아하고 있어라."

"응……."

"저놈처럼 신나서 바로 바꿀 것까진 없지만 성능 더 좋은 걸 보고서 안 바꿀 필요도 없지. 게다가 판온 하면서 장비 만드는 게 몇 번인데. 빨리 바꿔."

태현이 유지수하게 말할수록 점점 주눅드는 건 케인이었다.

'좀 사양하다 바꿀 거 그랬나?!'

그렇게 일행이 드래곤 레어에서 나온 장비로 갈아타고 있는 사이, 태현도 뭐 챙길 거 없나 어슬렁거렸다.

역시 이럴 때 가장 편리한 건 〈신의 예지〉!

던전 공략할 때도, 남의 집을 털 때도 유용한 스킬이었다.

[카르바노그가 신의 힘을 그런 곳에 쓰는 건 좀……]

'뭘 이제 와서 새삼스럽게 그래?'

말이야 맞는 말!

태현은 신의 예지로 주변을 샅샅이 뒤졌다.

쿵쿵-

밑이 비어 있는 바닥 발견!

'뭘 넣어놓은 거야?'

태현은 그렇게 생각하며 바닥을 부쉈다. 그러자 밑에서 상자가 하나 나왔다.

-위험! 절대 건드리지 말 것!

이라고 쓰여 있는 상자였다.

급격히 수상해지는 기분!

학카리아스 정도 되는 드래곤이 〈위험! 절대 건드리지 말 것〉이라고 써서 붙여놨다고?

대체 뭐길래? 세상에서 가장 위험한 독이라도 되나?

[카르바노그가 학카리아스의 보물 아니냐고 의심합니다.]

학카리아스 정도 되는 드래곤이라면 쪼잔하게 이런 짓도 할 수 있었다. 보물을 지키기 위해 위험하다는 거짓말 정도야!

'아니. 중요한 보물이면 분명 갖고 다녔겠지. 위험한 건 맞는 것 같은데……'

위험해서 갖고 다니긴 싫고, 그렇다고 보물 창고에 같이 내팽개쳐 두기에는 찜찜한 그런 게 뭘까?

'폭탄인가?'

[……]

'아니. 폭탄 말고 딱히 안 떠오른단 말이야.'

태현은 그렇게 생각하며 상자를 열었다. 카르바노그가 질겁했지만 태현은 신경 쓰지 않았다.

위험하다면 신의 예지가 경고했을 것!

일단 위험하더라도 상자를 여는 건 괜찮을 가능성이 컸다.

달칵-

<위험! 정말로 절대 건드리지 말 것!>

"……."

태현은 무시하고 다시 열었다.

[아키서스의 권능이 새겨진 양피지를 얻었습니다!]

[아키서스의 권능을 얻습니다!]

[신성이 크게 오릅니다!]

[명성이……]

[아키서스의 권능, <아키서스의 돌격>을 얻었습니다.]

너무 뜬금없는 권능!

'뭐야?'

태현도, 카르바노그도 황당했다.

"무슨 일이에요?"

갑자기 빛이 뿜어지자 일행도 당황했다.

"아무것도 아니야. 그냥 직업 퀘스트가 갑자기 깨지네."

학카리아스 이놈이 왜 아키서스 권능을 갖고 있는 건지는
모르겠지만……

'잠깐. 이 자식 아키서스 권능을 이런 취급을 하고 있나?'

아무리 아키서스 소문이 안 좋아도 그렇지 권능 스킬을 상
자에 넣고 꽁꽁 묻어놔?

[아키서스라면 충분히 그럴 수 있다고 카르바노그가 말합니다.]

<아키서스의 돌격>

아키서스의 사악한 힘으로 공간을 무시하고 빠르게 돌진해 상대를 공격합니다!

이 스킬의 대미지는 관련 버프를 받지 않습니다.

이 스킬의 대미지는 악명의 영향을 받습니다.

상대를 쓰러뜨릴 경우 쿨타임이 초기화됩니다.

이제 슬슬 본색을 숨길 생각도 하지 않는 아키서스!

설마 설마 했는데 드디어 악명 스탯으로 대미지가 결정되는 스킬이 나왔다. 악신 교단에서나 볼 수 있는 스킬!

그래도 스킬 자체는 괜찮았다. 빠르게 거리를 좁히는 이동 스킬. 도적이나 암살자 직업이 아니라 이런 스킬이 부족한 태현에게는 꼭 필요한 스킬이었다. 아직도 장비에 달려 있는 이동 스킬을 쓰고 있을 정도였으니.

'악명 스탯만 아니라면 말이지…….'

다 좋은데 뭔가 찜찜해! 농담 삼아서 '아키서스 이거 악신 아니냐?'라고 하고 다니긴 했었는데, 이제 슬슬 '이 자식 이거 진짜 악신 아냐?' 하고 의심이 갈 수준!

하긴 이제까지 한 짓들만 봐도…….

'행운의 일격 버프를 못 넣는다는 건 아깝지만 악명 스탯만

으로도 충분하긴 하지.'

태현의 폭딜은 언제나 행운의 일격을 뿌리에 두고 시작했다. 그렇지만 악명 스탯도 못지않게 높은 상황.

버프가 없더라도 충분히 쓸 수 있을 것이다. 거기에 쓰러뜨릴 경우 쿨타임 초기화는 상당히 좋은 옵션이었다.

태현처럼 여럿 상대할 일 많은 플레이어에게는 더더욱!

골렘들의 인해전술! 연합 파티는 골렘이 이렇게 무서운 몬스터인지 처음으로 알게 되었다.

골렘은 원래 느리고 둔한 몬스터. HP가 높고 방어력이 높긴 했지만 공략하는 방법만 알면 그렇게 까다로운 몬스터는 아니었다. 그렇지만 앞뒤 아래위 양옆에서 계속 골렘이 들이닥친다면?

난이도 조절이고 뭐고 상관하지 않고 계속 몰려오는 골렘들! 덕분에 연합 파티는 한 줌만이 남은 채 간신히 빠져나올 수 있었다.

"헉, 헉⋯⋯."

앨콧은 혼이 반쯤 나간 얼굴이었다.

무슨 놈의 골렘이 이렇게 많단 말인가!

주변을 둘러보니 각 파티에서 한둘 정도만 살아남았을 정도로 치열한 싸움이었다.

"어. 김태산은 없네. 죽었나?"

원래 다른 파티가 죽은 일에 안심하면 안 됐지만, 앨콧은 이상하게 안심이 됐다.

'아차. 내가 왜 이러지?'

"앨콧 님."

간신히 살아남은 토바가 앨콧에게 다가오더니 말을 걸었다.

"제 생각에 그 김태산이란 친구는 스파이 같습니다."

"뭐? 스파이? 누가 보낸?!"

"길드 동맹이 보낸 거 아닐까요?"

앨콧은 토바를 미친놈 보듯이 쳐다보았다.

얘는 내가 어디 길드 소속인지 모르나?

"왜, 왜 그런 눈으로?"

"야. 얘가 길드 동맹 소속이잖아. 그런데 왜 길드 동맹 스파이를 보내겠어?"

"아……."

크로포드가 설명해 주자 토바는 민망해했다. 그러나 앨콧은 고민했다. 길드 동맹이라면 왠지 모르게 그럴 수도 있을 것 같았다!

'요즘 자기들끼리 싸우고 내분 일어난다고 하니까…… 날 의심해서 스파이를 보내도 이상할 건 없지. 날 견제하려고!'

앨콧을 싫어하는 길드원들은 많았다. 그렇지만 요즘 앨콧은 전형적인 상승세. 저번에 사디크 화신 막타를 치는 덕분에 영지까지 받지 않았던가!

그런 상황에서 만약 앨콧이 레어까지 성공적으로 턴다면?

앨콧의 위치는 건드릴 수 없을 정도로 오를지 몰랐다. 그걸 생각한다면 이렇게 견제하는 것도 충분히 가능했다.

'이런 비열한 놈들!'

앨콧의 의심이 눈덩이처럼 불어났다. 만약 스파이라면 정말 사악한 수법이었다. 하필이면 이름도 김태산으로 짓다니.

앨콧을 겁주려는 것 아닌가!

"용서하지 않겠다!"

"야. 넌 저 소리를 믿는다고?"

"길드 동맹 놈들은 충분히 가능해!"

수군수군-

남은 연합 파티원들은 앨콧의 말을 듣고 수군거렸다.

길드 동맹이 저런 곳이었어?

크로포드는 앨콧의 옆구리를 찔렀지만 앨콧은 눈치채지 못하고 떠들었다.

"이 자식들 내가 얼마나 해줬는데……."

"야. 됐고. 앞으로 어떻게 할지부터 생각해."

일행은 간신히 골렘 군세를 뚫고 통로 구석에 들어온 상태였다.

앞으로 갈 것이냐, 말 것이냐?

"으…… 난 빠져나가야겠다."

앨콧은 인정할 수밖에 없었다.

학카리아스를 너무 만만하게 봤다! 학카리아스가 죽었어도, 플레이어들은 아직 학카리아스 레어를 털 만한 수준이 아니었던 것이다.

'김태현 이 자식은 대체 학카리아스를 어떻게 잡은 거야?'

이럴수록 더욱 커지는 궁금증!

학카리아스 없는 레어도 이 수준인데 대체 김태현은?

"앨콧! 진짜로 빠져나간다고?"

"여기까지 왔잖아!"

"그럼 각자 알아서 하자. 이쯤 됐으면 연합 파티도 의미가 없고."

10명도 안 남은 상황! 연합 파티는 정말 이름만 남은 상황이었다.

"으음……."

"끙……."

플레이어들은 갈등하는 표정이었다. 여기까지 온 게 정말 아깝고 억울했지만, 더 갔다가는 정말 죽을 것 같았던 것이다.

갈등 그 자체!

거기에 크로포드가 못을 박았다.

"야. 다 좋은데, 나올 때 생각해라. 지금도 나가는 게 위험한데 더 들어가면 얼마나 힘들겠냐?"

"……!!"

그랬다. 생각해 보니 여기는 나갈 때도 고생!

힐러 대부분이 사라진 지금 나가는 것도 원한다고 나갈 수 있는 게 아니었다.

앨콧은 헛기침을 하며 말했다.

"난 그럼 이만."

"앨콧. 설마 혼자 은신 써서 튀려는 건 아니지?"

크로포드가 앨콧의 팔을 붙잡았다. 다른 플레이어들은 그 말을 듣고 의심하는 눈빛을 보냈다.

"아니야! 너희들이 더 들어가고 싶어하는 것 같아서 한 말이지!"

"난 돌아갈 거니까 같이 가자고."

"저희도 같이 가겠습니다!"

"맞아. 우리 같이 가자."

남은 플레이어들은 뜨거운 눈빛을 보냈다.

너 혼자 보내진 않겠다!

이렇게 된 이상 남은 플레이어들끼리 뭉쳐서 같이 가는 게 살아남을 확률이 높았다.

'젠장. 물귀신 같은 놈들.'

앨콧은 속으로 투덜거렸다. 하긴, 지금 남은 직업들 중 도적이나 암살자 계열은 그밖에 없었다. 즉 은신으로 몰래 빠져나갈 수 있는 것도 그밖에 없다는 것!

그걸 그냥 보고 있을 사람은 없었다. 어지간하면 힘으로 뚫어보기라도 하겠는데, 그 골렘 군세에서 살아남은 사람들이라 그런지 대부분 랭커나 준 랭커 수준이었다.

쿵쿵쿵-

"헉. 골렘 또 온다!"

"미친…… 여기도 오는 거였어?"

"그놈들 동료 부르는 거 같으니까 오자마자 공격해야 해."

"내가 선공하마. 공격하는 순간 다 같이 뛰어들어."

앨콧은 은신 스킬을 준비했다. 그러자 다른 플레이어들이
말했다.

"앨콧……!"

"걱정 마라. 이건 내가 해야 하는 일이니까."

앨콧은 사뭇 비장했다. 그러나 다른 플레이어들은 아니었다.

"아니, 그게 아니라. 은신하고 튀는 거 아니지?"

"……."

"야. 그걸 그렇게 솔직하게 말하면 어떡해?"

"진짜 튈까 봐 그렇지."

"이런 개……."

그렇게 떠드는 사이 골렘이 다가오는 소리가 더욱 커졌다.

선공 기회는 놓쳤다! 이렇게 된 이상 싸워야 할…….

"너희 뭐 하냐? 아직도 안 갔어?"

다가온 골렘 위에는 김태산과 그 일행들이 앉아 있었다. 그
리고 어디서 많이 본 것 같은 드래곤도…….

앨콧은 눈을 깜박였다. 저걸 어디서 봤더라?

"김태현!"

"어? 어떻게 알았지?"

"지금 용용이랑 흑흑이 데리고 다녀서 아닌가요?"

한 드래곤은 평소 보던 그대로였고, 한 드래곤은 평소랑 좀
모습이 달랐다. 어쨌든 중요한 건 저런 걸 데리고 다닐 놈이 한
명밖에 없다는 것!

"네, 네, 네, 네가 왜 여기에?"

"왜냐니. 나도 레어 공략하러 왔지. 근데 너희가 너무 느려서 혼자 들어가서 깨고 왔다."

"말도 안 되는 소리 하지 마라! 그걸 어떻게 혼자서 깨냐!"

앨콧이 어이가 없다는 듯이 외쳤다. 다른 랭커들도 무심코 고개를 끄덕였다. 김태현의 능력은 인정하지만 아무리 생각해도 이 레어는 절대 저 인원으로 깰 수 없는 수준······.

"믿기 싫으면 믿지 마라. 골렘아. 앞으로 가자."

-이동. 이동.

그러고 보니 태현은 아까 공격해 오던 골렘을 타고 있었다. 대체 저걸 어떻게 길들여서 타고 있는 거지!?

"잠, 잠깐. 진짠가 본데?"

"깬 거 아니면 저걸 어떻게 데리고 다니는 거야?"

파티 사이에 퍼지는 혼란! 아무리 생각해도 레어를 깨지 않았다면 저 골렘을 데리고 다닐 수가 없었다.

크로포드가 급하게 태현을 불렀다.

"김태현! 김태현!"

"야. 얌전히 가는 김태현을 왜 불러?"

앨콧이 이해가 안 간다는 듯이 물었다. 크로포드는 너야말로 무슨 소리를 하냐는 듯이 앨콧을 쳐다보았다.

"나가는 데 도움받아야 할 거 아냐!"

"아······."

그랬다. 지금은 김태현이 진짜 깼니 안 깼니 소리를 할 때가 아니었다. 안 깼어도 도와달라고 해야 할 때!

"김태현! 우리 이렇게 만난 것도 인연인데……."

"나가는 거 도와달라고?"

"그…… 그래."

순간 랭커들은 얼굴을 붉혔다.

쪽팔려!

솔직히 이 레벨 먹고 던전 들어와서 스스로의 힘으로 못 나가니 도와달라고 하는 건 매우 부끄러운 일이었다.

원래 초보자 때나 겪는 일인데…….

"태현 님. 저 사람들 왜 저렇게 시선을 못 마주치죠?"

"아마 자기들 힘으로 못 나가는 게 부끄러워서 그렇겠지."

"실패하는 게 부끄러운 건 아니잖아요?"

"쟤네들은 부끄러워해야지. 저 레벨 먹고 무슨 근자감으로 여기를 와."

쿡쿡 찌르는 말들!

랭커 중 한 명이 항의하듯이 말했다.

"그래서 도와줄 거야 말 거야?"

"도와는 줄 수 있는데…… 너 나한테 맡겨났냐?"

"어…… 어?"

태현의 싸늘한 말투에 방금 말한 랭커는 당황했다. 앨콧, 크로포드와 친해 보여서 좀 끼어든 선데…….

"사람이 염치가 있어야지. 초보 애들도 던전에서 나가는 거 도와달라고 할 때는 아주 공손하게 부탁하는데…….

"쟤네가 말할 때는 뭐라고 안 했잖아!"

"그야 쟤네들은 VIP고 너희들은 아무것도 아니니까."

"VIP?"

"그게 뭐지?"

"앨콧이 김태현이랑 그렇게 친했나?"

다른 플레이어들은 수군거렸다. VIP가 뭐지?

심지어 앨콧도 의아해했다.

내가 왜 VIP?

크로포드는 얼굴을 손으로 감쌌다. VIP의 뜻을 이해한 것이다.

"야, 호구란 뜻이잖아……."

저번 해적왕 유배지 때부터 이어져 온 인연! 그때 구해주는 것으로 얼마나 많은 걸 뜯겼는지 생각해 보면…….

앨콧과 크로포드는 울컥했지만 보는 눈이 있어서 따질 수도 없었다. 그들도 체면이 있었으니까.

"너희들도 VIP가 되면 내가 좀 친절하게 대해줄 수 있다."

"VIP? 그거 어떻게 할 수 있는 건데? 하고 싶으면 할 수 있나?"

"의지만 있다면 언제든지 할 수 있지."

태현은 인자한 웃음을 지으며 말했다. 그럴수록 앨콧과 크로포드만 죽을 맛이었다.

"자. 그러면 나가기 전에…… 계산부터 할까?"

"……?"

"아키서스 교단 안 믿는 사람 지금 개종하고 가자."

태현은 이제 노골적이었다. 기회가 되면 일단 가입시키고 보자! 나중에 탈퇴한다 하더라도 일단 가입시키는 게 이득이었다.

"교단은 너무하잖아!"

"맞아! 우리가 쌓아온 게 얼마인데!"

"우우우! 횡포다!"

랭커들의 항의에도 태현은 눈 하나 깜박하지 않았다.

"싫으면 말던가. 10초 준다. 10. 9. 8……."

"앨콧! 김태현 좀 설득해 봐!"

"크로포드 너도!"

연합 파티는 앨콧과 크로포드를 불렀다. 그나마 태현과 친해 보였던 것이다.

"응?"

그러나 앨콧과 크로포드는 이미 모르는 척 태현 쪽에 서 있었다.

왜냐하면 그들은……. 예전에 아키서스 교단에 가입했으니까!

슬슬 VIP의 뜻이 어떤 뜻인지 느낌이 오는 파티원들이었다.

아무리 싫다고 뻗대봤자 이미 승패가 정해진 싸움이었다.

전원 가입!

"그래. 훌륭하다."

"그럼 이제 빨리 내보내 줘."

"아직 안 끝났어. 자. 이 골렘을 타고 나가려면 이용료가……."

"……야!!"

"장사 하루 이틀 하나? 원래 DLC로 이렇게 다 추가되는 법이야."

독 피하는 옵션부터 정문 열어주는 옵션까지 다 받을 생각 가득!

"골드 내면 되냐?"

"골드라니. 내가 돈 때문에 이러는 것 같아 보여?"

뭔 개소리야? 돈 때문에 이러는 거 아니었어?

일행은 모두 그렇게 생각했지만 태현 앞에서 그렇게 말할 용기는 없었다.

"골드는 됐고 아이템으로 내놔라. 좋은 걸로 딱 하나만 받는다."

랭커들의 장점은, '나 가진 거 없어 배 째!'가 통하지 않는다는 점이었다.

랭커는 털면 나온다! 털다 보면 주머니에 숨긴 무언가가 꼭 나오게 되어 있었다.

"자자. 성실하게 자진 납세하고 가자 애들아. 거짓말하면 아키서스가 많이 싫어한다. 저주받을 수도 있어."

[카르바노그가 기가 막혀 합니다.]

자기 신까지 팔아서 장사하는 지독함!

연합 파티는 결국 탈탈 털리고 밖으로 이동하기 시작했다.

밖으로 나오면서 앨콧은 토바를 쳐다보았다.

"뭐? 스파이라고? 인마?"

"죄…… 죄송."

흑흑이가 태현을 슬쩍 불렀다.

-주인님.

-왜?

-그런데 여기 정문에 아까 그…… 미친 거인 놈이 하나 있었 잖습니까.

-아. 그랬지.

미친 거인 전사 랑드버그!

흑흑이는 불안했다. 주인이 바뀌었지만 그놈도 제대로 들었 으려나?

-괜찮아. 괜찮아.

-그렇겠죠? 헤헤. 아무리 미친놈이라도 주인 바뀐 것 정도 는 알아듣게 해놨을 테니…….

-응? 아니. 이미 받을 거 다 받았으니까 얘네 죽어도 된다는 뜻이었는데.

언제나 선불로 받아야 한다! 이럴 때에도 손해는 보지 않았 으니까!

-앗. 네.

결과적으로 흑흑이의 걱정은 쓸데없는 걱정이었다.

-학카리아스 작아졌다……?

랑드버그는 주인이 바뀐 건 알아본 것이다.

태현은 랑드버그를 탐난다는 듯이 쳐다보았다.

이 강력한 보스 몬스터를 좀 더 이용할 수 없을까?

"혹시 레어를 지키기 위해서 레어 밖으로 나가서 싸울 생각 은 없니?"

레어 지킨다는 핑계로 데리고 나가 써먹어 볼 생각!

그러나 랑드버그는 칼 같았다.

-여기 지킨다!

[대화 가능한 상대가 아닙니다. 설득이 실패합니다.]

아예 상대 말을 듣지 않는 강력함!

아키서스의 헛바닥도 말을 듣지 않는다면 통하지 않는다. 그래도 태현은 포기하지 않고 몇 마디 더 말을 걸어보려 했다.

"오늘 날씨가……."

-여기 지킨다.

"그 무기 좋아 보이는데……."

-여기 지킨다.

'이 자식 내 말 안 듣고 있군.'

태현은 입맛을 다시며 물러섰다.

어떻게든 써먹고야 말겠다!

일행은 걱정했던 정문을 통과해 레어 밖으로 나갔다. 아까는 그렇게 독이 터져 나오던 늪지도 잠잠했다.

보면 볼수록 신기한 광경! 대체 이걸 어떻게 한 거지??

"야. 그런데…… 레어 털었으면 보물도 얻었냐?"

이제야 문득 생각이 나서 앨콧은 슬쩍 물었다.

만약 태현이 드래곤 레어를 털었다면 이건 보통 일이 아니었다.

어마어마한 자금! 아탈리 왕국을 미친 듯이 개발해도 골드가 남아돌 수준의 자금이 태현 손에 들어간 것이다.

"아냐. 보물 없더라."

"뭐? 진짜??"

"내가 너한테 뭐 하러 거짓말을 하겠냐? 확인해 보니까 학카리아스는 지 보물 지가 갖고 다녔던 모양이야. 블랙 드래곤 놈들은……."

"아……."

앨콧은 납득했다. 확실히 드래곤 정도 된다면 보물을 갖고 다녀도 이상하지 않았다.

"맞다. 길드 동맹 내분 난 거 봤냐? 갈라질 거 같더라."

"잘됐군."

평원에서의 패배와 학카리아스 사망으로 인해 길드 동맹은 최악의 순간을 겪고 있었다.

가장 최악인 건 소속 길드들의 이탈!

에랑스 왕국 쪽 대형 길드들이 작정하고 포섭을 시작한 것이다.

-언제까지 중국 놈들이 다 해먹는 거 보고 있을 거냐! 이쪽으로 와라!

-길드 동맹의 시대는 끝났다!

미국, 유럽, 한국 등 평소 길드 동맹에게 당한 거 많은 길드들!

앨콧도 고민이었다.

"원래 나도 나라만 보면 에랑스 쪽 애들하고 더 맞는데…… 중국 애들 좀 안 맞는다고."

"아냐. 넌 길드 동맹에 있어야 해."

"역시 그런가?"

앨콧은 태현의 말을 듣고 멈칫했다. 확실히 앨콧은 길드 동맹을 그냥 나오기에는 아쉬운 점이 많았다. 길드 동맹 랭커 중에서도 앨콧은 꽤 좋은 대우를 받고 있었던 것이다.

세운 공이 많았기 때문에!

영지도 얻었겠다, 아키서스 관련 아티팩트도 길드에 바쳤겠다…….

"난 영지도 있으니까 내가 나갈 경우 내가 시범 사례로 공격받을 수도 있겠군."

앨콧은 그렇게 말하며 고개를 끄덕였다. 지금 길드 동맹이 갈라지는 분위기에서 가장 필요한 건 희생양이었다.

세게 두드려 맞을 희생양!

이탈하려는 놈들은 이렇게 된다!

희생양이 하나 나오면 분위기는 잠깐 잠잠해지게 마련.

그렇게 생각하니 앨콧은 오싹해졌다.

'역시 이 자식은 똑똑해…….'

분하지만 앨콧 자신보다 몇 배는 머리 회전이 빨랐다.

그러니까 혼자서 길드 동맹을 농락할 수 있는 거겠지!

"고맙다. 김태현."

태현은 무슨 소리를 하냐는 듯이 앨콧을 쳐다보았다.

'스파이로 써먹어야 하니까 나가지 말라는 거였는데…….'

자기 알아서 혼자 납득하더니 이상하게 감동받은 눈빛을 보내고 있었다.

[카르바노그가 그 말은 하지 말라고 조언합니다.]

"으음. 더 사람들을 받고 싶은데 말이야……."

유 회장은 그렇게 중얼거렸다. 해저 왕국 아란티스는 규모는 비교적 작지만, 플레이어 충성도는 대단한 나라였다.

골수 낚시꾼들의 나라! 게다가 <국왕이 미쳤어요!>라는 광고로 요약되는 유 회장의 미친 지원까지.

'낚시에 관심 있으면 무조건 배 하나 구해서 아란티스로 가라'라는 조언이 초보자 게시판에 수두룩했다.

그런데도 불구하고 아란티스 왕국 소속 플레이어는 많이 늘지 않았다. 낚시 자체가 판온에서는 좀 마이너한 직업!

유 회장은 다른 직업을 가진 플레이어들도 낚시의 즐거움을 발견하길 바랐다. 꼭 낚시꾼들만 낚시를 하란 법은 없잖은가!

"산적 놈들을 꼬셔볼까요?"

"그놈들은 좀……."

현재 유 회장과 낚시꾼들은 오스턴 왕국 북부 항구도시 벡텔 근처 바다를 쭉 훑고 있었다. 태현으로 인한 대산적시대 때문에 엄청난 호황을 맞고 있는 벡텔 시!

덕분에 낚시꾼들도 활동하기 좋았다. 사람들이 많으면 필요한 음식의 양도 늘었으니까!

물고기를 낚는 대로 족족 사 갔다.

"여러분들! 언제 끝나십니까!"

"저희 기다리고 있습니다!"

심지어 쪽배를 타고 나와 옆에서 기다리고 있는 상인들도 있었다. 누구보다 빨리 신선하게 산 다음 빠르게 돌아가 비싸게 팔아먹을 속셈!

"우리는 우리가 알아서 팔 테니 신경 쓰지 말게."

"허어억!"

"어떻게 그럴 수가!"

"너무해! 낚시만 하면 됐지 왜 상인까지!"

"……저 사람들 좀 쫓아내 보도록."

"예! 폐하!"

유 회장의 말에 낚시꾼들이 우르르 노를 저어 상인들을 밀어냈다.

"저리 가라! 낚시하는 데 방해되시잖아!"

"노로 한 대 맞고 싶냐! 비켜!"

정 비서실장은 그걸 보며 생각했다.

'저래서 새로 들어오는 사람이 없는 거 아닌가?'

플레이를 보고 '와 재밌겠다!' 해야지 들어오는데, 낚시는 기본적으로 뉴비가 재미를 느끼기 힘드니……. 거기에 낚시꾼들은 기본적으로 뉴비들을 잘 끌어들이지 못했다.

-낚시 어떻게 하는 거냐고? 이렇게 낚싯대를 휘두른 다음 한 시간 동안 기다리고 있으면 되지. 뭐? 재미없다고? 이런 고얀…… 네가 낚시의 재미를 알아? 낚시는 이런 맛으로 하는 거란 말이다!

오던 뉴비들도 도망갈 것 같은 대사!

"이렇게 재밌는데 말이야."

"그렇습니다. 회장님. 모르는 놈들이 이상한 겁니다!"

정 실장은 허리를 90도로 꺾으며 말했다.

생각은 생각이고 말은 말!

"낚시는 여기까지만 하고 상점을 열지."

유 회장과 낚시꾼들은 처음에는 상인들한테 물고기를 팔았지만, 얼마 지나지 않아 그럴 필요가 없다는 걸 깨달았다.

직접 파는 게 여러모로 이득! 스킬 보너스도 들어가는 데다가 이득도 더 컸던 것이다. 게다가 새로운 즐거움도 있었다.

"아니! 이렇게 신선한 물고기는 처음 봅니다! 심지어 상처 하나 없어!"

요리사 플레이어들은 유 회장이 낚은 물고기를 보면 감탄했다. 희귀한 물고기인 것도 놀라운데 그걸 낚은 솜씨는 더 놀라웠다.

상처 하나 없는, 〈최상급〉이나 〈완벽한〉 수식어가 붙는 물고기들!

요리의 결과물을 몇 배로 늘려주는 훌륭한 재료들이었다.

"어르신. 눈송이 물고기 있습니까?"

"어? 자네 또 왔군."

유 회장은 플레이어 하나를 알아보고 반색했다.

유 회장이 이 플레이어를 기억하는 데에는 이유가 있었다.

장사 시작한 날부터 찾아왔던 단골! 벡텔 시 앞바다에서 나오는 희귀한 물고기인 〈눈송이 물고기〉만 찾는 플레이어였다.

-어르신. 눈송이 물고기 있습니까?

-눈송이 물고기 있습니까?

-눈송이 물고기……

만약에 눈송이 물고기가 안 낚인 날에는 땅이 꺼져라 한숨을 쉬었다. 보는 유 회장의 가슴이 다 미어질 정도!

"자네는 대체 왜 눈송이 물고기만 찾는 건가? 혹시 요리사인가?"

"예? 아닙니다."

"그러면 왜?"

"술안주로……"

상상하지 못했던 이유에 유 회장은 당황했다.

"이게 가장 좋더군요. 감칠맛이……"

"그, 그래."

나이가 좀 있어 보이기는 했지만 그렇게 꼬박꼬박 사 간 이유가 술안주였다니!

"제가 밖에서는 술을 못 마시거든요. 간이 안 좋아서…… 그래서 이렇게 안에서 마시게 됐습니다."

"그래. 알겠네. 자. 여기 물고기 있어."

"어르신. 제가……."

유 회장은 순간 잘못 건드렸다는 걸 느꼈다. 중년 남자는 묻지도 않았는데 구구절절 인생 사연을 읊기 시작한 것이다.

'그냥…… 눈송이 물고기만 사가는 게 궁금해서였는데……!'

"아. 좀 마시면서 해도 되겠습니까?"

"그…… 그러게나."

유 회장은 황당하다는 듯이 쳐다보았다. 중년 남자는 벌써 술병을 꺼내더니 눈송이 물고기를 슥슥 잘라내어 같이 먹기 시작했다. 옆에는 초장까지 꺼내서 먹는 폼이 한두 번 해본 솜씨가 아니었다.

'칼을 잘 쓰는데?'

물고기 회 뜨는 솜씨가 거의 요리사 수준!

"캬. 어르신도 한잔하시겠습니까?"

"난 됐네."

"그럼 저만 마시겠습니다."

남자는 신나서 마시더니 사연을 말하기 시작했다.

제가 원래 회사 잘 다니던 사람이었는데, 회사에서 잘리고 연 치킨집도 망하고 하니까 할 게 없더군요. 제가 이래 봬도 나름 젊었을 때 게임 좀 하던 사람이라 판온을 시작해서…….

"잠깐. 잠깐만."

유 회장은 이해가 안 가서 말을 멈췄다.

"예?"

"직장에서 잘렸는데 왜 게임을?"

"어르신. 판온이 얼마나 돈이 잘 되는데요. 지금 제가 회사 때보다 조금 더 많이 법니다."

"그…… 그래?"

유 회장은 당황했다.

그러면 왜 이렇게 술을 마시며 하소연을 하는 거지?

"혹시 정들었던 일을 그만두고 돈을 벌기 위해 억지로 게임을 하는 게 괴로워서 이러는 건가?"

"예? 아닙니다. 게임이 훨씬 더 재밌는데요. 직장하고는 비교도 할 수 없죠."

"??"

"명예퇴직한 친구들하고 같이 길드도 만들었는데요."

그랬다. 중년이 되어서 새로 찾은 적성!

남자는 판온으로 길을 찾게 되어 매우 행복해 보였다.

"그러면 왜 술을?"

"술을 좋아하니까요?"

직장에 잘려서 괴로운 탓에 술을 마시는 게 아니라, 그냥 술을 좋아해서 여기서 마시는 것이었다. 걱정해서 손해 봤다!

'에잉. 요즘 놈들이란……'

정말 곤란한 거라면 단골의 정을 생각해서 뭐라도 좀 해주려고 했건만!

"그런데 신기하군. 대회도 안 나가고 하는데 돈이 벌리나?"

"아이템 팔고 정보 팔고…… 꼭 유명한 선수가 아니더라도 돈 되는 건 많습니다. 어르신. 저희 〈가늘고 길게〉 길드는……."

참 슬픈 이름의 길드라고, 유 회장은 그렇게 생각했다.

"……그런 것에 아주 능숙하거든요."

유 회장이 걱정해 주는 것과 달리, 이 중년 남자, 이중섭은 나름 준랭커에 들어갔다. 젊은 사람들보다 실력은 부족하지만 풍부한 경험과 실전으로 잔뼈가 굵은 것이다.

각종 의뢰를 받고, 정확한 정보와 아이템을 판매하는 것으로 사이트에서는 나름대로 유명!

"사실 제가 어르신의 물고기만 사는 건, 어르신이 낚시 기술이 대단해서도 있지만 저와 같이 느껴져서도 있습니다."

"……???"

"어르신도 잘리신 거 아닙니까?"

판온에서 이렇게 많은 시간 동안 접속하고, 계속 낚시만 하는 나이 많은 사람이라면?

유 회장은 기가 막혀서 입을 떡 벌렸다. 그러나 이중섭은 그걸 다른 의미로 오해한 것 같았다.

"괜찮습니다. 자른 놈이 나쁜 놈이죠!"

"그…… 그…… 그게……."

유 회장은 뭐라고 말해야 할지 알 수 없었다.

"같은 명퇴자끼리 서로 응원해야 하지 않겠습니까. 어르신, 뭐 필요한 게 있으면 말하십시오. 저희 길드만 있는 게 아니라 다른 비슷한 길드들과도 친하게 지내거든요."

수입을 만들 때 태현처럼 선수로 뛰거나, 쑤닝처럼 대형 길드를 이끌면서 영지를 경영하는 화려한 방법만이 전부가 아니었다. 판온에서 수입을 만드는 방법은 수십 가지가 넘었다.

이다비처럼 길드 방송이나 광고료를 받거나, 아이템을 팔거나, 정보를 팔거나, 의뢰를 받거나 등등……. 폼은 나지 않더라도 착실하게 수입을 올릴 방법이 많았다.

생계형 플레이어! 이중섭은 다른 명퇴자들과도 손을 잡고 서로 정보를 공유하며 지냈다. 생계형 플레이어로 오래 살려면 여러 노하우가 필요했던 것이다.

어디 던전이 좋다든지, 어느 길드 의뢰가 좋다든지…….

"어르신도 들어오시겠다면 환영입니다."

"……나는 됐다."

유 회장은 이중섭의 오해를 풀어주려고 말을 준비했다.

상대가 들으면 실망하고 떠나가겠지만 어쩔 수 없다!

나는 사실……!

"흠흠. 자네. 나는 사실……."

"그런데 어르신. 저도 낚시를 좀 배워보고 싶은데 괜찮습니까?"

유 회장은 말하던 걸 멈췄다.

"어. 방금 무슨 말 하려고 하지 않으셨습니까?"

"나는 사실…… 직장에서 잘렸다고 하려고 했지. 낚시를 배우고 싶다고? 아주 잘 생각했네."

"네. 직접 해보면 재밌을 거 같아서요. 어디서 잘리셨습니까?"

"유, 유성 그룹."

"유성 그룹! 와. 어르신. 그래도 대단한 곳에서 다니셨네요."

한국에서 손꼽히는 대기업 아닌가. 이중섭은 감탄했다. 역시 대기업 출신이라 그런지 이런 왕국도 운영하고 그러나 보구나!

"유성 그룹이 이런 인재를 몰라보다니 참……."

"그런가?"

유 회장은 은근슬쩍 기분이 좋아졌다.

"판온에서 왕국을 누가 갖고 있습니까? 이거 아무나 못 해요."

중앙 대륙의 영지가 아니라 무시당하는 면이 있긴 하지만, 엄연히 유 회장도 왕이었다. 무시 받을 이유가 전혀 없다고 이중섭은 생각했다.

"그러고 보니 유성 그룹은 그때 과징금도 냈었죠? 하여간 나쁜 놈들입니다."

"그건 회장이 아니라 사장 놈이……!"

"예?"

"아무것도 아닐세."

유 회장은 그렇게 말하며 〈멋들어진 부착 수염〉을 쓰다듬었다. 장착하면 연륜 있어 보이게 만들어주는 아이템!

아까 명퇴하고서 할 일 없이 낚시하는 사람으로 오해받았을 때에는 그냥 버릴까 싶었지만, 좀 더 차고 있는 게 나을 것 같았다.

[에랑스 왕국 백기사단이 도착합니다!]

"살았다!"

에반젤린과 최상윤은 한숨을 내쉬었다.

에랑스 왕국으로 도망친 살라비안 교단! 그 살라비안 교단을 끝내기 위해 둘은 수십 개가 넘는 연계 퀘스트를 거치고 온 상태였다. 살라비안 교단은 만만치 않아 정말 위험한 순간도 많았지만, 이제 에랑스 왕국 백기사단이 달려오고 있으니 다 깬 것이나 마찬가지였다.

저기 산 가운데에 있는 동굴 요새에 숨어 있는 살라비안 교단만 박살 내면……!

"정말 길었다……! 하필이면 이런 일을 맡아서……!"

"넌 김태현 친구기나 하지 난 아무 상관도 없는데 왔다고!"

에반젤린은 새삼 억울해졌다. 같은 뱀파이어란 이유만으로 '그럼 네가 해야겠네!'라고 떠넘겨진 장기 퀘스트!

지금 생각해 보면 그때부터 속아 넘어간 기분이었다. 은근슬쩍 에반젤린한테 맡기고 손을 턴 태현!

"같은 뱀파이어인데 처리해야 하는 거 아냐?"

"아니거든?"

"대주교만 잡으면 될 테니 기사들이 빨리 끝냈으면 좋겠네."

최상윤은 재빨리 화제를 돌렸다.

"누가 김태현 친구 아니랄까 봐……."

"너…… 너무 말이 심한 거 아냐?!"

진심으로 상처받은 최상윤! 태현에 비하면 그는 엄청 선량한 플레이어라고 자부하고 있었던 것이다.

[에랑스 왕국 백기사단이 후퇴합니다!]

-크아악! 후퇴! 후퇴하라!
-이런 사술을 쓰다니! 사악한 놈들!
-너무 강하다! 으아아악!
에랑스 왕국 기사단이 후퇴한다고?
둘은 당황해서 상황을 받아들이지 못했다. 살라비안 교단 대주교의 음산한 목소리가 주변을 크게 뒤덮기 시작했다.
-가소로운 것들! 살라비안 님의 힘을 네깟 놈들이 당해낼 수 있을 거라 생각했느냐! 지금이라도 땅에 이마를 박고 자비를 구걸해라!
"김태현 부르자."
"그래. 불러야겠다."
둘의 뜻이 일치했다. 이제 더 이상 못해 먹겠다!

[강철 망치 드워프 부족들이 레어의 새 주인에게 인사를 드리러 들어옵니다!]

"미천한 강철 망치 드워프 부족이 위대한 블랙 드래곤님을 뵙습니다."

-오…… 오냐.

공물을 잔뜩 짊어지고 온 드워프들은 당황한 표정을 지었다.

드래곤이…… 왜 저렇게 작지?

-흑흑아. 제대로 하자. 여기 근처 드워프들이 너 토벌하려고 전부 오는 꼴 보고 싶은 건 아니겠지?

새로 바뀐 드래곤이 만만하다는 게 알려지는 순간, 근처 모든 드워프들이 덤벼들 것이다.

이제까지 쌓인 원한!

그 말을 들은 흑흑이는 정신이 번쩍 들었다.

-감히 내 앞에서 고개를 두리번거리다니!

"히이익! 죄송합니다. 위대한 드래곤님!"

드워프들은 바로 넙죽 엎드렸다. 상대가 엄청 작아지긴 했지만 그래도 일단 드래곤 아닌가. 건방지게 굴었다가는 마을 통째로 날아갈 수 있었다.

-그래! 날 무슨 이유로 보려고 한 것이냐!

"새로 주인이 된 드래곤님께 인사를 드리러 왔습니다! 이 선물을 받아주십시오!"

촤르륵!

드워프들은 영차영차 수레를 끌고 들어왔다. 수레에 가득한 금은이 눈부셨다. 흑흑이는 그걸 보고 커다란 감동을 받았다.

이건가! 이것이 진짜 드래곤의 삶인가! 웬 이상한 잡신을 따라다니면서 생고생만 하는 게 아닌, 이렇게 물질적 보상이 팍 팍 들어오는 삶!

-흑흑아. 너 표정 관리 안 하냐?

-죄, 죄송합니다.

순간 정신을 놓으려던 흑흑이는 다시 정신을 붙잡았다. 아 직 정신을 놓으면 안 됐다. 흑흑이가 말을 하지 않자 불안해진 드워프들이 입을 열었다.

"죄송합니다! 너무 적은 양이라!"

흑흑이는 당황했다. 이것도 생전 처음 보는 막대한 보물인데?

"너무 적고 평범한 보물이라 죄송합니다! 크흐흑!"

"시간을 조금만 더 주시면 더 아름다운 보물을 만들어서 가 지고 오겠습니다!"

학카리아스는 성질도 까다로웠다. 그냥 금은보화로는 만족 하지 않았다. 그걸 이용한 아름다운 조각상 정도는 만들어와 야 '수고했다' 한 마디 정도 던져주는 것!

드워프들은 조심스럽게 수레를 끌고 나가기 시작했다. 그걸 본 흑흑이는 애가 탔다.

-잠…… 잠깐……!

CHAPTER 4

"예?"

드워프들은 어리둥절했다.

저 포악한 드래곤이 그들을 왜 부르지? 설마 내보내 주지도 않고 죽일 생각인가?

꾹-

드워프들은 곡괭이와 망치를 강하게 움켜쥐기 시작했다.

이대로 죽을 거라면 한번 발악이라도…….

긴장된 공기가 흐르자 흑흑이는 당황했다.

왜 저래?

-아무래도 네가 죽이려고 한다고 생각하는 모양인데. 빨리 말려라.

태현이 보기에 여기 드워프 부족들 레벨은 보통이 아니었다.

'장비가 무슨…… 레벨 300을 넘기는 것 같은데…….'

300을 넘기는 드워프 전사들이 와서 이렇게 굽신거린다니. 학카리아스가 얼마나 강력한 드래곤인지 알 수 있었다.

흑흑이는 다급히 말했다.

-나는 이런 보물이면 충분하다!

-야 이 멍청한 놈아!

태현은 속으로 가슴을 쳤다. 같은 말이어도 '아' 다르고 '어' 다른 법인데 저렇게 말을 하다니!

태현이었다면 '너희 보물이 불만족스럽지만 나는 너그럽게 용서해 주마'라고 했을 것이다. 그런데 흑흑이는 여기서 만족한 티를 내버렸다.

"정…… 정말이십니까?"

-그래. 나는 관대하다.

"오오……!"

"드래곤님 만세! 드래곤님 만세!"

당연히 드워프들은 기뻐 죽으려고 했다.

[강철 망치 드워프 부족 내에서 흑흑이의 평판이 매우 높게 상승합니다!]

[주변 드워프 부족들에게 흑흑이의 평판이……]

[새 드래곤이 자비롭다는 소문이 퍼집니다. 드래곤 슬레이어들이 이 약점을 노릴 수도 있습니다.]

태현과 흑흑이 모두 떨떠름해졌다. 아니, 착하게 굴었는데 왜 안 좋은 것들이 오지?

[역시 드래곤은 나쁘게 살아야……]

카르바노그의 말이 왠지 모르게 아팠다.

[다라즈 왕국에서 흑흑이의 평판이 매우 높게……]
[다라즈 왕국에서 사신이 올 수 있습니다.]

'다라즈 왕국?'

다라즈 왕국은 엄밀히 따지면 왕국이라고 하기 좀 미묘한 곳이었다. 왕국치고는 너무 폐쇄적이고 깊숙한 곳에 있다!

드워프들은 기본적으로 광산을 찾아 거주하다 보니 검은 묘비 산맥이나 그 주변 산맥에 많이 보였다. 드래곤이 아무리 괴팍하게 굴어도 떠날 수 없었던 건 산맥 때문!

그런 오스턴 왕국 검은 묘비 산맥에서 북동쪽으로 더 나아가면 드워프들의 왕국인 다라즈 왕국이 나왔다.

거대한 산봉우리들과 그 지하에 만들어진 왕국!

넓이만 따지면 그냥 영지 하나 수준이었지만, 실력과 강함을 생각하면 왕국이라고 해도 됐다. 현재 플레이어들의 대장장이 기술과는 비교도 안 될 정도의 기술을 갖고 있었던 것이다. 그런 만큼 쉽게 들어갈 수도 없었다. 드워프 종족 고른 플레이어도 다라즈 왕국에서 시작할 수 없을 정도로.

드워프 종족 대장장이 랭커 정도쯤 되어야 초대를 한 번 받고 구경을 갈 수 있을까 말까 정도?

　다라즈 왕국을 갔다 온 플레이어들은 입을 모아 외쳤다.

　대장장이라면 꼭 한 번 가봐야 하는 곳!

　태현도 관심이 없는 건 아니었지만, 여길 진지하게 노리기에는 할 게 너무 많았다. 가서 뭘 얻을 수 있는지도 확실치 않은 상황에서 저기 가겠다고 시간을 많이 쓸 수는 없었던 것이다.

　그런데 이렇게 오다니.

　'흠. 흑흑이 위세를 빌려서 은근슬쩍 한 번 구경 가는 것도 나쁘지는 않을 것 같은데…….'

　"위대한 드래곤님! 저희는 이만 가봐도 되겠습니까?"

　-그…… 그래.

　흑흑이가 그냥 보내려고 하자 태현이 급히 말했다.

　-야. 뭐라도 더 내놓으라고 해.

　-보물은 필요 없다고 했는데 뭘 더 어떻게……?

　-무기라도 내놓으라고 해.

　흑흑이는 그대로 말했다.

　-혹시 갖고 있는 무기가 있느냐?

　"예? 있습니다."

　-그 무기들을 바치도록 하여라.

　"이런 조잡한 무기들을 말입니까???"

　-내…… 내 부하들이 쓸 거다.

　"드래곤님께서 부하들을 직접 챙겨주신단 말입니까?!"

점점 놀라는 드워프들!

흑흑이는 등에서 진땀이 나오는 걸 느꼈다.

그만두고 싶다! 학카리아스를 내가 왜 죽여서!

-그러면 안 되냐!

"죄, 죄송합니다!"

흑흑이가 화를 내자 드워프들은 재빨리 무기들을 두고 갔다.

"역시 드워프들답게 좋은 아이템을 쓰는군."

태현은 만족하며 무기들을 확인했다.

〈잘 만들어진 드워프의 고급 대형 머스킷〉, 〈청동으로 만들어진 사거리 긴 휴대용 소형 대포〉……. 이런 걸 들고 다니면서 꽝꽝 쏴대는 드워프들의 화력은 무시무시했다. 고블린들의 불안정한 기계공학과는 비교도 안 되는 안정감!

[드워프들의 뛰어난 무기를 보았습니다!]

[대장장이 기술 스킬이 오릅니다.]

[기계공학 스킬이 오릅니다.]

[완벽하게 이해했습니다. 제작법을 얻었습니다!]

'아키서스 포병대를 더 무장시켜야지.'

대포뿐만 아니라 머스킷부터 시작해서 각종 기계공학 무기들은 다 들고 다니게 할 생각!

'이다비도 상인 직업이다 보니 전면에서 뛰기는 좀 그렇고, 포

병대와 같이 다니게 하면 괜찮을 거 같아.'

태현 파티는 꽤 독특한 구성이었다. 좋게 말해주면 독특한 거였고, 나쁘게 말하면 괴상한 구성!

힐러도 없고 탱커도 부족하고……. 솔직히 태현이 아니었으면 벌써 몇 번이고 파티가 박살 났을 것이다.

'포병대를 좀 튼튼하게 만들어서 안정적으로 굴려야지.'

태현이나 케인은 어디에 버려둬도 일단 버틸 수는 있었다.

그에 비해 나머지는 다들 맷집이 약한 편!

정수혁이나 유지수는 아예 원거리 직업이었고, 이다비는 좀 나은 편이었지만 전투 직업이 아니니…….

'다라즈 왕국 가서 포병대가 쓸 머스킷이랑 대포 달라고 하면 주려나?'

자연스럽게 뜯어낼 생각을 하며 태현은 일어섰다.

"골렘. 학카리아스 레어에 대장간 없지?"

-없음. 없음.

"뭐…… 상관없나. 고문실 하나 개조해서 대장간으로 쓰면 되니까……."

아까 챙긴 금속들과 새로 얻은 제작법들로 장비들 좀 대량 생산할 생각이었다.

케인이 갖고 있던 아다만티움 섞인 갑옷도 녹여야 하고!

'〈악마의 영혼이 갇혀 있는 사슬갑옷〉도 더 만들어야지.'

"이다비. 지금 파워 워리어 길드원들 중에 〈악마의 영혼이 갇혀 있는 사슬갑옷〉 갖고 있는 애가 몇 명이지?"

"지금 86명이네요."

"딱 100명만 채워봐야겠다."

악마의 영혼이 갇혀 있는 사슬갑옷! 레벨 1만 착용 가능한 대신, 일순간 무적 상태를 만들어주는 강력한 스킬이 달린 갑옷이었다. 태현은 이걸 착용한 파워 워리어 길드원들을 몰래 양성하고 있었다.

나중에 언젠가 써먹을 기회가 있을 것이다!

땅, 땅, 땅-

태현은 레어를 개조하고 신나게 두드리기 시작했다.

케인은 하품을 하며 물었다.

"우리는 뭐 할 거 없어?"

"흑흑아. 얘 좀 데리고 가서 밖에 있는 독 늪지에 좀 굴려라. 체력 스탯 올리게."

-크헬헬. 그렇게 하겠습니다.

"야, 야! 그거 진짜 위험하다고!"

[<완벽하게 만들어진 드워프의 고급 대형 신성 머스킷>이 완성되었습니다.]

[<청동으로 만들어진 개량된 초장거리 휴대용 소형 신성 대포>가……]

[대장장이 기술이 오릅니다.]

[기계공학 스킬이……]

얻은 제작법이어도 태현이 만들면 추가 버프가 덕지덕지 붙었다. 아무리 뛰어난 드워프들이라도 불가능한, 태현만이 가능한 버프!

[<악마의 영혼이 갇혀 있는 사슬갑옷>을 제작했습니다.]
[<악마의 기계공학 비전> 스킬 레벨이 오릅니다!]
[새 제작법을 얻었습니다!]

<악마의 기계공학 비전>.
악마 대장장이들한테 내려온 각종 아이템 제작법을 모은 비전 스킬!

스킬 레벨이 올라갈 때마다 랜덤으로 제작법이 풀리는 아주 유용한 스킬이었다.
'뭐지?'
태현은 두근거리는 마음으로 기대했다.

[<악마가 빙의된 대포> 제작법을 얻었습니다.]

이름만 보면 대체 뭔 대포인지 알 수가 없었다.

악마가 빙의된 대포:
내구력 ?/?, 물리 공격력 ?/?, 마법 공격력 ?/?

스킬 '빙의된 악마 소모', 스킬 '빙의된 악마 폭발'.

빙의된 악마가 포탄을 조종함. 악마의 영혼을 가혹하게 묶어둔 대포다. 한 번 발사할 때마다 포탄에 빙의된 악마가 포탄을 올바르게 조종해 줄 것이다.

한마디로…….

유도탄!

'와. 악마 대장장이 놈들. 정말 대단하군.'

제작 재료에 악마들의 정수가 꽤 많이 들어가긴 했지만 효과를 보면 아쉽지가 않았다. 대포는 다 좋았지만 그 명중률이 아쉬운 무기. 상대가 빠르기라도 하면 맞추기는 더 힘들었다.

그런데 한 번 쏘면 빙의된 악마가 알아서 조준해 준다니. 당하는 사람들은 뭐에 당하는지도 모르고 당할 것이다.

물론 여기에 들어가는 악마들은 정말 괴롭겠지만…….

'뭐 악마니까 괜찮겠지!'

[카르바노그가 악마들을 동정합니다.]

태현이 신이 나서 각종 사악한 병기들을 제작하고 있을 무렵, 레어에 새로운 손님이 찾아왔다.

[정체불명의 손님이 나타났습니다!]

"위대한 드래곤님. 저는 안에 있는 아탈리 왕국 국왕 폐하와 할 이야기가 있습니다."

태현과 흑흑이는 서로 쳐다보았다.

쟤 누구냐?

"설마 블랙 드래곤이 변장한 건 아니겠지?"

-블랙 드래곤은 그런 쪼잔한 짓을 하…… 긴 하지만, 아닌 거 같습니다.

[카르바노그가 저 손님은 천사라고 말해줍니다.]

천사라니. 천사라면 아낌없이 퍼주는 바로 그 종족?

[카르바노그가 뭔가 좀 아닌 것 같다고 말합니다.]

태현은 요하스를 떠올렸다. 요하스는 정말 좋은 천사였다.

파이토스를 믿는 천사였지만 태현을 도와주는 데 최선을 다한 천사!

'파이토스 믿는 천사면 좋겠다.'

태현은 그런 생각을 하며 들어오라고 말했다.

파이토스도 사디크 못지않게 잘 퍼주는 신!

그러나 아쉽게도 태현의 기대는 빗나갔다.

"혹시 파이토스를 만나?"

"아닙니다. 그보다 폐하!"

"……?"

"지금 폐하께서 심으신 세계수 때문에 무슨 일이 일어났는지 아십니까!"

"어…… 모르겠는데. 사람들이 즐거워하나?"

지금도 사람들은 밤낮을 아끼지 않고 세계수에서 기도를 하고 있었다. 이 얼마나 신성한 모습인가!

"원래 이 중간계는 마계, 천계와 떨어져 있었습니다. 악마들이 쉽게 대륙에 오지 못하는 것도 그것 때문인데……."

그렇게 강한 악마들이 대륙에 쉽게 오지 못하는 건 다 제약이 있어서였다. 오려면 많은 준비가 필요하고, 그것도 모자라 오는 순간 레벨에 많은 제약이 걸렸다.

"저 세계수 때문에 서로 간의 연결이 가까워졌단 말입니다! 이대로라면 악마들이 더 쉽게 넘어올 것입니다."

"아. 그래. 악마들이 오더라고."

태현은 자기를 보고 도망치던 악마들을 떠올렸다.

너무한 거 아냐?

"폐…… 폐하! 알고 계셨습니까?!"

"알고 있었지."

"그, 그런데도 가만히 계셨던 겁니까?"

"나보고 어떡하라고? 최대한 막았는데?"

"세계수를 잘라주십시오!"

"아. 그건 무리야. 걔가 되게 튼튼하더라고."

물론 부술 수 있어도 부수지 않았을 것이다. 마계부터 천계까지 태현이 갈 곳이 많았던 것이다.

"이대로라면 대륙이 위험합니다!"

"구체적으로 어떻게 위험한데?"

"악마들이 내려와 사람들을 위협할 겁니다!"

"으음?"

태현은 고개를 갸웃거렸다. 딱히 별로 위험하게 들리지 않았던 것이다.

"악마가 위험한가?"

"위험합니다! 악마를 우습게 보시면 안 됩니다. 사람을 타락시키는 존재입니다."

태현은 아까 만들고 있던 〈악마가 빙의된 대포〉를 슬쩍 옆으로 밀어 넣었다. 천사가 봐서 좋을 것 같지는 않았던 것이다.

"악마가 얼마나 위험하냐면 왕국에 침투해 왕국끼리 싸움을 붙일 수도……"

"아니 진짜?"

그런 순기능이?

에랑스 왕국하고 오스턴 왕국이 싸웠으면 좋겠다!

천사는 자기가 말할수록 태현이 기뻐하고 있다는 걸 눈치채지 못했다.

"그렇습니다. 폐하! 이제라도 늦지 않았습니다. 저와 같이 악마들을 막아주십시오! 이 대륙을 지켜주십시오!"

〈악마를 막아내라-??? 교단 퀘스트〉

서로 다른 차원을 잇는 세계수 때문에 천사와 악마들이 대륙에 더 쉽게 나올 수 있게 되었다.

정체불명의 천사는 이 사태를 해결하기 위해 대륙으로 오는 악마들을 막아야 한다고 말한다. 대륙으로 오는 악마들을 막아낼 수 있는 방법을 찾아내라! 그렇게 한다면 천사들은 당신의 업적에 큰 감명을 받으리라.

보상: ???

'어…… 막아야 되나?'

태현은 고민했다.

악마들을 정말 막아야 할까? 사실 악마들은 대륙에 도움이 되는 존재 아닐까? 나와서 모험가들한테 잡혀주면 전리품도 떨어뜨려 주고, 각종 스킬들에도 능숙해 붙잡아서 고용하면 영지 운영에 도움도 되는데?

"무슨 생각을 하고 계십니까?"

"아. 악마가 정말 나쁜 놈들이란 생각을 하고 있었지."

"역시! 폐하!"

천사는 기뻐했다. 아탈리 왕국의 새 국왕, 태현에 대해 이런 저런 안 좋은 소문이 있었지만 그건 역시 헛소문이었다.

저렇게 명성 높은 영웅이 그런 짓을 했을 리가!

명성 스탯이 악명 스탯을 훌쩍 뛰어넘어서 다행이었다. 그렇지 않았다면 의심부터 받았을 것이다.

'근데 쟤 진짜 누구 천사지?'

파이토스…… 는 아니고.

태현을 찾아올 만한 천사가 누가 있더라? 아키서스? 카르바노그?

'아니지. 아키서스는 천사가 없지.'

쫄딱 망한 신답게 천사도 찾기 힘든 아키서스였다. 이제 와서 나오면 그게 더 놀라웠다.

카르바노그는…….

[카르바노그는 대신 천사 같은 토끼들이 있다고 말합니다.]

'……그래.'

카르바노그도 거의 잊혀져 가던 마이너 신! 천사를 데리고 있을 것 같지는 않았다. 오죽 존재감이 없었다면 신들과 악마들이 싸우고 대륙을 떠날 때 혼자 여기 남아 있었겠는가.

[카르바노그가 항의합니다.]

그냥 정말 순수하게 세계수를 지키러 온 천사인가?

"흠. 그래."

태현은 고민을 멈추고 손을 내밀었다. 천사는 그 손을 붙잡고 악수하려고 했다.

살짝 놀란 표정으로!

'이것이 인간 영웅의 정의로움인가……!'

뭐가 이득이고 손해인지 따지지 않고 악마를 막기 위해 바로 나서는 정의로움!

탁!

"폐하! 역시 폐하는……!"

"너 뭐 하나?"

"??"

"지원 내놓으라고."

태현은 천사가 붙잡은 손을 쳐내고 다시 손을 내밀었다.

천사는 손을 자세히 봤다. 악수가 아니라 뭘 내놓으라는 듯이 펼치고 있었다.

"뭐가 있어야 악마를 막을 거 아니냐? 자. 빨리 갖고 있는 거 다 내놔봐."

잠시 혼란에 빠진 후, 천사는 고개를 흔들며 대답했다.

"저…… 제가 지원을 드릴 수가 없습니다만."

"어디서 거짓말을 해? 천사는 믿고 있는 신의 교단으로 가면 지원 얻어낼 수 있는 거 다 안다. 가서 받아와."

대륙에 있는 교단과 천사는 서로 돕고 돕는 사이였다. 차이가 있다면 천사가 좀 더 높은 위치에 있고 신과 가깝다는 자부심에 가득 차 있다는 차이 정도?

덕분에 천사가 나타나면 교단 성기사나 사제들은 물불 가리지 않고 도왔다.

"제 교단은…… 음…… 대륙에서 잠시 사라졌……."

"망했다고?"

"망하지 않았습니다!"

천사는 발끈해서 외쳤다.

"망한 건 부끄러운 게 아니야. 모든 교단들이 망할 때가 있는 법이라고."

"그런 게 어디 있…… 아. 아키서스 교단. 크흠."

말하던 천사는 아키서스 교단을 떠올렸는지 헛기침을 했다. 한동안 교단이 멸망했다가 앞에 있는 태현이 부활시켰다는 걸 떠올린 것이다.

그래! 교단이 망하기도 하는구나!

'교단이 망한 곳이면 내가 알기가 힘든데……'

태현은 고민했다. 판온에는 수많은 신들이 있었고 태현이 모르는 신들이 더 많았다. 그런 신을 믿는 천사라면 태현이 정보를 알아내는 게 무리였다.

'뭐, 확인하지 말고 그냥 뜯어내기만 하면 되지.'

"가진 게 없으면 몸으로 때워야지."

"폐…… 폐하. 저는 천사입니다."

"뭐 어쩌라고? 너만 그런 게 아니라 다른 천사도 몸으로 때웠어."

"말도 안 되는 소리 하지 마십시오!"

천사는 발끈했다. 어디서 그런 거짓말을!

태현은 천사가 화를 내는데도 당황하지 않고 말했다.

"진짜면 어쩔래?"

"진짜면 제가 믿는 신을 바꾸겠습니다!"

자리에 있던 일행, 흑흑이, 용용이, 카르바노그까지 동시에 경악! 저 천사 혹시 호구들의 신 '사기당한 놈'을 믿는 천사인가?

태현도 당황할 정도였다. 살짝 속여서 조금 뜯어낼 생각이 있었는데 냉큼 '절 잡아먹어주십시오!'라고 선언하다니.

'아니야. 천사가 원래 이런 종족일 수도?'

[카르바노그가 그건 아니라고……]

'사람들이 천사를 안 만나 봐서 그런 거지, 사실 천사는 이런 퍼주는 종족이었던 거지.'

[카르바노그가 정신 차리라고 외칩니다!]

'천계를 막아놓은 건 그래서였나! 어떻게든 가야겠군.'

[카르바노그가 바닥을 탕탕 칩니다.]

"그래. 가자."

태현은 정신을 차리고 천사에게 말했다.

"어딜 말입니까?"

"네게 보여줄 사람…… 아니, 천사가 있다. 그런데 네 이름은 뭐니?"

그러고 보니 천사의 이름도 모르고 있었다.

"제 이름은 사띠끄입니다."

"……사디크?"

"아, 아니! 무슨 그런 불경스러운…… 사띠끄입니다!"

사디크 이름으로 불러주니 불경스럽다고 펄쩍 뛰는 천사!

"그, 그래. 사띠끄……."

태현은 다른 일행들과 시선을 교환했다.

-얘 사디크 믿는 천사지?

-맞는 거 같은데요.

-사디크 믿는 천사 같은데……?

-사디크 믿는 천사가 왜 나한테 오지?

태현은 어이가 없었다. 따지고 보면 사디크 교단과 철천지원
수인 게 태현!

나름 야심 차게 왕국 먹어서 대륙 양지에 모습을 드러내려
던 사디크 교단을 막은 것도 태현이었고, 골짜기로 쫓아가서
교단을 날려 버린 것도 태현이었고, 그것도 모자라 다른 대륙
까지 쫓아가서 남은 쪽박마저 깨버린 것도 태현이었고……. 마
지막 마지막에 화신 소환하려던 성기사단장을 방해하고 마지
막 희망까지 끝내 버린 것도 태현!

솔직히 사디크가 대륙 오는 순간 태현부터 먹살 잡을 것 같았다.

-지금 그나마 대륙에 있는 사디크 계승자가 태현 님밖에 없어서 아닌가요?

이다비가 고개를 갸웃거리며 말했다. 그럴듯했다.

그나마 남은 사디크 권능 사용자!

사디크 성기사단장이나 대주교는 태현이 사디크 곁으로 보내버렸고, 남은 교단 NPC들은 태현이 아키서스 교단으로 흡수했다.

〈아키서스를 믿는 사디크……〉 뭐시기로 변한 지 오래!

그렇게 생각하니 사띠끄가 좀 안쓰럽게 보였다. 원래라면 교단 가서 지원받아야 할 놈이 태현 때문에 저렇게 혼자서 돌아다니고 있었으니까. 오죽 도와줄 사람이 없었으면 태현한테 왔을까!

"왜 그렇게 쳐다보십니까, 폐하?"

"아무것도 아니야."

불쌍하긴 했지만 공은 공, 사는 사.

태현은 사띠끄를 내버려 둘 생각이 없었다.

내기는 분명 네가 걸었다!

"여기는 사람들이 모두 신을 열렬하게 믿습니다. 보기 좋습니다."

천사 사띠끄는 고개를 끄덕였다. 절망과 슬픔의 골짜기에 있는 플레이어들을 보고 감동한 사띠끄!

지나가는 사람들이 모두 아키서스의 이름을 간절하게 불렀다.

-아키서스으으으으! 아키서스!!

-아! ××! 아키서스 님! 좀! 제발 좀!

-아키서스 ×××!

욕이 들린 것 같은데 그건 기분 탓이겠지?

"그보다 여기 어디서 많이 본 것 같은데……?"

사띠끄는 의아해하며 주변을 둘러보았다.

어딘가 많이 익숙한 광경!

"하하. 빨리 들어가자."

태현은 사띠끄를 재빨리 끌고 들어갔다. 원래는 사디크 교
단의 소굴이었던 골짜기!

사띠끄가 오래 보면 뭔가 이상한 걸 눈치챌 수도 있었다.

'그나저나 이놈 사디크 교단이 어떻게 탈탈 털렸는지는 모르
는 게 확실하군.'

대륙에 없던 천사답게 사디크 교단이 왜 망했는지는 모르
는 모양이었다.

차라리 잘 됐다!

태현은 입을 싹 닫기로 했다. 그게 사띠끄를 위하는 일이었다.

모르는 게 행복하겠지!

"자. 봐라. 사디크."

"사띠끄입니다."

"아. 미안. 사띠끄. 저기 천사 보이지?"

태현은 대장간을 가리켰다. 악마들과 기계공학 대장장이들이 훈훈한 대화를 나누고 있었다.

-제가 요즘 고민이 있습니다.

-그게 무엇이지?

-폭탄 안에 뭘 넣어야 상대방이 기분이 더 나쁠지…… 대미지가 높은 폭탄보다 상대방의 기분을 나쁘게 만드는 폭탄이 진정한 폭탄 아닐까 하는 생각이 듭니다.

"……?? 저건 악마 아닙니까?"

"응? 아. 미안. 생각해 보니 착각했다."

악마의 대장간이 〈절망과 슬픔의 골짜기〉에 있었고, 요하스가 맡은 천사의 대장간은 아탈리 왕국 수도에 있었다.

"폐하?? 폐하???? 저건 악마잖습니까!"

"악마는 악마인데 내가 붙잡아서 노예로 부리는 악마야. 마계로 돌아가지 말고 반성하라는 거지."

[설득에 성공합니다.]

[사띠끄가 매우 감동합니다!]

"아키서스 교단에는 그런 좋은 풍습이 있군요!"

"그렇지. 악마를 그냥 보내면 안 된다. 우리 교단의 법칙이야."

"저희 교단도 그렇게 해야 할 것 같습니다."

사띠끄 입맛에도 딱 맞는 규칙! 악마는 일단 무조건 죽여야 한다고 하지만, 잘 생각해 보면 그 능력이 조금 아쉽기도 했다.

잘 부려먹으면 더 좋지 않을까?

과연 악신 계열 사디크의 천사다운 생각이었다. 아직 대륙에 온 지 얼마 되지 않아 조심하고 있었지만 본성은 어디 가지 않았던 것이다.

"그러면 수도로 가야겠네. 자. 빨리 가자."

"예. ……잠깐. 저거 사디크 사제 아닙니까?"

"사디크? 그런 신은 모르는데. 너 혹시 사디크 천사니?"

"저, 저는 아닙니다만 방금 사디크 사제를 본 것 같은데……."

"아. 시간 없다니까. 빨리 움직이자고!"

"예……."

아쉬운 을의 입장인 사띠끄는 불평할 수 없었다. 결국 태현의 손을 잡고 수도로 향했다.

"자. 저기 천사가 있다!"

"말…… 말도 안 돼! 천사가 왜!"

열심히 노동하던 요하스는 외침에 고개를 돌렸다.

"누구심…… 아니! 저건 악신의 천사 아닙니까!"

"뭐? 요하스. 그걸 어떻게 알았지?"

"날개 색! 날개 색을 보십시오!"

태현과 일행은 모두 고개를 갸웃거렸다.

둘 다 날개 색은 흰색인데?

"저놈 색이 훨씬 더 탁하지 않습니까!"

"어…… 그렇게 말하니까 아주 미묘하게 덜 흰 것 같기도 하고……?"

엄청 노려봐야 아주 조금 알 것 같은 미묘한 차이! 무슨 마×노기도 아니고 이런 차이를 구분하는 놈이 어디 있겠는가!

"저게 바로 악신을 믿는 천사의 상징입니다!"

"그, 그렇군."

[천사에 관한 지식이 늘었습니다.]

[천계로 갔을 때 보너스를……]

'……이런 걸 알아야 해?'

[카르바노그도 고개를 끄덕입니다.]

요하스는 냉큼 달려와 사띠끄를 밀쳐냈다.

"폐하! 저런 놈과 놀면 안 됩니다! 속을지도 모릅니다!"

"으음?"

"??"

방금까지 태현이 사띠끄를 사기에 빠뜨리려던 걸 본 일행은 모두 당황했다.

누가 누굴 속인다고?

"쟤 착하던데?"

"착해 보이는 건 위장입니다. 폐하! 천사는 믿는 신의 영향을 강하게 받는 존재. 악신의 천사는 근본적으로 사악합니다. 악마와 별 차이가 없을 정도로!"

악마와 악신의 천사는 어떤 점이 다를까? 사실 서로 싫어한다는 것 빼고는 하는 짓이 비슷했다!

그걸 빼면 신성력을 쓰지 않는다는 점 정도?

요하스는 악마를 욕하기 위해 썼지만, 태현에게는 별로 욕으로 들리지 않았다. 악마=쓰기 좋은 부하!

"저 천사가 착하게 굴었다면 저 천사가 아쉬운 게 많아서 그랬을 겁니다!"

"아. 확실히."

교단은 모두 사라졌고 믿을 구석은 태현밖에 없으니, 태현 앞에서 공손하게 군 것도 이해가 갔다.

'그러면 먹고 살 만하면 본색이 나온다는 건가?'

[안 먹이면 된다고 카르바노그가 해답을 내놓습니다.]

'카르바노그는 참 똑똑해.'

[카르바노그가 엣헴합니다.]

"······뭐 어쨌든. 이제 얘는 악신의 천사가 아니다."

"예? 어째서 말입니까?"

"내기를 했거든. 몸으로 때우는 천사가 있을 리 없다고. 있으면 믿는 신을 바꾼대."

요하스는 민망함에 고개를 푹 숙였다.

"아니…… 저도 어쩌다가 이렇게 된 건데……."

"그래그래. 넌 잘못이 없어. 어쨌든 사띠끄……."

사띠끄는 정신을 차리지 못하고 있었다. 뒤늦게 정신이 돌아온 그는 입을 떡 벌리고 요하스를 가리켰다.

"너…… 너는 자존심도 없냐?!"

요하스는 시선을 피하고 모르는 척했다.

"나…… 나는 처음부터 아키서스의 천사였다. 화신을 위해 봉사 정도는 좀 할 수 있지."

[천사는 모시는 신의 영향을 강하게 받는 게 확실하다고 카르바노그가 말합니다.]

요하스의 뻔뻔함에 사띠끄는 말도 잇지 못했다.

그러거나 말거나 태현은 사띠끄에게 말했다.

"자. 아키서스 믿자."

"아…… 아니…… 나는…… 믿는 신이……."

"그래. 그래. 누구나 처음은 다 그런 법이야."

태현은 자연스럽게 사띠끄를 무릎 꿇렸다. 요하스도 냉큼 사띠끄의 어깨를 붙잡았다.

"자! 아키서스를 믿어라!"

"안…… 안 돼……! 크아아악!"

[사디크의 천사, 사띠끄가 아키서스 교단으로 들어옵니다!]
[신성이 크게 오릅니다!]
[명성이 크게 오릅니다!]
[어디에 남아 있을지도 모르는 사디크 교단의 NPC들이 극도로 분노합니다!]
[사디크의 권능을 갖고 있습니다. 사디크의 저주를 받지 않습니다.]
[천사들 사이에 당신의 악명이 더욱 퍼져 나갑니다!]
[천사들이 당신을 피하기 시작합니다!]
[칭호: 천사들의 공포를 얻었습니다!]

"사디크 님……! 잠깐. 폐하는 사디크의 권능을 어떻게 갖고 있습니까?"

"사디크 교단이 대충 멸망해서 내가 남은 애들을 보살펴 주고 있지. 사디크 권능도 그 과정에서 얻었고."

사디크 교단을 멸망시킨 게 태현이긴 했지만!

어쨌든 거짓말은 하지 않았다.

사띠끄는 그것도 모르고 속아 넘어갔다.

"그러면 제가 아키서스를 믿어도 그렇게 큰 배신은 아닌 거죠?"

"그렇지."

"아니지. 그건 배신이지."

옆에서 요하스가 제정신을 차리게 만들어줬다.

그건 배신 맞지!

"뭐 살다 보면 배신 좀 할 수 있는 거 아니겠냐. 난 다 이해한다."

태현은 사띠끄를 격려해 줬다.

"자. 그래서 사띠끄. 안 그래도 요하스가 혼자서 수도 관련으로 일하느라 힘들었는데 잘됐다. 넌 스펙이 어떻게 되니?"

"……예?"

갑자기 분위기가 면접장처럼 바뀌었다. 사띠끄는 적응하지 못하고 당황했다.

"어, 그러니까, 저는 일단 최고급 궁술 스킬을……."

"오. 그래? 좋네. 그리고?"

"최고급 화염 마법 스킬을……."

"마법사가 부족한데 그건 아주 좋아. 우리 교단에 지원할 만해."

"음음. 그렇습니다. 폐하."

태현과 요하스가 순식간에 쿵짝이 맞아 말을 주고받자 사띠끄는 혼이 빠진 표정을 지었다.

대륙은 이런 곳이었나? 대륙 너무 무서워!

태현은 기대 가득한 얼굴로 물었다.

"사디크는 화염을 다루는 신. 대장장이 기술도 그만큼 뛰어나겠지?"

"어…… 저는 재봉 전문인데요."

천이나 가죽옷 다루는 전문!

태현은 정색했다.

"아니, 자네는 왜 사디크를 믿는다면서 화염을 다루기 좋은 대장장이 기술이 아니라 재봉을 익혔나? 전공이 그렇게 우습게 보이나?"

국어국문학과 들어가고서 판온 프로게이머로 데뷔한 사람이 하는 소리치고는 조금 많이 이상했다.

"폐하. 말투가……."

"아. 미안. 몰두하다 보니까…… 어쨌든 재봉이라 이거지? 그래…… 뭐 이게 나을지도 모르겠다. 대장장이 기술이야 요하스가 있으니까."

"폐, 폐하. 제 일이 많아서 도와주시려고 한 거 아니었습니까?"

"쟤가 재봉 전문이라는데 어떡하냐."

태현은 어깨를 으쓱거렸다.

천이나 가죽 관련 장비도 사람들이 많이 찾았다. 마법사나 도적 등 중갑을 입지 않는 사람들의 필수 장비!

"자. 그러면 대충 이 정도로 정리하고 사띠끄한테 어디서 일하면 되는지 알려주자고."

태현은 번갯불에 콩 구워 먹는 속도로 일을 마무리 지었다. 사띠끄는 자기가 뭐에 당한 건지도 모르는 채 수도에서 일하게 될 것이다!

"폐하! 폐하!"

"응? 왜?"

"아니……! 제가 대륙에 온 건 악마들을 막기 위해서라니까요!"

"아. 그랬지."

태현은 그제야 사띠끄의 목적을 떠올렸다.

"그거 진심이었어?"

"……당연히 진심입니다! 절 뭘로 보시고!"

"아니…… 넌 사디크 믿는 천사잖아. 사디크는 악신이고. 그냥 핑계인 줄 알았지."

"사디크 님이 조금 성질 더럽고 대륙을 불태우긴 하지만 대단한 신입니다!"

[카르바노그가 한심하게 쳐다봅니다.]

둘이 차가운 눈빛을 던졌지만 사띠끄는 꿋꿋이 말을 이어갔다.

"사디크가 대륙에서 세력은 작을지 몰라도 사디크 역시 대단한 신입니다. 다시는 사디크를 무시하지……."

사띠끄가 악마를 막으려 온 건 진심이었다. 하는 짓은 비슷했지만 악신의 천사와 악마 사이에는 큰 차이가 있었다.

내가 타락시킬 사람들 먼저 타락시키지 마라!

악마가 사람을 타락시키는 건 절대 두고 볼 수 없었던 것!

일종의 상도덕이었다. 그런 상도덕을 지키지 않는 악마들은 악신의 천사들에게 분노의 대상이었다.

"됐고. 그래서 악마를 막으러 왔다 이거지?"

"예!"

"음. 근데…… 사디크 교단이면 그냥 자기 앞가림이나 하는 게 낫지 않을까?"

갑자기 분위기가 싸늘해졌다. 명치를 후려친 것 같은 일격!

"폐하. 그건 좀 말씀이……."

[카르바노그도 심했다고 말합니다.]

"아니. 교단 망했으면 교단부터 다시 지어야 하지 않나? 악마 상대할 시간에……."

"대륙의 교단은 대륙의 종족들이 지어야 합니다! 악마를 상대하는 것이 더 우선입니다."

"그래. 알겠다. 네가 그렇게 생각한다면……."

천사들도 참 여러모로 하는 거 없군!

태현은 그렇게 생각했다. 교단 관리는 돕지도 않고 와서 악마만 잡으려고 하고 있으니……. 사디크 교단 놈들이 알면 참 억울할 것 같았다.

"그러면 악마를 막으러 가는 겁니까?"

"응? 아니. 악마는 내가 막을 테니까 넌 여기서 일하고 있어."

사띠끄의 덕을 제대로 본 건 유지수였다. 사띠끄가 주력으로 궁술 스킬을 갖고 있었기에 대부분을 배울 수 있었던 것이다. 사띠끄에게서 뜯어낼 수 있는 건 전부 뜯어낸 다음에야 일행은 움직일 준비를 시작했다.

문제는…… 태현부터 의욕이 별로 없다는 것!

"악마를 꼭 막아야 하나? 아. 없으면 좀 섭섭할 거 같은데."

대륙에는 꼭 있어야 할 존재! 대륙에 악마가 없다면 무슨 즐거움으로 살겠는가?

"그래도 너무 많아지면 좀 그렇지 않나요?"

"맞아. 악마들이 많아지면 여기 아탈리 왕국도 좀 위험하다고."

땅, 땅, 땅-

회의 자리였지만 망치 소리가 계속해서 들렸다.

태현이 대장간 앞에서 만들고 있었으니까!

"……그냥 우리 나중에 회의하면 안 되냐?"

케인은 정신 사나워서 물었다.

"안 돼. 시간을 아껴야지."

'이런 미친놈 같으니…….'

"너 지금 나 욕했지?"

"허억!"

"놀란 거 보니 정말 욕한 게 맞군. 어쨌든 이야기 계속해라."

태현은 지금 〈아키서스 포병대〉를 다시 무장시키기 위해 작업을 추가로 마치고 있었다. 거대한 전갈 위에 대포를 올리고 다니는 아키서 부족 전사들과 드워프들!

안 그래도 무시무시한 이들이었는데 거기에 중무장을 하니 더더욱 무서워졌다. NPC 용병단 두셋은 그냥 날려 버릴 수 있는 전력!

땅!

태현은 망치질을 마치고 말했다.

"그리고 아탈리 왕국은 괜찮을 거 같아."

"아. 하긴. 악마들이 너만 보면 도망치니까 내려오더라도 아탈리 왕국은 좀 덜 찾아오겠네."

케인은 납득했다. 그러나 태현은 무슨 소리를 하냐는 듯이 쳐다보았다.

"뭔 헛소리야?"

"어? 분명 세계수 밑에서 악마들이 널 보고 도망치지 않았나?"

"그건 그냥 하급이라서 그런 거고. 설마 다른 악마들까지 그러겠냐? 악마들이 그러면 악마 이름 떼고 다녀야지."

태현은 냉정했다.

"그러면 왜 괜찮다는 건데?"

"아. 수도랑 골짜기는 방어 제대로 되어 있으니까 어차피 털리는 건 내 말 안 듣는 놈들이야."

현재 아탈리 왕국의 수도와 골짜기를 제외하면 태현의 명령을 듣는 영주들이 많지 않았다.

대부분은 새 국왕 태현의 명령을 잘 안 듣는 이들!

그런 놈들이 뭐가 예쁘다고 영지를 챙겨주겠는가.

알아서 해라! 악마들한테 좀 당해봐야 정신이 들겠지!

그러나 태현은 모르고 있었다.

이번에는 케인이 맞았다는 걸!

사실 악마 한두 번 잡았다고 악마들이 그 사람을 두려워하는 건 말도 안 되는 일이긴 했다.

악마 종족이 무슨 종족인가. 마계에서 태어난, 겁을 모르고 세상을 파멸시키려고 하는 타락한 종족 아닌가! 그런 종족이 몇 번 맞았다고 겁을 낸다면 그건 말도 안 되는 일!

그러나 지금 그런 일이 일어나고 있었다. 대륙에 나온 악마들을 두들겨 패고, 붙잡아서 이용하고, 화살받이로 써먹고……. 하도 많아서 일일이 나열할 수 없을 정도!

원래라면 악마들이 겁을 먹지 않았을 테지만, 태현은 너무 많이 악마들을 괴롭혀왔다.

그 결과가 바로 지금! 세계수에서 내려온 대부분의 악마들이 태현을 피해 다른 왕국으로만 가고 있는 현상!

'지금이 바로 적기야.'

그런 것도 모르고 태현은 빠르게 계획을 세웠다.

길드 동맹이 분열되고 한숨 돌릴 수 있는 지금!

지금 바로 아탈리 왕국의 내부 정리를 해야 했다. 태현이 국왕에 오르긴 했지만 태현의 편에 선 귀족 NPC들은 그리 많지 않았다. 길드 동맹과 싸울 때라면 건드릴 수 없었지만 지금은 건드릴 수 있었다.

'세계수도 오스틴 왕국 쪽에 솟아난 상황. 거기서 나온 악마들은 아탈리 왕국 북쪽 영지들부터 먼저 오게 되어 있어. 악마에 피해를 입기 시작하면 거기 영주들은 날 부를 수밖에 없을 거고.'

사람은 아쉬울 때 굽히고 들어오게 되어 있었다.

게다가 태현은 화술 스킬 최고급! 영주들이 '폐하, 영지에 악마들이 많이 나오는데 악마를 많이 잡아본 영웅은 폐하밖에 없습니다. 도와주십시오!'라고 말하는 순간 영주들은 갖고 있는 걸 모두 털릴 준비를 해야 할 것이다.

'완벽한 계획이야!'

태현은 고개를 끄덕였다.

[카르바노그가 고개를 갸웃거립니다.]

"잠시 악마를 내버려 두자. 좀 더 퍼지면 그때 잡고 막을 방법을 찾아도 되니까."

"엥? 진짜?"

"그래. 지금 그것보다 급한 게 많으니까. 일단 에랑스 왕국으로 가자고."

마침 최상윤과 에반젤린에게서 연락이 오고 있었다.

살라비안 교단 토벌 도저히 못 해먹겠다고!

[아키서스 포병대의 겉모습이 주민들을 놀라게 만듭니다!]
[주민들이 두려워합니다!]

태현 일행은 떨떠름한 표정으로 포병대를 쳐다보았다.

생각지 못했던 부작용! 겉모습이 너무 흉악해 주민들이 두려워하는 것이다.

아스비안 제국이야 워낙 넓고 대부분이 사막이라 이런 놈들 데리고 다녀도 상관이 없었지만, 에랑스 왕국은 이야기가 달랐다. 판온 왕국 중 치안이 가장 높은 대국!

덕분에 5분마다 한 번씩 병사들이 찾아왔다.

[경비대장 한스가 당신들을……]
[명성이 너무 높습니다!]
[아탈리 왕국의……]

"허억! 죄송합니다!"

경고하러 왔다가 너무 높은 스탯과 국왕의 이름에 다시 호다닥 돌아가는 경비대장들. 두 번쯤 반복되자 귀찮아졌고, 네 번쯤 반복되자 태현은 슬슬 저것들을 써먹을 방법이 없나 고민하게 되었다.

'흠. 살라비안 교단 토벌에 데리고 갈까?'

생각지도 못한 발상!

물론 말도 안 되는 소리였다. 마을이나 도시 주변을 돌아다니는 경비대 병사들을 그렇게 쉽게 빌릴 수 있을 리 없었다. 그런 게 가능하다면 플레이어들이 왜 비싼 돈을 주고 용병을 고용하겠는가.

그러나 태현은 달랐다.

'흠. 잘하면 될 거 같기도 하고?'

일단 에랑스 왕국에 있는 악신 살라비안 교단 토벌하러 가는 거기도 했고, 명성도 높고, 국왕이기도 했고…….

잘 협박하고 달래면 빌릴 수 있지 않을까?

"이봐! 이런 곳에서…… 허억! 죄송합……."

"죄송하면 대가를 치러야지!"

[경비대장 잭스와 잭스 휘하의 에랑스 왕국 경비병 열다섯 명이 밑으로 들어옵니다!]

[임시로 지휘할 수 있습니다.]

[최고급 전술 스킬을……]

[보너스를 받습니다!]

[병사들을 잃어버릴 경우 에랑스 왕국 쪽에 항의를 받을 수 있습니다.]

[병사들을 성장시킬 경우 에랑스 왕국 쪽에 감사를……]

'오. 되네.'

다른 플레이어들이 봤다면 대체 어떻게 한 거냐고 기겁했을 일!

한번 기세가 붙은 태현은 꽉꽉 모으기 시작했다.

보이면 '너 내 동료가 되라!'라고 말하는 수준!

[에랑스 왕국 경비 백인대를 완성했습니다!]

[에랑스 왕국 귀족들이 이 소식을 듣고 기대합니다!]

"???"

뭘 기대해?

〈병사들을 훈련시켜라!-에랑스 왕국 퀘스트〉

대륙을 진동시키는 당신의 명성은 에랑스 왕국에도 널리 퍼져 있다. 그런 당신이 직접 병사들을 데리고 훈련을 시킨다는 소식에 영지의 귀족들은 잔뜩 기대하고 있다.

병사들을 훈련시켜 당신의 명성을 증명하라! 병사들을 강하게 훈련시킬수록 더 많은 보상을 받게 될 것이다.

보상: ?, ???, ????

하도 명성이 높다 보니 병사들을 훔쳐…… 아니, 빌려 가도 '어 그래? 기대할게!'란 반응이 돌아오는 수준!

생각지도 못한 퀘스트까지 나오자 태현은 살짝 고민이 됐다.

'원래 그냥 화살받이로 써먹을 생각이었는데……'

〈아키서스 포병대〉말고는 다 다른 소속인 NPC다 보니, 태현이 챙겨줄 필요가 없었다. 병사들을 싹 날려 먹으면 욕이야 좀 먹겠지만 태현이 그런 걸 신경 쓰는 사람은 아니었다. 욕 좀 먹고 말지!

그렇지만 저렇게 보상이 나온다면 이야기가 달라졌다.

'병사들을 좀 챙겨야겠군.'

어떻게 성장을 시킨다?

대륙에 내려온 악마들은 두 가지로 길이 나뉘었다.

-크하하! 미천한 인간 놈들. 내 강력한 힘으로 쓸어버려 주마!

자기 힘을 믿고 전면에 나서 대놓고 날뛰는 악마들!

-크흐흐…… 멍청한 인간 놈들. 내 사악한 계략으로 혼란에 빠뜨려 주마.

정면에서 싸우는 게 아니라 뒤로 숨어들어가 사람들을 속이고 타락시키는 사악한 악마들!

보통 전자보다는 후자가 더 위험했다. 전자 같은 경우에는 주제 파악 못 하는 하급 악마들이 날뛰는 경우가 대부분!

후자 같은 경우는 플레이어가 눈치채지 못하면 일이 어마어마하게 커질 수도 있었다.

태현이 악마만 전문으로 조지고 패고 괴롭히고 다녀서 그렇지, 태현이 잡은 네임드 악마들을 생각해 보면 대륙 전체가 휩쓸려도 이상할 게 없었다. 괜히 영웅 취급 받는 게 아닌 것!

어쨌든 세계수가 솟아나고 대륙으로 오기가 더 쉬워지자, 악마들은 신이 나서 내려왔다. 물론 세계수 근처에 있는 아키서스 신전은 피해서!

-하찮은 필멸자 놈들이 뭐가 무섭다고 피하나! 나는 바로 가겠다!

-크하하! 인간 놈들을 굴복시키겠다! 마침 가까운 곳에 좋은 곳이 있군!

자기 힘을 믿고 전면에 나서서 싸우려고 하는 악마들은 오스턴 왕국 쪽으로 향했다. 원래라면 바로 토벌당했을 악마지만 오스턴 왕국 상황이 워낙 개판이라 활개 칠 수 있었다.

-아탈리 왕국은 안 가나?

-아탈리 왕국이 더 가까운데…….

-뭐라고? 안 들리는데?

-아탈리 왕국이 더 가깝다고!

-안 들리는데? 안 들리는데?? 우린 바쁘니 이만 간다! 다음에는 목소리를 좀 더 크게 하도록!

호전적인 악마들은 못 들은 척하고 오스턴 왕국 쪽으로 가 버렸다.

남은 악마들은 교활한 악마들. 그들은 어떻게 숨어 들어갈까 고민했다.

-에랑스 왕국의 귀족 아넬바넨의 취미가 도박이라던데…….

-에랑스 왕국 국경 수비대장이 그렇게 보석을 좋아한다며?

-잘츠 왕국은?

-거기는 냄새나는 촌구석이라 뜯어먹을 것도 없어.

-하긴 그것도 그래. 에랑스 왕국이 좋지.

악마들도 까다로웠다. 타락시킬 사람들이 많고 얻어낼 게 많은 곳이 인기가 좋았던 것이다. 그런 면에서 타이럼 사냥꾼들 같은 무식한 놈들이 있는 잘츠 왕국은 제외였다.

오스턴 왕국도 제외였다. 거기는 너무 혼란스러운 데다가 호전적인 악마들이 먼저 가서 겹쳤다.

남는 건 에랑스 왕국이나 에스파 왕국 정도인데 에스파 왕국은 여기서 너무 멀었으니……. 넓고 뜯어먹을 것도 많고 속일 사람도 많은 에랑스 왕국이 답!

-아탈리 왕국이 더 가깝지 않나?

-그러니까 거기 아넬바넨 놈이…….

-아탈리 왕국이…… 너희 아까부터 왜 내 말 다 무시하냐?

악마 중 하나가 따졌다. 무시하던 다른 악마들이 한숨을 쉬더니 그를 구박하기 시작했다.

-이런 초짜 놈이…… 너는 중간계로 내려와 본 적이 없냐? 오기 전에 조사도 안 해봤어? 아탈리 왕국에는 아키서스가 있잖아 이 멍청한 놈아!

-악마 짓 한두 번 해?

-야. 요즘은 악마도 시험 봐서 되게 해야 해. 저런 멍청한 놈이 있나.

1초도 안 되는 사이에 쏟아지는 폭풍 같은 구박! 악마는 말한마디 잘못했다가 순식간에 욕을 얻어먹었다.

패기 넘치는 젊은 악마, 주케넨은 울컥해서 말했다.

-겁쟁이 같은 놈들!

강력한 도발이었지만 악마들은 귓등으로도 듣지 않았다.

-뭐래.

-그건 겁쟁이가 아니라 현명한 거다.

-아키서스 놈이 악마 상대로 뭐 한지 넌 알고나 있냐? 거기 가면 곱게 죽을 수도 없다더라.

악마들 사이에 태현의 소문은 이미 자자하게 퍼져 있었다.

그냥 죽이는 것도 아니라, 영지로 잡아가 노예로 부려먹거나 잡아서 우리에 가둔다더라! 이 헛소문(사실 반쯤은 사실이었지만)에 악마들은 경악했다. 악마가 인간을 노예로 부리는 건 봤어도 인간이 악마를 노예로 부리다니!

말세야 말세!

-위험한 건 어디든 마찬가지잖나! 에랑스 왕국은 안 위험할 거 같나? 대륙에서 가장 거대한 왕국이고 온갖 성기사단이 있고…….

-에이, 거긴 만만하지.

-아키서스 놈에 비교하면 거긴 애들 장난이지.

주케넌은 혼란에 빠졌다. 여기 있는 악마들은 마계의 한 층을 지배하는 악마 공작까지는 아니어도 나름 마계에서 연륜이 깊은 교활한 악마들이었다. 그런데 이렇게 겁을 먹다니!

-내가 종종 연락하고 지내던 프리드란 악마 놈이 있는데, 걔가 아키서스와 엮이고 나서 연락이 안 되더라. 노예로 잡혀간 게 분명해.

-악마 공작 모스락이 아키서스한테 속았다며? 아니, 그 교활한 공작을 대체 어떻게 속인 거지?

-내 할아버지께서도 아키서스한테 속은 적이 있었지. 놈은 솔직히 명예 악마로 쳐줘야 한다고 본다.

-시끄럽다! 이 겁쟁이들아! 난 혼자서라도 가겠다. 아탈리 왕국에 이 주케넌의 이름이 울려 퍼지면 그때 가서 후회해라!

주케넌은 그렇게 소리치고 떠나 버렸다. 악마들은 그 뒷모습을 보며 떠들었다.

-갔냐? 진짜 가네.

-크크큭…… 난 놈이 갈 줄 알고 아무 말도 하지 않았지.

악마들은 서로 죽이는 걸 전혀 꺼리지 않았다. 그런데도 저렇게 건방을 떠는 주케넨을 내버려 둔 이유는 하나였다.

저놈 내버려 두면 진짜 아탈리 왕국 갈 거 같다!

여기 있는 악마들이 패서 마계로 돌려보내는 것보다 그게 더 통쾌할 것 같았다.

-낄낄. 멍청한 놈 같으니.

-어디 한번 아키서스의 매운맛을 봐야 정신을 차리지.

-야, 그런데 아키서스가 악마 공작의 아들을 우리에 넣어서 노예처럼 데리고 다닌다는 게 진짜냐?

-설마…… 아무리 아키서스라도 그건 정말…….

"왔구나! ……뭐 하냐?"

최상윤과 에반젤린은 태현 일행을 보고 신이 나서 달려 나왔다가 멈칫했다.

왜 이렇게 숫자가 많지?

"저기 저 이상한 놈들은 그렇다 치고……."

아키서스 포병대는 겉모습만 봐도 정말 특이한 NPC들이었지만 그건 이해할 수 있었다.

태현이니까 이상한 놈들 데리고 다니는 거겠지!

그런데 그 뒤에 있는 건 에랑스 왕국 갑옷과 무기를 차고 있는 병사들이었다.

"저건 에랑스 왕국 병사 아냐? 어떻게 빌렸어?"

"훈련시켜 달라던데?"

최상윤과 에반젤린은 둘 다 이해를 하지 못했다.

아니 뭔 병사를 맡겨?

"헉…… 흐어억…… 폐, 폐하. 제발 좀 쉬면……."

[병사들의 체력이 오릅니다.]
[병사들의 복종도가 오릅니다.]

"난 너희 폐하 아닌데?"

"크허억. 제발……!"

병사들은 숨넘어가기 직전이었다.

태현은 병사들을 성장시키기 위해 최대한 알차게 굴렸다. 대포 짊어지고 움직이기, 움직이면서 망치질하기 등 창의적인 잡일 개발! 아이템도 만들고 훈련도 되는 일석이조의 잡일들이었다.

"나…… 나는 왜?"

그리고 그 사이에는 케인도 있었다.

"너한테도 어울린다고 생각했지."

"……."

"좋아! 훈련은 그만하고 실전에 들어가자!"

"와! 신난다! 실전이다!"

"흑흑 너무 싸우고 싶었습니다!"

병사들은 기뻐서 양손을 들고 날뛰었다.

[병사들의 사기가 최대치입니다!]

저희는 경비대원입니다만??, 이런 곳까지 와서 싸워야 한다니. 기분이 처집니다., 집에 언제 보내주실 겁니까?

처음에 이런 소리를 내뱉던 병사들이었지만, 지금은 그런 흔적을 찾아볼 수도 없었다.

그냥 싸우는 게 낫겠다!

"흠……."

태현은 저 멀리 산턱 중반에 자리 잡은 동굴 요새를 쳐다보았다. 에반젤린과 최상윤이 학을 떼고 포기한 이유를 알 것 같았다.

'정말 자리 잘 잡았군.'

천혜의 요새! 산이 워낙 가팔라서 반쯤 절벽에 가까웠다. 거길 꾹 참고 기어 올라가면 튼튼하게 지은 요새 벽이 환영을 해 줬다. 올라가는 사이 살라비안 교단한테 계속 두들겨 맞고 가야 하는 것이다.

'살라비안 교단은 뱀파이어들이 많으니 각종 혼란 스킬도 많을 테고……'

살라비안 교단은 타락한 뱀파이어 교단. 교단 특징은 생명력이었다. 데메르 교단과 비슷하지만 좀 더럽고 타락한 형태!

끈질긴 생명력을 바탕으로 각종 뱀파이어 전용 스킬로 덤벼오면 뚫기 힘들 수밖에 없었다.

'입구는 저 앞밖에 없나? 뒤로 우회로는 없어 보이고.'

거대한 산 중턱에 깊숙하게 굴을 파고, 앞에 요새를 세워놓았으니 다른 통로는 하나도 없어 보였다.

오로지 정면공격뿐!

원래라면 답이 없었겠지만…….

"뭐, 두들겨 패다 보면 답이 나오겠지."

최상윤과 에반젤린은 고개를 갸웃거렸다.

접근할 수가 없는데 어떻게 패려고?

"아키서스 포병대 전진!"

[최고급 전술 스킬을……]

학카리어스 사냥 이후 강해진 아키서스 포병대의 힘을 확인해 볼 시간이었다.

-크어어억!

-끼아아아악!

악마의 비명이 메아리쳤다. 하나는 우리 안에 있는 악마였고, 다른 하나는 대포에서 발사할 때마다 나는 악마 소리였다.

[대포가 발사됩니다!]

[<악마가 빙의된 대포>에 빙의된 악마가 괴로워하며 울부짖습니다!]

한 번 발사할 때마다 빙의된 악마가 포탄에 실려 날아가며 비명을 질러댔다.

최상윤과 에반젤린은 기가 막힌 얼굴로 태현 일행을 쳐다보았다.

너희 안 본 사이에 대체 뭘 하고 다닌 거냐?

그러나 이미 익숙해진 태현 일행은 그런 시선에 전혀 신경 쓰지 않았다.

"다음 발사! 빨리빨리 발사해!"

"예!"

태현이 가진 최고급 전술 스킬, 아키서스 포병대원들이 가진 높은 대장장이 기술 스킬과 스탯, 거기에 최신으로 맞춘 장비들까지. 아키서스 포병대는 어지간한 마법사 길드는 그냥 압도할 정도의 딜을 넣을 수 있었다.

게다가 마법사들보다 연사 속도도 빨랐고, 사거리도 길었으며, 명중률도 높았다.

꽝! 꽝! 꽝! 꽝!

미친듯한 사격이 시작되었다. 아키서스 포병대 드워프들은 신이 나서 대포를 발사했다. 포탄이 한번 작렬하면 요새 벽과 주변 암벽이 쩍쩍 갈라지며 박살이 났다.

"맞았다!"

"크하하. 저놈들 봐라!"

-크허억. 제발…… 제발 좀 천천히…….

우리 안에 있던 악마가 숨 넘어가는 소리를 냈다. 드워프들이 악마의 에너지를 너무 많이 뽑아간 것이다.

"물 마셔, 물."

-성수잖아 개자식들아!

"앗. 잘못 꺼냈다. 자. 여기 피."

드워프들은 우리 안에 있는 악마를 나름 잘 보살펴 줬다. 악마가 뽑아주는 에너지가 정말 요긴했던 것이다.

연사 속도 상승, 대미지 상승, 명중률 상승 등 온갖 버프를 주는 악마 에너지!

"저거 뭔 피야?"

"내 피……."

케인은 시무룩해진 얼굴로 대답했다. 케인만큼 헌혈하기 좋은 인재가 없었던 것이다. 가장 높은 체력을 가진 플레이어!

-이것저것 섞인 맛이 난다. 맛있군.

악마도 케인의 피에는 만족했는지 입가를 닦았다.

이것저것 많이 섞인 신기한 맛! 마치 뷔페 같은 기분!

"저거 왜 날 저렇게 쳐다보지?"

악마가 입맛을 다시며 케인을 쳐다보자 케인은 매우 기분이 불쾌해졌다.

그러거나 말거나 공격은 매우 성공적으로 진행되고 있었다. 일행 모두 만족스럽게 감탄하는 위력!

쾅! 쾅! 쫘르릉!

계속 두들겨 패다 보면 아쉬운 놈이 나오게 되어 있었다.

언제나 먹히는 전법, 니가와 전법!

태현 일행은 신나게 공격을 퍼부었다. 한 시간쯤 지나자 동굴 입구에 나와 있는 요새 벽과 장애물들은 산산이 부서져 있었다.

"들어갈까?"

"아냐. 더 퍼붓자. 저 안쪽으로도 쏠 수 있지?"

"물론입니다!"

[아키서스 포병대의 사격 스킬이 증가합니다!]
[아키서스 포병대의 레벨이……]

쏘면 쏠수록 성장하는 이들!

태현은 아예 자리를 깔고 팝콘을, 아니 음식을 만들기 시작했다. 언제나 시간을 알뜰하게 쓰는 것이 특기!

-크아악. 이 역겨운 냄새는 대체 뭐냐?

태현이 괴식 요리를 만들기 시작하자 옆의 우리에 있던 악마가 몸을 비틀었다.

코를 찌르는 냄새! 게다가 태현의 스킬 중에는 신성 요리 스킬도 있었기에 악마는 더더욱 괴로울 수밖에 없었다.

케인도 마찬가지였다.

"하하. 케인 좋지? 이 녀석. 기대하는 거 봐."

저 괴식 요리가 누구의 입으로 들어올 게 뻔하기 때문!

더 억울한 건 옆에서 질투의 시선을 보내는 이들이었다.

-같은 노예 주제에 화신님의 요리를 받다니…… 투덜투덜…….

-건방진 놈 같으니…….

아키서스 포병대에 있는 아키서 부족 전사들의 시선이 따가웠다.

"자! 다 됐다. 쭉쭉 들이켜!"

"크어억! 크어어억!"

-이 노예 놈! 원샷해라!

-건방지게 끊어서 마시지 마라!

케인을 쓰러뜨린 태현은 다른 사람들을 쳐다보았다.

"너희들도 만들어줄게."

"네?"

"아니, 저는 좀…… 케인 씨 더 주시죠."

"야!"

믿었던 정수혁이 저러자 케인은 울컥했다. 저 자식 알고 있었구나!

그러나 최상윤은 진지하게 고민했다.

"으음…… 확실히 스탯 올리려면 요리가 좋긴 하지. 효과는 확실한 거지?"

스킬 레벨만 확실하면 요리만큼 스탯 성장을 쉽게 할 수 있는 것도 드물었다. 다양한 요리를 먹는 것만으로도 성장!

맛이 좀 없지만 그 정도는 참아줄 수 있었다.

"당연하지. 내가 아스비안 제국부터 오스턴 왕국까지 왜 그렇게 돌았는지 아나?"

-권능 찾으려고 그런 거 아닌가?

용용이가 말했다.

"아. 맞다. 그것도 있었지."

그러고 보니 아스비안 제국에 있는 권능은 대체 언제 찾으러 가나?

용용이는 그렇게 생각했지만 입 밖으로 꺼내진 않았다.

"각종 재료를 다양하게 모으기 위해서였지."

'네가 요리사냐?'

최상윤은 속으로 그렇게 생각했다. 친구가 직업을 잊고 있는 것 같았다.

"어쨌든 덕분에 식재료가 많이 모여서 어떤 직업이든 맞춰서 만들어 줄 수 있을 거 같단 말이지."

가방을 보면 정말 다양한 식재료들이 있었다. 드래곤 고기까지 있는 가방은 판온에서 여기밖에 없을 것!

문제는 정상적인 식재료가 거의 없다는 점이었다.

보통 요리사들은 돼지고기, 소고기로 시작해서 양파, 감자, 당근 등 기본적인 야채 같은 것들을 갖고 다녔다.

〈천상의 노력으로 기른 최상급 당근〉 정도는 아니어도 〈질 좋은 당근〉 정도는 갖고 다니는 게 기본! 어디에 들어가도 잘 먹히는 기본 재료들인 것이다.

그런데 태현은 그런 걸 거의 갖고 다니지 않았다. 갖고 다니는 건 보통……. 다양한 괴수 고기들과 내장! 악마들의 피와 뼈! 이쯤 되면 흑마법 재료인지 요리 재료인지 구분이 안 되는 수준!

"자. 수혁아. 여기 앉아봐라. 너는 마법사니까 MP와 마법 공격력에 좋은 요리를 만들어주마. 흠. 〈상급 악마의 간〉, 〈사디크 마수의 썩은 피〉……."

마법사에게 좋은 재료란 재료는 닥치는 대로 넣어서 〈괴식 요리〉로 만들어 버리는 태현!

원래 악마나 괴수 고기들은 독이나 오염되어 있어 아주 잘 처리를 해야 먹을 수 있었다. 그러나 〈고급 괴식 요리〉 스킬을 가진 태현에게는 이야기가 달랐다.

괴식 요리의 장점은, 원래라면 먹을 수 없는 재료들도 사용해서 요리로 만들 수 있다는 점이었다. 맛은 정말 더럽게 없어지지만!

정수혁의 얼굴이 창백하게 변하기 시작했다. 커다란 솥 안에서 해골 모양의 거품이 올라오기 시작했던 것이다.

"다 됐다. 〈먹다 죽어도 모를 마법사의 강장탕〉이군!"

[요리 스킬이 오릅니다.]
[악명이 오릅니다.]
[악마들 사이에서 당신의 소문이 더욱더 흉악하게 퍼져 나갑니다.]

"자. 마셔라."

"……예."

정수혁은 울 거 같은 표정으로 그릇을 받아들였다. 옆에서 케인이 만족스러운 표정을 지었다.

"지수는 여기 궁수용으로 만들었어."

"이, 이거 평생 간직할게요!"

"아니. 먹어야지."

태현은 무슨 소리를 하냐는 듯이 쳐다보았다. 그걸 본 정수혁이 뭔가 깨달은 표정으로 말했다.

"선배님. 선배님께서 해주신 이걸 먹기는 너무 아까우니 저도 간직……."

"개수작 부리지 말자."

"넵."

'저거 케인한테 이상한 것만 배웠어.'

정수혁은 질끈 눈을 감고 마시기 시작했다.

에반젤린은 어이가 없어서 물었다.

"지금 싸우는 도중……."

"싸우면서 도중에 다른 것도 해야지 스킬이 빨리 오르지. 자. 네 것도 만들었어."

"난, 난 괜찮……."

"하하. 네가 이 맛을 몰라서 그런 소리를 하는 거야. 한번 먹어보라고."

에반젤린은 힐끗 유지수를 쳐다보았다. 유지수는 김이 펄펄 끓는 정체불명의 사약을 원샷하고 있었다.

의외로 맛이 괜찮은가?

꿀꺽-

"으아아악!"

"크어어억!"

"구아아악!"

사방에서 튀어나오는 곡소리!

이다비는 유지수의 근성에 감탄했다.

이걸 원샷하다니!

태현 일행이 괴식 요리를 먹고 마시는 동안에도 아키서스 포병대는 묵묵하게 포격을 퍼붓고 있었다.

"생각보다 오래 버티는데? 안에서 어떻게 버티는 거지?"

요새 벽과 장애물들은 다 박살이 났고, 동굴 안으로 포탄을 쏘아 넣고 있는데도 살라비안 교단 놈들은 튀어나오고 있지 않았다.

"살라비안 교단은 뱀파이어들이 많으니까 특수능력을 써서 버티고 있을지도……."

"흠. 그렇다면 뱀파이어들이 싫어하는 약점을 노려야겠군."

태현의 말에 에반젤린이 움찔했다. 딱히 에반젤린을 노리는 게 아닌데도 이상하게 불길하게 들리는 태현의 말!

"어떻게 하게?"

"불과 은이 무난하겠네."

뱀파이어의 패시브 스킬인 재생력을 무시하고 태우는 화염. 그리고 뱀파이어에게 닿으면 추가 대미지를 주는 은.

"포탄에 사디크의 화염 걸어서 쏘아 보낼까?"

"그 정도면 살라비안 교단 사제들이 막아내지 않을까요?"

"그것도 그렇다. 그러면 그냥 주변에 다 불을 질러 버려야겠네."

포탄 하나하나에 담긴 화염은 어떻게 끄더라도, 산 중턱에 통째로 불을 질러 버리면 어떻게 끄겠는가? 알아서 뛰어나올 게 분명했다.

에반젤린은 태현과 이다비의 대화를 들으면서 정신이 아득해지는 걸 느꼈다.

산에 통째로 불을 지른다니. 악명 스탯은 겁 안 나나?

그러나 태현과 이다비는 신이 나서 머리를 맞대고 어떻게 불을 지를지 계획을 세우기 시작했다.

"보니까 여기, 여기, 여기, 여기에 룬을 박고 시작하면 화염이 이쪽으로 모여서 더 잘 탈 거야. 끄기 힘들겠지?"

[대장장이 기술 스킬을……]

[기계공학 스킬을……]

[불에 대한 높은 이해도를 가지고 있습니다. 화공에 추가 보너스를 받습니다!]

어디에 불을 지르면 좋을지 딱딱 나오는 수준!

"그러면 바로 시작하실 건가요?"

"아니. 화염은 준비됐으니까 은도 준비해야지."

"은이라면…… 제 창고에서……."

이다비는 망설이며 말했다.

태현을 위해서라면 은 정도는 줄 수 있다!

파워 워리어 길드원들이 봤다면 기겁했을 것이다.

"아냐. 아깝게 그럴 순 없지. 빌릴 거야."

"누구한테서요?"

"여기에서 가장 가까이 있는 영주한테?"

태현은 그렇게 말하며 지도를 폈다.

누가 은을 많이 갖고 있을까?

한편 살라비안 교단의 요새 안은 흔들리고 있었다.

[교단의 사기가 하락합니다.]

[교단의 벽이 파괴되었습니다. 방어력이……]

[교단의 식량 창고가……]

[교단의 피 보관 단지가……]

밖에서는 안이 얼마나 부서지고 있는지 몰랐지만, 안에 있는 뱀파이어들 입장에서 저 포격은 끔찍했다. 직접적인 대미지보다도 교단 살림을 다 부숴 버리는 게 더 치명적!

포탄 한 발이 들어와서 쭉 쓸고 지나갈 때마다 요새 안 시설들이 팍팍 망가졌다.

-대주교님! 나가게 해주십시오! 나가서 저놈들을 쓸어버리고 오겠습니다!

-안 돼! 아직 때가 무르익지 않았다. 지금은 참고 웅크려야 할 때야!

교단의 호전적인 젊은 뱀파이어 전사들이 대주교에게 나가게 해달라고 요청했지만, 대주교는 완강히 고개를 내저었다. 기사단도 오고 이런저런 토벌대들이 오고 있는 상황에서 밖으로 역공을 나가는 건 자살행위!

이 요새는 살라비안 교단의 힘과 역사가 담긴 천혜의 요새였다. 아무리 강한 기사단이 오더라도 이 가파른 절벽을 기어올라 요새 안으로 뚫고 들어오지는 못할 것!

……문제는 적들이 들어오지 않고 그냥 원거리 공격만 하고 있다는 점이었다.

사거리가 좀 적당하면 이쪽도 원거리에서 반격을 해보겠지만, 뭔 놈의 공격인지 사거리가 너무 길었다. 교묘하게 사거리가 안 닿는 부분에서 쏴대는 적들!

이가 갈리는 교활함이었다. 하지만 그러면 그럴수록 대주교는 확신이 섰다. 절대 나갈 수 없다!

-버텨라. 교단의 전사들아!

-크으윽…….

-피를 마시고 싶습니다…….

-곧 놈들이 지쳐서 먼저 쳐들어올 거다. 그때 놈들의 목을 뜯고 피를 마시자!

대주교의 말에 전사들은 함성을 내질렀다.

안은 난장판에 개박살이 났지만!

그리고 한참이 지났다.

쾅! 쾅! 쾅!

적들은 들어오지 않았다. 포탄만 계속해서 쉭쉭 날아왔다. 웅크리고 있던 뱀파이어 전사가 한 대 맞고 죽 날아갔다.

-대주교님……. 안 오는데요.

-참, 참고 기다리라니까!

-이놈들 혹시 그냥 저희 괴롭히려는 거 아닙니까?

요새 벽과 장애물을 부순 다음 들어오려는 게 아닌, 그냥 괴롭히려고 온 거 아냐?

살라비안 교단 뱀파이어들은 문득 의심이 가기 시작했다.

-설…… 설마. 그럴 리가 있겠느냐! 이런 마법탄을 쓰려면 얼마나 비싼데…….

아키서스 포병대는 학카리아스 레어에서 뜯어온 금속들을 녹여 재료로 쓰고 있었다. 기계공학 스킬의 폭탄인지 모르는 대주교는 이 포탄을 마법탄으로 오해하고 있었던 것!

-그런데 좀 더워지는 거 같습니다.

-너도? 나도 그런데.

대주교는 의심스러운 표정을 지었다. 그러고는 박쥐를 밖으로 날려 주변을 확인했다.

대주교의 얼굴이 경악으로 일그러졌다.

-왜 그러십니까?

-불…… 불이……!

-불이라도 질렀습니까?

-멍청한 놈들 같으니. 여기 앞에서 질러도 모자랄 판에 멀리서 지른다고 그게 오겠냐?

전사들은 비웃었지만 대주교는 웃을 수가 없었다.

주변이 온통 불바다! 동굴 깊숙한 곳까지 불이 닥치지는 않았지만 저 미친 광경을 보고 안심할 수는 없었다.

쾅!

[사디크의 화염이 폭발합니다!]

그리고 2차 공격이 시작되었다. 주변 귀족들에게서 은괴까지 뜯어온 태현은 사디크의 화염을 포탄에 걸어 날리기 시작했다.

활활 타오르는 산. 악마들의 비명과 함께 날아가는 화염탄!

세상의 종말이라도 온 것 같은 광경이었다.

에반젤린은 복잡한 표정으로 불타는 산을 쳐다보았다.

시선을 돌려 방송 화면을 확인해 보니 시청자들이 전부 '?????', '??????' 같은 반응을 보여주고 있었다.

'나도 그래…….'

에반젤린도 이 상황을 어떻게 받아들여야 할지 당혹스러웠다.

판온이 이런 게임이었나?

처음 경험해 보는 신선한 던전 공략 방식!

산 중턱 근처에 전부 불이 나고, 그 상황에서 화염탄이 날아와 요새 입구를 때리자 불이 연결되어 증폭되었다.

[사디크의 화염이 더욱더 커집니다!]

[악명이 크게 오릅니다!]

[악명이 미친 듯이 크게 오릅니다!]

[화염 마법 스킬이 오릅니다!]

[대장장이 기술 스킬이……]

[사디크가 매우 만족해합니다!]

[사디크의 화염 스킬의 레벨이 오릅니다! 사디크의 화염이 더욱더 강해집니다!]

사디크의 정통 후계자도 이렇게 사디크의 화염을 잘 쓰지는 못했을 것이다. 저번에 프리드의 숲에 불을 지른 이후부터 태현은 화공의 맛을 깨달았다.

불은 거의 모든 문제를 해결해 준다!

'불은 답은 알고 있어!'

누군가 길을 막는다면? 불을 질러라!

적이 쳐들어온다면? 불을 질러라!

심심하면? 불을 질러라!

[그건 아니지 않냐고 카르바노그가……]

합쳐진 화염은 무시무시했다. 살라비안 교단 쪽에서 끌려고 해도 끌 수 없을 정도로!

태현은 거기서 멈추지 않고 한 층 더 나갔다.

-행운의 바람 소환!

[카르바노그가 말립니다! 지금도 충분하지 않냐고……]

카르바노그가 말리는 데에는 이유가 있었다. 지금도 산은 불이 잘 붙어서 활활 타고 있었던 것이다.

솔직히 이 정도면 충분하다! 더 기다리면 살라비안 교단이 못 견디고 뛰쳐나올 것이다. 아무리 뱀파이어가 강하더라도 이런 사디크의 화염을 어떻게 버티겠는가. 게다가 행운의 바람은 한번 소환하면 태현이 조종할 수가 없었다. 재수 없으면 역효과가 날 수도 있는 것!

그러나 태현은 자신만만했다.

'나는 아직 배가 고프다!'

쭉쭉 오르는 화염 스킬, 그리고 악명 스탯. 게다가 산을 통째로 태우자 요새 밖에 숨어 있던 살라비안 교단의 전사들이나 몬스터들이 쓰러져서 경험치와 명성이 추가로 들어왔다. 여기서 더 크게 태운다면 더 커다란 보상이 들어올지도 몰랐다!

화르르륵!

[행운의 바람이 소환됩니다!]
[강력한 바람으로 인해 용오름이 일어납니다!]
[사디크의 화염이 더욱더 강해집니다!]
[화염 속에서 <사디크의 정당한 분노> 검이 나타납니다! <사디크의 정당한 분노>를 얻었습니다!]

갑자기 뜬금없이 사디크 교단의 전설 아이템이 나왔지만, 지금 태현은 그걸 확인할 정신이 없었다.

휘이이잉!

산 바로 앞에서 토네이도가 만들어지기 시작한 것이다.

"저…… 저……."

"이, 이건 좀 너무 과하지 않냐??"

보고 있던 일행들도 경악할 수준!

설마 저 토네이도가 이쪽으로 오는 건 아니겠지?

토네이도는 주변을 뒤덮은 화염과 만나더니 화염 토네이도로 변했다.

[행운의 바람으로 인한 용오름이 사디크의 화염 용오름으로 변합니다!]

콰아아아아-

활활 타오르며 솟구치는 토네이도!

꿀꺽-

모두가 침을 삼키며 그걸 쳐다보았다. 불러낸 태현마저 긴장했다.

쿠쿠쿵!

위로 솟구치던 토네이도가 마침내 방향을 꺾었다.

살라비안 교단의 요새 쪽으로!

"됐다!!"

"살았어!"

"으흑흑!"

태현 일행은 뛸 듯이 기뻐했다. 저게 누가 만든 토네이도인지는 머릿속에서 지워진 지 오래!

화염 용오름이 살라비안 교단으로 방향을 틀어 들이닥치기 시작하자 무시무시한 소리가 났다.

단단한 바위를 쪼개고 태워 버리는 위력!

-저…… 저거 브레스 아닌가?

용용이는 경악해서 외쳤다. 마치 저 위력은 레드 드래곤이 자주 쓰는 필살기인 파이어 브레스와 비슷했다. 아니, 오히려 더 상력한 것 같았다.

사디크의 신성력과 행운의 바람의 지속력까지 들어간 브레스!

쿠르르릉!

사디크의 화염 용오름이 동굴 입구에 직격하고 안으로 미친 듯이 치단자 메시지창이 요란하게 울리기 시작했다.

　[살라비안 교단의 전사 메크톱을……]
　[살라비안 교단의 성소를 무너뜨렸습니다! 명성을 얻었습니다!]
　[살라비안 교단의 성물 보관함을 파괴했습니다!]
　[화염 마법 스킬이 크게 오릅니다!]
　[스킬 <화염 용오름 소환>을 얻었습니다!]

　'제대로 들어갔다!'
　태현은 주먹을 불끈 쥐었다. 나름의 도박이었지만 제대로
성공한 것이다.
　아무리 살라비안 교단이 끈질기고 튼튼하더라도, 저런 화염
용오름이 동굴 안으로 그대로 들어갔는데 버틸 수는 없으리라!
　"준비해라! 곧 버티지 못하고 뛰쳐나올 테니까!"
　태현이 외치자 에랑스 왕국 경비병들은 분주하게 움직였다.
　-아니, 살라비안 교단 같은 위험한 놈들을 상대하는 거면
기사들이 와야 하지 않나?
　-그러게…….
　병사들은 투덜거렸다.
　생각해 보니 이건 그들이 해야 할 일이 아닌 것 같았다.
　기사들이나 해야 할 일을 그들이 하고 있으니…….
　그래도 다행인 건, 태현이 그들을 지켜주기 위해 이런저런
준비를 했다는 점이었다.

"장애물 설치해! 앞에 말뚝 박고!"

[최고급 전술 스킬을……]

태현의 전술 스킬은 급히 모은 병사들도 질서정연하게 부릴 수 있을 정도!

병사들은 일사불란하게 포병대 근처에 장애물들을 설치하기 시작했다. 태현은 그들을 매섭게 감독했다.

"거기 너! 5㎝ 정도 틀어졌다! 제대로 놓지 못해?"

"너! 그 은이 네 몸값보다 비싸다! 제대로 설치해!"

[병사들의 복종도가 올라갑니다!]
[악명이 오릅니다.]

'아니 뭐 이런 걸 가지고?'

태현은 억울했다. 다 자기들 살라고 철저하게 지휘해 준 것뿐인데!

까놓고 말해서 이 주변에 임시 진지를 만드는 게 병사들을 위해서지, 태현을 위해서인가? 그래도 그렇게 지시한 덕분에 주변에 빠르게 장애물들이 설치되었다.

앞에는 깊은 구덩이가 파였고, 그 안에는 은을 씌운 창이 잔뜩 박혔다. 뱀파이어들이 닿는 순간 크게 대미지를 입을 것! 게다가 목책 위에도 은을 녹여서 발랐고, 화살도 대량으로 은을 씌웠다.

원래 폭탄 안에 들어가는 쇳조각 대신 은조각을 넣을 정도!

정말 미친 돈지×이었지만, 태현은 아낌없이 투자했다. 자기 은 아니었으니까!

-살라비안 교단을 토벌하는데 은을 아끼다니! 그러고도 귀족이 냐! 은을 내놓아라! 안 내놓으면 널 아키 서스해 버리겠다!

-제…… 제발 아키 서스만은 제발! 제게는 여우 같은 보물들과 토끼 같은 금화들이 있단 말입니다!

태현의 명성과 작위. 거기에 명분까지.

근처 귀족들은 울며 겨자 먹기로 은을 내놓았다. 악명과 소문이 쭉쭉 오르고 퍼졌지만 그 정도는 감수할 수 있었다.

얻어낸 은이 수십 상자!

'그래도 아깝긴 하군.'

태현은 입맛을 다셨다. 그렇게 많은 은을 이렇게 팍팍 쓰다니.

하지만 어쩔 수 없었다. 살라비안 교단은 만만한 상대가 아니었으니까. 저 안에서 버티고 있을 때면 모를까, 궁지에 몰려 뛰쳐나온다면 온갖 수단을 다 꺼낼 것이다.

게다가 특히 주의해야 할 것은 살라비안 교단의 대주교! 저번 수도 공방전에서도 혼자 살아나갔듯이, 그 능력이 만만치 않았다.

살라비안 교단의 각종 권능을 사용하는 고위 뱀파이어 사제. 순수한 마법사나 전사보다 훨씬 더 까다롭고 다양한 공격을 해올 것이 분명했다.

'정예들만 남았을 테니 이 정도는 준비해 둬야겠지.'

아깝다고 준비를 아끼는 건 멍청이들이나 하는 짓이었다.

돌다리도 두드려보고 건너자! 아니, 돌다리도 두드려 본 다음 용용이를 타고 날아서 건너자!

그 정도는 되어야 태현처럼 적을 많이 만들고서도 잘 살 수 있는 법이었다.

'와라! 살라비안 교단. 난 싸울 준비가 끝났다!'

준비가 끝난 태현은 자신만만한 얼굴로 산 중턱을 노려보았다. 이제 곧 치열한 보스 레이드가 시작될…….

[사디크의 화염 용오름이 살라비안 교단 비밀 요새를 완전히 불태웁니다!]

[살라비안 교단 대주교가 쓰러졌습니다.]

[레벨 업 하셨습니다.]

[명성이 크게 오릅니다!]

[공포가 크게 오릅니다!]

태현 일행은 황당한 표정으로 서로를 쳐다보았다.

이게 대체 어떻게 된 일?

CHAPTER 5

-불이 들이닥칩니다!

-버텨라. 살라비안 님의 힘으로 화염을 꺼라!

-화염이 너무 거셉니다!

사디크의 화염은 신성력까지 있어 잘 꺼지지도 않았다. 게다가 산을 통째로 태우는 만큼 꺼도 꺼도 계속 솟구쳤다.

-차라리 뚫고 나갑시다, 대주교님! 놈들이 방심하고 있을지도 모릅니다!

-헛소리하지 마라. 버텨라! 이 화염에는 끝이 있지만 살라비안 님의 생명에는 끝이 없으니!

대주교는 꿋꿋하게 외쳤다. 다른 건 몰라도, 오래 산 뱀파이어인 대주교는 버티는 뚝심 하나는 대단했다. 그쯤 되어야 살라비안 교단을 지하에서 이끌어 올 수 있었던 것!

-산을 다 태우면 화염은 꺼진다. 그러면 놈들도 포기할 수밖

에 없을 거다!

-그런…… 그렇군요! 하지만 너무 뜨겁습니다!

-안개화로 버텨라!

-안개화가 풀립니다!

-마수로 변신해서 버텨라!

대주교는 믿었다. 이제까지 버텨오는 전략은 그를 배신하지 않았던 것이다.

버티다 보면 적은 약해진다! 그때 적의 목에 송곳니를 박아 주면 됐다.

하지만 대주교는 몰랐다. 가끔은 죽을 때까지 버티다가 진짜 죽을 수도 있다는 것을!

[사디크의 화염 용오름이 들이닥칩니다!]

레드 드래곤의 브레스 같은 화염이 동굴 안으로 들이닥쳤다. 이제까지와는 차원이 다른 위력에 모든 뱀파이어들이 경악했다.

-대주교님! 저건 어떻게?

-모…… 모두 변신해라! 암석 마수로 변신해!

불에 강한 마수로 변신해서 막아볼 생각! 대주교도 각종 방어 마법과 소환을 통해 닥쳐오는 화염 폭풍을 막아보려 했다.

콰아아아앙!

그러나 자연재해 앞에서 그런 시도는 무력했다. 더군다나 좁은 동굴 안은 용오름의 힘이 몇 배로 늘어나고 피할 곳도 없게 만들었다.

-크아아악! 사디크! 사디크으의! 저주하겠다!

어색한 침묵.

태현은 최상윤과 에반젤린을 빤히 쳐다보았다. 그 눈빛의 뜻은 명백했다.

이렇게 쉬운 상대인데 너희끼리 해결 못 하고 날 부른 거냐?

태현은 최상윤과 에반젤린의 실력을 신뢰하고 있었다. 그러니까 둘이 '도와줘! 우리끼리는 안 되겠어!'라고 했을 때 '음. 정말 안 되나 보군!' 하고 급히 도우러 온 것 아니겠는가.

"애들아?"

"아, 아니. 이건 우리 잘못이 아니지!"

최상윤은 억울해서 변명했다.

솔직히 이렇게 쉽게 끝날지 누가 알았겠는가! 실제로 뒤에 있는 경비병들은 '뭐야, 다 죽었어?', '우리 안 싸워도 되나?', '그러면 이 은들은 아까워서 어쩌누?'라며 떠들고 있었다.

"기사단까지 왔는데 패배했다니까?"

"그거 기사단 맞아? 그냥 잡스러운 용병단 왔는데 잘못 본 거 아니지?"

태현은 의심의 눈빛을 보냈다.

에랑스 왕국 기사단 정도면 깰 수 있을 것 같은데?

졸지에 실력 없는 플레이어로 몰리게 된 최상윤과 에반젤린은 역으로 공격에 나섰다.

"네가 불을 너무 세게 질러서 그래!"

"맞아. 네가 산을 통째로 태우는데 어떻게 버티겠어!"

"보통 보스 몬스터면 저 정도는 버티거든? 저것도 못 버티는 놈이 어디 있냐?"

하도 레벨과 맞지 않는 보스 몬스터들만 상대하다 보니 태현의 기준은 미친 듯이 올라가 있었다.

산에 통째로 불을 지르고 퍼부어도 꿋꿋이 버티는 게 보통 아닌가?

살라비안 교단 대주교는 분명 대단한 NPC였지만 저런 공격까지 버틸 정도는 아니었다.

[카르바노그가 살라비안 교단을 동정합니다.]

화르륵……

그렇게 떠드는 사이 산을 통째로 뒤덮었던 화염이 꺼지기 시작했다. 산 위에 있는 것들을 모두 다 태우고 나자, 더 태울 게 없어서 천천히 꺼지기 시작한 것이다. 그러자 동굴 안에서 사악하고 독한 기운이 우글거리며 솟구쳐 나왔다.

[살라비안 교단 대주교가 <뱀파이어의 마지막 저주>를 사용합니다!]

"뱀파이어의 마지막 저주?!"

에반젤린은 경악했다. 그 반응을 본 태현은 생각했다.

'뭔지는 모르겠지만 상당히 안 좋은 스킬인 모양이군!'

태현은 그렇게 생각하며 준비했다. 만약 저주가 날아오면 케인으로 막아야지!

[<뱀파이어의 마지막 저주>가 사디크와 가장 가까운 자에게 날아갑니다!]

사디크와 가장 가까운 자에게 날아가도록 걸린 저주. 왜 대주교가 멀쩡한 적들을 내버려 두고 그런 저주를 걸었는지는 알 수 없었지만…….

태현은 긴장했다.

'젠장. 한 놈 정도는 살려둘 거 그랬나?'

대륙에 있는 사디크와 가까운 자들은 태현이 모두 사디크 곁으로 보내버린 상황! 게다가 아까 화끈하게 불을 지른 탓에 사디크와 많이 친해진 기분이 들었다.

설마…… 에이 설마…….

저주가 날아오더니 태현과 흑흑이 사이에서 멈칫했다.

그리고 빙글빙글 돌기 시작했다.

태현과 흑흑이는 서로를 쳐다보았다. 그리고 상황을 깨달았다. 둘 중 하나한테 가려고 하고 있구나!

"흑흑아. 역시 사디크의 신수인 네가 사디크와 더 가깝지 않겠나?"

-주인님. 주인님께서는 사디크 교단을 멸망시키고 사디크의 뜻을 이으시는 분이십니다. 헤헤. 방금도 산을 불태우셨는데 그게 사디크가 아니라면 어떻게 그럴 수 있었겠습니까?

서로에게 떠넘기는 사이좋은 둘!

"블랙 드래곤으로서 사디크 직접 만나 계약한 너보다 더 친하겠어?"

-아까 주인님께서 사디크의 검을 받은 거 봤습니다!

빙글빙글빙글-

태현은 긴장했다.

저 저주를 맞을 경우 버틸 수 있을까?

태현이 각종 저주 대책이 있긴 했지만, 강력한 저주 스킬은 언제나 두려운 법이었다. 한번 잘못 걸리면 게임 내내 고생할 수도 있다!

파앗!

-으아아악!

"좋았어!"

-주인이여…….

[카르바노그가 한심하다는 듯이 쳐다봅니다.]

저주는 결국 흑흑이에게 날아갔다. 태현이 요즘 부쩍 친해지긴 했지만 직접 계약을 맺은 흑흑이보다는 덜했던 것!

"후. 살았다."

"그거 안심할 게 아닌데?"

에반젤린은 당황했다. 저 블랙 드래곤은 태현이 데리고 다니는 펫 아닌가?

"아. 물론 흑흑이가 맞은 것도 마음이 아프긴 하지."

퍽이나 그렇겠다!

"하지만 내가 맞는 것보단 낫잖아. 그래서 저거 뭔 저주인데?"

"뱀파이어가 되는 저주야."

태현은 의아해했다.

"별거 아닌 것 같은데?"

"뱀파이어가 얼마나 불편한 종족인데."

에반젤린은 몸서리를 쳤다.

각종 페널티 때문에 고생했던 걸 떠올리면 진저리가 났다.

행운 때문에 고생한 건 특히 그랬다.

-주인님! 햇빛이! 햇빛이!

흑흑이는 비명을 지르며 햇빛을 피했다.

태현은 흑흑이의 상태를 확인해 보았다.

〈블랙 드래곤 뱀파이어〉!

'블랙 드래곤 뱀파이어…… 처음 보는 종족이네.'

원래 드래곤 정도 되는 종족은 뱀파이어가 되는 일이 없었다. 눈만 깜박여도 뱀파이어를 쓸어버릴 수 있었고, 뱀파이어가 물어도 저항력으로 버틸 수 있었으니까.

그렇지만 대주교가 마지막 독기를 품고 날린 저주는 매서웠다. 흑흑이마저 뱀파이어로 만들 정도로!

"그래도 장점이 있지 않나?"

"장점이야 있긴 한데…… 너 설마 풀 생각 없는 거 아니지?"

에반젤린은 설마 싶었다. 직업이 뱀파이어 관련 직업인 그녀는 어쩔 수 없었지만, 그런 경우가 아니라면 뱀파이어 상태는 푸는 게 무조건 좋았다.

단점이 너무 귀찮았던 것이다. 햇빛 받으면 대미지 입고, 은 닿으면 대미지 입고…….

그녀야 〈고대 뱀파이어의 후예〉라는 직업 스킬들이 있어 이런 게 커버가 됐지만, 다른 뱀파이어들은 불가능했다. 실제로 판온 게시판에 보면 가끔 뱀파이어가 되는 저주에 걸린 플레이어들이 질문을 올리곤 했다.

Q: 흡혈귀의 고성 퀘스트 깨다가 잘못 맞아서 뱀파이어 됐는데 이거 어떻게 하죠? 햇빛 받는 순간 대미지 들어와서 뭘 할 수가 없어요.

A: 게임을 접으시는 게 좋을 거 같아요.

A: 나 같으면 접는다.

A: 그냥 포기하고 밤에 돌아다니셈.

"아, 아니거든."

-주인님…….

흑흑이가 애처로운 눈빛을 보냈다.

"걱정 마."

-주인님! 믿고 있었습니다!

"햇빛 안 닿게 양산 만들어줄게."

─……그런 거 말고 다른 거 없습니까?

"일단 단점은 알 거고, 뱀파이어 장점은…… 생명력이 좋아지는 거지. 흡혈하면 빨리 회복하고……."

"고대 뱀파이어는 뭐 더 좋나?"

"고대 뱀파이어는 페널티가 더 적고 장점이 더 좋은 정도?"

태현은 에반젤린의 말에 아이템을 꺼냈다.

〈카인의 오른팔〉! 예전에 마르덴 후작을 잡고 얻은 강력한 팔찌 아이템이었다. 자체 스탯도 준수했지만 이 팔찌의 진짜 강점은 달린 스킬! 무려 〈고대 뱀파이어로 변신〉 스킬이 달려 있었던 것이다.

"……그걸 왜 네가 갖고 있니?"

에반젤린은 떨떠름한 표정으로 물었다. 저건 분명 〈카인의 오른팔〉이라고 불리는 뱀파이어 쪽 아이템일 텐데?

"어쩌다가 주웠어. 흑흑아. 이것 좀 차봐라."

-주인님. 그냥 해제할 방법을 찾아주시면…….

"찾기 전까지는 이걸 하고 다녀야 할 거 아냐. 자."

태현은 흑흑이의 발을 붙잡고 억지로 팔찌를 끼워 넣었다. 다행히 잘 맞아서 들어갔다.

'애완동물 표시해 놓는 거 같은데.'

흑흑이가 들었다면 화를 냈을 생각을 하며, 태현은 팔찌를 끼웠다.

"변신이나 해봐. 페널티 큰 낮에는 변신하고 다니면 되겠지."

-고대 뱀파이어로 변신!

연기가 흑흑이의 몸을 뒤덮더니, 흑흑이의 몸이 거대하게 커지기 시작했다.

"……?"

태현은 의아해했다. 이게 뭔 현상?

"너 뭐 하고 있니? 억지로 몸 키울 필요는 없는데."

-그게 아니라…… 힘이 돌아오고 있습니다! 주인님!

사실 용용이나 흑흑이는 둘 다 젊은 드래곤이었다. 학카리아스처럼 고룡 수준은 아니어도, 둘 다 다 자란 드래곤이라고 할 수는 있을 수준! 그런 둘이 레벨 300대에서 헤매고 있는 건 신수 계약을 한 상태에서 너무 많은 힘을 소모해서였다.

경험치를 그렇게 먹었는데도 힘이 다 회복되지 않은 상황!

그런 상황에서 힘이 돌아오고 있다니.

태현은 용용이를 힐끗 쳐다보았다. 용용이는 질색하며 외쳤다.

-주인이여. 나는 뱀파이어 되기 싫다!

태현의 속셈을 눈치채고 바로 반응하는 용용이!

'쳇.'

태현은 입맛을 다셨다. 뱀파이어 되는 걸로 힘 회복할 수 있다면 남는 장사 아닌가?

쿠쿠쿵-

흑흑이는 자신감 넘치는 태도로 당당하게 고개를 들었다.

"학카리아스보다는 많이 작은 것 같은데?"

-다 회복은 안 되어서…… 다 회복되면 비슷해질 겁니다!

"진짜?"

다 회복되어도 학카리아스 정도 크기는 안 나올 것 같았다. 그러나 흑흑이는 우겼다.

-비슷해질 겁니다!

"너 내가 처음 나왔을 때 모습을 기억하는데…… 음. 뭐 됐다. 어쨌든 힘이 많이 회복됐다 이거지?"

레벨 300대에서 레벨 500대 정도로!

생각지도 못했던 고대 뱀파이어의 효과였다.

-으아악! 햇빛! 햇빛이!

흑흑이는 비명을 지르며 몸을 줄였다. 몸이 커지니 햇빛을 받는 면적도 늘어났던 것이다.

-그런 눈으로 보지 마라!

흑흑이는 울컥했다.

뱀파이어 된 지 얼마 안 됐는데 어쩌라고!

'이걸 좋아해야 할지 말아야 할지 모르겠군.'

태현은 생각에 잠겼다. 고대 뱀파이어가 되면 사라졌던 힘의 일부가 돌아오는 건 좋았지만, 써먹기가 또 애매했다.

지금 보니 낮에는 쓰기 애매할 것 같았고…….

'태양 없는 밤에나 싸울 수 있으려나?'

사실 무난무난한 스킬보다는 약점이 있더라도 강력한 스킬이 태현의 취향에 맞긴 했다.

전자와 달리 후자는 어떻게든 써먹을 수 있었으니까!

"알겠으니까 흑흑아. 변신 풀고 들어와 있어. 낮에는 가방 안에 있어라."

-저…… 그게, 변신이 안 풀리는데요.

"……?"

태현은 고개를 갸웃거렸다.

"뭐라고?"

-이거 팔찌 변신이 안 풀리는…….

"너 지금 고대 뱀파이어 상태 풀기 싫어서 수작 부리는 거 아니지?"

주종 관계지만 신뢰는 없는 둘!

-아닙니다!

흑흑이는 펄쩍 뛰었다. 태현은 의심스러운 눈빛을 보냈다.

설마 팔찌를 먹튀하려고?

보다 못한 에반젤린이 옆에서 흑흑이를 변호해 줬다.

"뱀파이어 저주 때문일 수도 있어."

"넌 그걸 알면 빨리 말했어야지. 이런 케인 같은 녀석."

"저런 저주를 맞아봤어야 알지! 난 다른 뱀파이어라고!"

에반젤린은 억울했다. 케인 같은 녀석이 뭔 뜻인지는 정확히 몰랐지만 그 느낌만으로 충분했다.

태현은 혀를 찼다. 팔찌 하나 없어진다고 태현이 약해지진 않았지만 뭔가 속은 기분이 들었다.

"에이, 그래. 들어가라."

-네!

흑흑이는 신나서 몸을 줄이고 안으로 들어갔다.

"불 대충 다 꺼진 것 같은데. 안으로 들어가 볼까?"

케인은 동굴을 가리키며 말했다. 최상윤은 그걸 보며 헛웃음을 터뜨렸다.

"하나도 안 남았겠다."

전리품이고 뭐고 하나도 없을 것 같았다. 가봤자 〈다 타버린 정체불명의 무언가〉, 〈다 타버린 재 덩어리〉 같은 것들만 나오겠지!

"그래도 뭐 확인은 해봐야 하니까……."

뭐라도 챙길 게 있을까 싶어 태현 일행은 주섬주섬 준비를 시작했다. 그때 산 아래로 내려오는 무언가가 있었다.

살라비안 교단의 깃발!

태현 일행은 깜짝 놀랐다. 대주교가 죽었는데도 아직 남아 있었다니!

"적이다!"

"후. 다행이야."

태현은 그걸 보고 안심했다.

은을 그렇게 써서 준비했는데 쓸 기회가 오는구나!

에반젤린은 미친 사람을 보는 눈빛으로 태현을 쳐다보았다. 아무리 생각해도 너무 이상해!

'쟤는 왜 인기가 많은 거지?'

지금 개인 방송 리플만 봐도 태현이 한마디만 하면 '엌ㅋㅋㅋ ㅋ' 하며 반응하는 사람들이 수백 명이었다.

태현이 숨만 쉬어도 좋아하는 사람들!

에반젤린이 그러거나 말거나 태현은 공격을 준비했다.

"발싸……."

-항복! 항복합니다!

[살라비안 교단의 생존자들이 항복합니다!]

[대륙을 타락시키려던 뱀파이어들의 교단, 살라비안 교단이 완전히 토벌되었습니다.]

[명성이 크게 오릅니다!]

[에랑스 왕국 내 당신의 평판이 크게 오릅니다!]

[에랑스 왕국 국왕이 정말로 당신을 만나고 싶어 합니다.]

에랑스 왕국 국왕이 태현을 만나고 싶어하는 건 처음이 아니었다. 하도 많은 일들을 했었고, 그때마다 태현을 보고 싶어 한다고 떴던 것이다. 태현이 바빠서 못 갔던 거지!

[당신에게 병사들을 빌려줬던 영주들이 매우 기뻐합니다.]

[당신에게 은을 빌려줬던 영주들이 매우 만족스러워합니다.]

'이럴 줄 알았으면 그냥 은은 먹튀하는 건데…….'

경비병들은 장애물 위에 설치된 은을 보며 물었다.

-폐하. 이건 영주님께 반납하면 됩니까?

"아니. 아직 남은 뱀파이어들이 있다."

에반젤린은 고개를 갸웃거렸다. 그녀한테는 〈타락한 뱀파이어들이 토벌되었습니다! 퀘스트를 완료했습니다!〉라고 떴는데, 어디에 뱀파이어들이 남았다고?

'……설마 날 공격하려는 건 아니겠지?'

에반젤린은 슬금슬금 뒷걸음질 쳤다.

"그 뱀파이어들과 싸우기 위해서는 이 은제 무기들이 필요해!"

은괴 상태로 먹튀하진 못하더라도, 기껏 만든 은제 무기들을 돌려줄 생각은 없었다. 이렇게 만들었는데 가져가야지!

영지에 두면 언젠가 쓸 일이 생길지도 모르잖은가?

-그렇군요!

-역시 폐하께서는 영웅이십니다!

-충성충성충성!

싸움이 피해 없이 잘 끝나자 경비병들은 완전히 충성도가 올라 아부를 퍼부었다. 한 가지 아쉬운 게 있다면 레벨!

경비병들의 레벨만 더 올렸으면 에랑스 왕국에 있는 영주들이 맨발로 뛰쳐나와 태현을 맞이해 줬을 텐데…….

'방법이 없으려나?'

[이제 영지에 살라비안 교단의 신전을 설치할 수 있습니다.]

[영지에 살라비안 교단의 사제들을 고용할 수 있습니다.]

[영지에 살라비안 교단의 성기사들을······]

[교단 신전을 설치할 경우 뱀파이어들이 대거 찾아와 주민으로 정착합니다.]

'······필요 없는데.'

태현은 떨떠름한 표정을 지었다. 사디크나 시이바의 신전까지 지어준 태현이었지만 살라비안 교단은 좀 아니었다.

[살라비안 교단의 권능을 얻었습니다.]

[살라비안 교단은 생명과 뱀파이어의 교단. 뱀파이어들을 많이 모아 교단을 성장시킬수록 많은 권능을 얻을 수 있습니다.]

'아, 안 사요 안 사.'

마치 이것 좀 사달라고 유혹하듯이 메시지창이 나왔지만 태현은 단호했다.

저런 것에 속지 않아!

사디크 교단은 악신 계열이었지만 의외로 영지에 끼치는 피해가 없었다. 신전 설치한다고 〈영지에 화재가 일어날 확률이 늘어납니다〉 같은 게 뜨지도 않았고!

시이바나 카르바노그 같은 경우는 마이너한 잡신이었지만······.

[탕탕탕!]

마이너한 신이었지만…….

일단 영지에 이득을 주긴 했다. 슬라임과 토끼들이 얼마나 이득인지는 좀 애매하긴 했지만!

그렇지만 살라비안 교단은?

'아무리 봐도 계산이 안 맞아.'

뱀파이어들이 우르르 몰려와 영지에 정착한다는 게 치명적이었다. 영지 치안 내려가고, 영지 민심 내려가고, 흉흉한 소문 돌고, 언데드 오염도 늘어나고…….

가끔 피 빨려서 사라지는 주민도 나타나겠지!

뱀파이어는 뱀파이어끼리 따로 모여 사는 이유가 있었다. 다른 살아 있는 종족들과 같이 지내면 뱀파이어만 통통하게 살이 오를 테니까.

-폐…… 폐하. 저희를 혹시 영지에 받아주신다면 대를 이어 충성하겠습니다!

살라비안 교단의 남은 NPC들이 고개를 숙였지만 태현은 못 들은 척했다.

"그냥 우리 여기서 헤어지자고. 너희들은 각자 알아서 갈 길 가고, 나도 내 길 알아서 가는 거지."

태현도 살라비안 교단 토벌 퀘스트 깼고, 에반젤린도 살라비안 교단 토벌 퀘스트 깼으니, 이제 뱀파이어들과 작별할 시간! 그러나 살라비안 교단의 뱀파이어들은 태현의 바짓가랑이를 붙잡고 늘어졌다.

-아이고! 저희를 버리시면 안 됩니다!

-저희를 버리시면 저희는 누구한테 의지합니까!

"누가 들으면 우리가 친한 줄 알겠다. 안 놔? 안 놔? 밟는다?"

태현은 뱀파이어들을 걷어찼다. 얼마 전만 해도 수도에 쳐들어와서 깽판을 치려던 놈들이 얼굴에 철판을 깔았나?

그러나 악신 교단의 뱀파이어들은 아무나 하는 게 아니었다. 어제까지는 이를 드러내고 싸웠더라도 오늘은 무릎을 꿇을 수 있어야 할 수 있는 것!

대주교도, 정예 전사들도 잃어버린 뱀파이어들은 태현에게 매달렸다. 지켜줄 세력이 없는 뱀파이어들은 매우 나약한 존재였던 것이다.

낮에는 돌아다니기도 힘들고, 뱀파이어 사냥꾼들은 은제 무기를 들고 쫓아오고…….

뱀파이어만큼 환경이 중요한 종족도 없었다.

"쟤한테 가라. 쟤 뱀파이어야."

"야!!"

태현이 뱀파이어를 걷어차서 에반젤린한테 보내자 에반젤린은 화를 냈다.

진짜 너무한 거 아니냐?

이 와중에 에반젤린 방송을 보는 시청자들은 연신 웃음을 터뜨렸다.

-얽ㅋㅋㅋ 김태현 유머감각ㅋㅋㅋ

-너무 웃겨서 죽을 거 같아 ㅋㅋㅋㅋ

"……."

[개인방송을 종료합니다.]

에반젤린은 개인방송을 꺼버렸다.

이것들이 진짜…….

-에반젤린 님! 다시 켜주세요!

-흑흑 김태현 이야기 그만할게요!

-야! 에반젤린! 너무한 거 아니냐!

-너만 거기 방송하는 줄 아냐! 파워 워리어도 거기 방송한다고!

-지금 파워 워리어 생방송 안 하는데?

-뭐? 왜??

시청자들은 당황했다. 태현 관련 이슈라면 언제나 가장 먼저 알려주는 파워 워리어 길드 방송. 그 방송이 지금 안 하고 있다고?

이유는 간단했다. 이다비가 혹시 태현이 방해받을지도 몰라 방송을 한 타임 늦게 하고 있었던 것이다.

그걸 모르는 시청자들은 애타게 다른 방송들을 찾아 헤맸다.

한참 재밌는 상황이었는데! 저기 방송해 주는 사람 없나?!

물론 그런 사람은 없었다. 태현 일행은 모두 이런 걸 생방송 하지 않는 것에 익숙했다.

태현은 생방송만 하면 온갖 적들이 꼬였으니까!

-에반젤린! 모든 걸 용서해 줄 테니까 돌아와! 너무 궁금하단 말이야!
-뱀파이어들 어떻게 된 건지 알려줘!!

시청자들이 아우성쳤지만 한번 떠난 에반젤린은 돌아오지 않았다.

-저 뱀파이어는 좀…….

에반젤린한테 가라는 태현의 말을 들은 뱀파이어들은 싫다 는 표정을 지었다.

에반젤린은 다시 한번 울컥했다. 받아줄 생각도 없었지만 저런 태도는 뭔가 기분이 나빴던 것이다.

"왜? 같은 뱀파이어가 낫지 않나?"

-저건 고대 뱀파이어이고, 저희는 타락한 뱀파이어라 좀 계파 가 달라요.

-차라리 인간이 낫지 고대 뱀파이어는 좀…….

살라비안 교단 뱀파이어들은 에반젤린의 종족을 보고 질색 했다. 고대 뱀파이어들과 타락한 뱀파이어들은 예전부터 원수 사이! 서로 내가 옳니 네가 틀리니 하며 오랫동안 싸워왔던 사이였던 것이다.

'이것들을 어떻게 처리한다?'

태현은 생각에 잠겼다.

일단 영지로 데리고 오면 안 됐다. 수도나 골짜기로 데리고 오는 순간 오염이 시작됐으니까.

그렇다면?

'평원으로 데리고 갈까?'

세계수 근처 평원은 학카리아스가 폭발해 준 덕분에 잡티 하나 없이 깨끗했다. 뱀파이어들이 좀 가서 자리를 잡아도 티가 안 날 것이다.

물론 그 근처 오스턴 왕국 영지는 뱀파이어 피해를 입겠지만…….

'내 영지 아니니까!'

"좋다. 너희들을 위해 자리를 만들어주마."

-오오오!

-폐하! 믿고 있었습니다!

넙죽 엎드려서 절을 올리는 뱀파이어들을 보며 용용이는 기막혀했다.

-정말 뻔뻔한 놈들이다.

[0.1 아키서스 정도로 뻔뻔한 놈들이라고 카르바노그가 말합니다.]

뱀파이어들을 어떻게 처리할지도 생각했겠다, 태현은 기분 좋게 살라비안의 권능과 사디크의 검을 확인하고 움직이려고 했다. 그때 멀리서 말발굽 울리는 소리가 요란하게 울려 퍼졌다.

다그닥다그닥!

[에랑스 왕국 제4 기사단이 이 근처에서 일어난 소란을 보고 달려옵니다!]

먼저 달려온 기사 한 명이 주변을 보고 경악했다.

풀 한 포기 없이 싹 타버린 산!

"폐하! 이게 어떻게 된 일입니까!?"

"살라비안 교단을 토벌하고 있었는데 왜?"

[명성이 매우……]

[최고급 화술……]

"혼자서 말이십니까? 폐하께서는 정말 영웅이십니다!"

혼자 알아서 감탄한 기사는 주변을 둘러보더니 분개한 표정으로 외쳤다.

"그렇다면 설마 이 산불은…… 비열한 뱀파이어 놈들이 지른 겁니까?"

"응?"

태현은 의아해했다.

아, 지금 산에 불 지른 것 때문에 달려온 거였군!

"물론이지."

"저런 흉악하고 사악한 놈들……! 아무리 궁지에 몰려 있다고 하더라도 스스로 불을 질러 죽다니!"

태현 옆에 있던 살라비안 교단 뱀파이어들은 어처구니가 없었지만 꾹 입을 다물고 참았다.

살라비안은 멀리 있었고 태현의 검은 가까이 있었으니까!

"헉. 저 뱀파이어들은 혹시?"

"그래. 내가 잡은 뱀파이어들이지."

"역시 폐하……! 저 뱀파이어들을 끌고 가 처형하실 생각이셨군요!"

"어…… 어?"

"제가 돕겠습니다! 저 뱀파이어들을 영지로 끌고 가는 동안 다른 적들이 폐하를 건드리지 못하도록 호위할 것을 맹세합니다!"

[에랑스 왕국 제4 기사단이 뱀파이어 처형까지 당신을 호위하기로 맹세했습니다!]

[기사의 맹세는 신성한 것으로 그들은 이것을 지키기 전까지는 물러서지 않을 것입니다.]

태현은 어처구니가 없었다.

이놈들은 무슨 대답도 듣기 전에 맹세를 해버리나? 이렇게 되면 설득할 수도 없었다. 맹세를 무조건 지키려고 할 테니까.

'아니…… 뭔 처형을…….'

태현은 힐끗 뱀파이어들을 쳐다보았다. 뱀파이어들은 애처로운 눈망울로 태현을 바라보았다.

'음. 버릴까.'

솔직히 살라비안 교단 권능 그렇게까지 필요하지도 않을 것 같은데……. 높은 생명력과 회복력으로 버티는 살라비안 교단 스킬은 태현과 잘 안 맞았다.

태현은 낮은 HP를 뛰어난 컨트롤가 회피 능력으로 보충하는 타입이었으니까.

"허어엇!"

기사가 다시 한번 놀라자 태현은 움찔했다. 이놈은 왜 또 이러지?

"설, 설마 악마도 사로잡으신 겁니까?"

"아. 그거."

우리 안에 갇힌 악마를 발견한 기사는 호들갑을 떨었다.

"정말 대단하십니다!"

"그래. 그 악마도 내가 벌을 주기 위해 사로잡은 거지."

우리 안에 있는 악마는 이제 떠들 힘도 없었는지, 조용히 무릎을 감싸고 앉아 우울하게 앉아 있었다.

"폐하는 정말 모든 기사의 귀감이십니다. 저희 기사단의 젊은 기사들이 폐하를 뵙고 폐하의 발끝만이라도 따라갈 수 있으면 소원이 없겠습니다."

[기사단 내 당신의 평판이 오릅니다!]
[명성이 오릅니다!]

"하하. 뭘 이런 걸 가지고."

"정말…… 대륙의 온갖 위험한 적들을 쓰러뜨리는 것으로도 모자라 이제 악마 공작의 아들까지 사로잡으시다니……."

"당연히 해야 할 일…… 음?"

"정말 대단하십니다. 폐하. 저는 부하들을 불러오겠습니다!"

"야. 잠깐만. 잠깐만. 누구?"

파워 워리어 길드는 경매장 사이트를 언제나 예의주시했다. 주수입 중 하나가 아이템 판매였으니 당연한 일!

자기들이 올린 아이템 경쟁 붙여서 가격 올리기, 경쟁 상인 견제하기, 좋은 아이템 올라오면 빨리 사서 확보하기 등 경매장에서 필요한 기술이란 기술은 전부 다 갖고 있는 그들이었다.

"아. 어디 대박 하나 없나."

"그런 게 쉽게 나오겠나?"

그들이 말하는 대박이란 건, 시세를 잘 모르는 플레이어가 별생각 없이 올린 희귀한 아이템을 바로 구입하는 것이었다.

드문 일이었지만 아예 안 일어나는 일은 아니었다. 판온은 넓고 아이템은 많았다. 자기가 갖고 있는 아이템이 얼마만큼의 가치가 있는지 모르는 사람들이 대부분이었다.

이런 대박을 잡기 위해서는 빠른 판단력이 필수!

"이거 어때? 회피 옵션에 치명타 옵션, HP 회복이 달려 있어."

"아냐. 내구도가 너무 낮아."

"이건? 내구도가 높은데?"

"옵션이 너무 쓰레기야. 행운 옵션이라니. 아무도 안 살걸."

그들은 그렇게 이야기를 나누며 경매장을 관찰했다.

"야. 이거 뭐냐?"

"……?"

"이거…… 농담이지?"

\<카투가 요새 경매\>
1만 골드부터 시작:

길드원들은 서로를 쳐다보았다.

평생 살다 처음 보는 광경! 영지를 경매장에 올린다고?

"사기 아냐? 카투가, 카투가 요새가 어디에 있는 거지?"

"잠깐만. 많이 들어봤는데……."

검색을 마친 길드원들은 경악에 찬 표정을 지었다.

길드 동맹이 장악한 오스턴 왕국 중부 지역의 핵심 요새, 카투가 요새! 수도로 들어가는 길목에 있다 보니 길드 동맹이 그만큼 관리를 하는 곳이었다. 그런 곳이 경매장에 올라왔다고?

"미친놈 아냐?"

"이걸 어떻게 팔아? 사기겠지."

"아니…… 야. 경매장은 아이템 없으면 못 올리잖아."

판온 경매장 시스템은 엄격했다. 아이템도 없이 올릴 수는 없었다.

그렇다면? 이 요새를 경매장에 올린 사람은 최소한 요새의 소유권을 가진 주인이 분명했다.

"사자! 지금!"

"뭐? 지금?"

"그래! 이거 올라온 지 1분도 안 됐어. 바로 사야 해! 즉시구매 옵션 있잖아!"

즉시구매.

일정 금액을 지불하면 경매에 들어가지 않고 바로 구매할 수 있는 판매 형식이었다. 다행히 이 요새 경매에는 즉시 구매 옵션이 있었다.

"즉시 구매하려면 얼마야?"

"10, 10만 골드……!"

"낼 수 있냐?"

"길드 창고에 있는 거 다 긁어모으고 비상금까지 꺼내면 얼추 되긴 할 거 같은데, 진짜 그렇게까지 해야 해?"

현실에서도 건물 하나를 살 수 있을 것 같은 금액에 길드원들은 술렁거렸다.

"야. 이 요새를 그 가격에 살 수 있으면 거저먹는 거야! 원래는 그 몇 배를 줘도 못 사!"

"하지만……!"

[구매가 종료되었습니다.]

그들이 고민하는 사이, 누군가 즉시 구매를 해버렸다.

"누구야?!"

올라온 지 1분도 안 됐는데 바로 사버리는 이 과감한 구매력이라니.

대체 누구?!

파워 워리어 길드가 그렇게 혼란에 빠져 있는 사이, 스미스와 티치는 머리를 맞대고 있었다. 태현에게 붙잡혔다가 여차여차해서 카투가 요새에 뛰어든 해적 플레이어, 티치!

그냥 여차여차해서 카투가 요새에 뛰어든 랭커, 스미스!

기습을 성공해 요새 중앙을 점령해 버티던 그들!

사실 원래라면 성공 확률은 그렇게 높지 않았다. 요새를 지휘하던 랭커 곤잘레즈가 아키서스 장비를 들고 있다가 어처구니없이 패배했지만……. 남은 전력도 많았고 사방에서 지원이 오고 있었으니까.

아무리 스미스가 있다고 해서 랭커 여럿을 상대로 계속 싸울 수는 없는 법이었다.

티치나 해적 길드원들도 당연히 점령만 한 다음 최대한 빨리 튀려는 게 목적! 그러나 길드 동맹도 그걸 알았기에 매섭게 공격해 들어왔다.

길드 동맹의 정예는 정말 무시무시했다. 칼 같은 연계 플레이에 온갖 고렙 플레이어들이 미친 듯이 덤벼들자, 해적 길드원들은 제대로 고개도 내밀지 못했다.

"으아아! 진짜 길마가 미쳐 가지고!"

"조용히 튀어서 얌전히 살면 되지 왜 고래들 사이에 끼어서 이 난리입니까!"

"시끄러! 난 해적이야!"

"어쩌라고!"

"해적은 굵게 살아야지 가늘고 길게 살면……."

"저게 뚫린 입이라고!"

"야! 길마부터 패자! 길마 잡아서 넘기면 우리는 넘어갈 수 있을지도 몰라!"

"이…… 이것들이 반란을?!"

이대로라면 곧 뚫려서 패배가 확실해지는 그 순간.

그때 기적이 일어났다. 길드 동맹 길드원들이 급하게 물러서더니 사라지기 시작했다.

티치와 길드원들은 서로 쳐다보았다. 이게 대체 어떻게 된 일?

"김태현이 학카리아스 레이드하고 있대요! 지금 거기 가나 봐요!"

"살…… 살았다!"

이때 평원에서는 태현이 학카리아스한테 선빵을 갈기고 있었던 것!

길드원들은 안도의 한숨을 내쉬었다. 스미스와 친구들도 간신히 이마의 땀을 닦을 수 있었다.

"잠깐. 아까 길마 바쳐야 한다는 놈 누구야?"

"그런 놈 없었는데요?"

"싸우다가 잘못 들으신 거 아닙니까?"

시치미를 뚝 떼는 해적들!

티치가 노려봤지만 길드원들은 철저했다.

[요새를 점령했습니다!]

[레벨 업……]

[레벨 업 하셨습니다!]

한 번에 20 넘게 오르는 레벨!

생각지도 못한 대박에 해적 길드원들은 기뻐했다.

"이…… 이게 어떻게 된 거야?!"

"와, 아무리 길드 동맹 요새라지만 이 정도야?"

이렇게 레벨이 오르는 걸 보니 섭이 사라시는 기분이었다.

길드 동맹이 다 뭐냐! 레벨만 오를 수 있다면 더 패고 싶다!

방금까지만 해도 길드 동맹 무서워서 벌벌 떨고 있던 해적 길드원들이었지만, 대박 보상 앞에 공포가 사라지고 있었다.

그리고 동시에 태현에 대한 감사와 충성심이 솟구쳤다.

먼저 덤빈 그들한테까지 이런 기회를 주다니!

판온에서 이런 인격자는 흔하지 않았다. 적에게까지 기회를 주는 참 성인!

물론 태현은 그냥 귀찮고 성가신 놈들 저 멀리 가서 도망치든 말든 알아서 해라~ 같은 마음으로 시킨 일이었지만……. 진실은 언제나 알기 힘든 법!

"크흑…… 김태현은 정말 대단한 사람이야!"

"난 오늘부터 김태현 팬 한다!"

스미스와 친구들은 해적 길드원들을 이상한 눈으로 쳐다보았다.

쟤네 왜 저래?

"우리한테 이런 기회를 주다니……."

"김태현에 관한 소문들은 다 헛소문이 분명해. 판온 1에서 PVP한 다음 쫓아가서 또 죽이고 접을 때까지 죽였다든가……."

"그건 사실 맞습니다."

스미스가 옆에서 말했다. 판온 1부터 해온 스미스는 태현한테 직접 당한 적도 있는 경험자였다.

저걸 당하진 않았지만 패배한 것만으로도 커다란 충격!

그런데도 이러고 있다니.

사실 진짜 참 성인은 스미스였다.

"……판온 1에서 자기한테 덤빈 플레이어들을 붙잡아서 몸에 불을 지른 다음 던져서 다른 플레이어들을 공격했다는 것도……."

"그것도 사실 맞습니다."

"……."

"거짓말 치지 마!"

"맞아! 어디서 개……."

해적 길드원들은 스미스를 향해 소리쳤다. 그러고는 다시 제정신이 들었다. 생각해 보니 스미스도 랭커였지?

"……그럴듯한 소리를!"

"이번만은 믿어주지!"

"믿어주셔서 감사합니다."

"크, 크흠!"

해적 길드원들이 쫄아서 스미스의 눈치를 보는 사이에, 스미스와 친구들은 떠날 준비를 했다.

"어, 어디 가십니까?"

겁이 나니 자연스레 나오는 존댓말!

"다 했으니까 가야죠. 부탁받은 건 여기까지였습니다."

"어? 여기 더 계세요!"

"맞아! 우리 혼자 있으면 무서워!"

무심코 본심이 튀어나왔다. 지금은 길드 동맹이 급해서 사라졌지만, 절대 그들만으로 지킬 수 있는 요새가 아니었다.

그러나 스미스는 친절했지만 이런 면에서는 칼 같은 사람.

쿨하게 왔듯이 쿨하게 떠나 버렸다.

"안 돼에에에!"

"스미스! 돌아와!"

"네가 그렇게 책임감이 없으니까 이세연보다 밑인 거야!"

"미친놈아! 들으면 어쩌려고 그래!"

해적 길드원들은 미친 도발을 하는 동료의 입을 막았다.

아무리 도발을 해도 정도가 있지!

남은 길드원들은 머리를 맞댔다.

"아…… 이거 어쩌지?"

"기왕 점령한 김에 우리가 잘 운영해 볼까?"

"야. 저 미친놈 입 누가 풀어줬냐? 다시 입 막아."

"읍읍읍읍!"

개소리를 한 길드원은 다시 입이 막혔다.

그들이 운영하다니. 절대 불가능했다.

규모도 규모고, 길드 동맹 놈들이 이를 갈고 있을 텐데…….

솔직히 여기 있는 것부터가 위험했다. 붙잡히면 뼈도 추리
지 못할 것이다.

"있는 거 챙기고, 남은 거 부순 다음 튈까?"

"……길드 동맹이 우리 쫓아오면 어쩌지?"

슬슬 현실 감각이 돌아왔다.

길드 동맹이 이번 일에 매우 매우 화가 나 있을 텐데…….

스미스야 손가락 안에 드는 랭커였지만 그들은 바람 불면
날아갈 플레이어들이었다.

"그, 그러면 그냥 튈까?"

"……그러기에는 너무 아깝지 않냐?"

"그건 그렇지."

겁은 겁, 욕심은 욕심! 솔직히 그들이 요새를 가질 일이 살면서 얼마나 있겠는가. 이게 마지막일지도 몰랐다.

"좋은 생각이 났다."

"?"

"팔자!"

"???"

"길드 동맹에게 뺏기기 전에 파는 거야. 경매장에!"

"아니, 어떤 미친놈이 이런 요새를 사? 길드 동맹한테 바로 뺏길 수도 있는데?"

"판온 하는 사람이 얼마나 많은데 이거 사려는 사람이 없겠냐? 하나만 나오면 돼! 즉시구매 옵션 넣으면 한 명쯤 걸릴지도 몰라! 석유부자가 심심풀이로 구매하면······!"

개소리였지만 궁지에 몰린 그들에게는 그럴듯하게 들렸다.

요새를 판다?

"저 악마는 구시온이잖습니까? 악마 공작 구시렉의 아들, 구시온."

"······넌 그걸 어떻게 아냐?"

태현은 어이가 없었다. 에랑스 왕국 제4 기사단 출신 기사가 뭐 이리 악마에 대해 잘 알지?

그러나 상대 기사는 더 어이없어하고 있었다.

"……폐하. 혹시 저희 기사단이 뭐 하는지 모르십니까?"

-태현 님. 태현 님. 제4 기사단은 〈은빛 검 기사단〉으로 악마나 언데드 전문으로 상대하는 신성 기사단이에요.

왕국에 악마나 언데드가 나타날 경우 출동하는 기사단!

당연히 유명한 악마들에 대한 기록과 정보가 풍부했다.

"하하. 내가 왕국 제4 기사단을 모를 리 있나. 대륙에 명성이 떨치는 은갈치……."

-은빛 검이요 은빛 검!

"은빛 검 기사단을!"

[최고급 화술 스킬을 가지고 있습니다. 어지간한 말실수는 무마됩니다.]

다행히 기사는 태현이 무슨 소리를 해도 워낙 존경하는 탓에 신경을 쓰지 않았다.

'그보다 쟤가 악마 공작의 아들이었다고?'

태현은 고개를 돌려 구시온을 쳐다보았다. '너 내가 누군지 아냐!'라고 빽빽댈 때 그냥 무시했었는데……

'아니. 악마 공작 아들놈이 왜 드워프들한테 속아서 갇혀?'

[카르바노그가 악마도 가끔 속을 때가 있다고 말합니다.]

'그거야 그렇지만.'

악마 공작이 이 사실을 알게 되면 별로 좋아하지 않을 것이다.

'흠. 지금이라도 잘 대해줘야 하나?'

-야. 악마 놈아. 좀 더 기운을 내지 못해? 아키서스 님의 신성한 대포를 쏘려면 더 기운을 내야 할 거 아니야!

-네가 있던 마계에서는 어땠는지 몰라도 아키서스 님이 있는 곳에서는 그렇게 일해서는 턱도 없다! 더 짜내라!

-지쳐 쓰러지더라도 아키서스 님의 이름을 기억해라!

태현이 고민하고 있는 사이 아키서스 포병대는 악마를 한 번씩 구박하고 지나갔다.

'음. 잘 대해주긴 글렀군. 그냥 안 들키길 빌어야지.'

이미 너무 많은 강을 건너온 상황!

이제 와서 좀 잘해준다고 악마가 당한 걸 잊을 것 같지는 않았다.

"저 사악한 뱀파이어들과 악마를 붙잡으신 폐하, 처형대까지 저희가 꼭 호위하겠습니다!"

"그래. 귀찮은 놈들아."

"네?"

"응? 뭐가?"

잘못 들었나?

기사는 고개를 갸웃거렸지만 태현의 해맑고 선한 얼굴을 보니 잘못 들었다고밖에 생각이 되지 않았다.

"야. 저기 언제 들어갈 거야? 그냥 두고 갈 거 아니지?"

기다리던 케인이 산 중턱을 가리키며 말했다.

살라비안 교단의 비밀 요새! 요새를 공략해놓고 안에 있는 걸 안 챙기고 가는 바보들은 없었다.

그걸 들은 최상윤이 케인을 타박했다.

"안에 있는 거 다 탔을 거라니까."

"그래도 확인은 해봐야지!"

일행의 미적지근한 반응에 케인은 못내 아쉬워했다.

"저 안에 좋은 거 많을 텐데 아깝다. 다른 방법으로 공략하면 안 됐나?"

"말도 안 되는 소리 하지 마라. 너 저기가 얼마나 짜증 났는지 몰라서 하는 말이야."

케인 오기 전에 에반젤린과 계속 꼬라박았다가 피만 보고 물러선 최상윤이었다.

태현이 불로 태워 버린 건 정말 잘한 선택! 억지로 올라가서 싸웠다가는 살라비안 교단의 저력에 탈탈 털리고 있었을 것이다.

"태현이는 다 계산을 하고 한 거야. 아무리 아탈리 왕궁의 보물들이 아깝더라도 그거 얻자고 개싸움을 벌이느니, 그냥 빠르게 한 방에 공략하는 게 낫다고 말이야."

최상윤의 말에 유지수도 동의했다.

"맞아요. 선배한테 그런 푼돈 같은 보물은 아무런 의미가 없거든요? 선배는 우리를 위해 그런 결정을 내린 거예요!"

"그…… 그런가?"

케인은 고개를 갸웃거렸다.

태현이 부자인 건 알고 있었지만, 판온에서 태현은 되게 알뜰한 편에 속했다. 아이템 하나도 놓치지 않고 챙겨서 분해하거나 팔거나 기타 등등에 사용!

'하긴, 아까 요새 봤더니 토 나오던데, 들어갔으면 힘들었겠지.'

"잠깐. 뭐라고?"

기사와 이야기하던 태현이 고개를 돌렸다.

"방금 아탈리 왕궁의 보물이라고 하지 않았나?"

"응? 어. 그때 살라비안 교단이 갖고 도망쳤으니까 저 안에 있지 않을까?"

이다비는 눈치챌 수 있었다. 태현의 얼굴이 살짝 창백해진 것을!

[카르바노그가 설마……]

'……잊고 있었다!'

불 지르는 게 너무 신나서 잊고 있었던 왕궁의 보물들! 아니, 기억하고 있었다고 하더라도 그 상황에서는 별수 없었을 것이다. 태현도 이런 화력이 나올 거라고는 예상하지 못하고 있었으니까.

"너 설마…… 생각 안 하고 쓴 거 아니지?"

태현은 하늘을 쳐다보고 깊게 한숨을 쉬었다.

"……뭐, 처음부터 포기할 각오를 하고 있었으니까……."

'거짓말하고 있네.'

'거짓말 같은데.'

'역시!'

"……들어가서 수색해 보자."

태현의 목소리에는 힘이 없었다.

그때 살라비안 교단의 뱀파이어 하나가 뒤에서 조심스럽게 손을 들었다.

"저…… 폐하."

"?"

"그…… 대주교님은 보물 저 안에 안 뒀습니다만."

"?!!!"

태현은 눈을 번쩍 빛냈다. 뭐라?

"저 안은 보물을 보관하기 좋은 곳이 아니라고……."

"하하. 너희 대주교는 참 현명하고 지혜가 깊은 뱀파이어였던 게 분명하다."

방금 대주교를 불로 태워 죽인 사람이 하는 소리치고는 좀 많이 이상한 소리! 뱀파이어들이 '이 사람은 대체' 하는 눈빛으로 쳐다봤지만 태현은 아랑곳하지 않았다.

"그래서 현명하신 대주교님께서는 보물을 어따 놨냐?"

"그건 저희도 잘…… 컥!"

태현은 바로 뱀파이어의 멱살을 잡았다.

"이 자식들이 어디서 사기를 치려고…… 내가 사디크나 살라비안으로 보이냐?"

"아닙니다! 아키서스로 보입니다!"

"진짜 100% 아키서스로 보입니다!"

필사적으로 외치는 뱀파이어들!

[카르바노그가 쟤네 욕하는 것 같다고 추측합니다.]

"대주교님께서는 의심이 많고 저희를 믿지 않으셔서 그런 걸 잘 알려주지 않으셨습니다!"

"짜증 나게 그럴듯하군."

그럴듯한 뱀파이어의 말! 의심이 많은 NPC라면 일반 교단원들에게 그런 귀중한 보물을 어디다 맡겼을지 알려주지 않을 법도 했다.

"그래도 심복이라면 알고 있겠지."

"다 죽었는데요."

"하나 정도는……."

"아뇨. 다 죽었는데요."

태현은 못 들은 척했다. 그러나 뱀파이어들은 다시 한번 말했다.

"다 죽었……."

"그게 말이 돼? 대주교 심복 정도면 최정예 전사나 사제들일 텐데!"

태현이 화를 내자 뱀파이어들은 속으로 욕했다.

'네가 불을 그렇게 질렀잖아……!'

지가 그렇게 세게 불을 질러놓고 왜 죽었냐고 화를 내다니. 세상에 나쁜 놈도 저렇게 나쁜 놈이 없었다.

살라비안 교단도 악신 교단이지만 저 정도는 아니었다!

"그야…… 대주교님을 직접 모시는 전사분들은 대주교님 곁에 있었고……."

대주교가 죽었으니 바로 옆에 있던 전사들도 다 같이 죽을 수밖에 없었다. 게다가 대주교나 전사들은 자기들의 실력에 자신감이 넘치는 NPC들이었다.

화염이 들이닥칠 때 약한 뱀파이어들은 최대한 안쪽으로 들어가 땅굴을 파고 벌벌 떨었지만, 대주교는 당당하게 전사들을 이끌고 맞서려고 했다.

물론 별 의미가 있는 짓은 아니었다. 그냥 쓸려 나갔으니까.

"후. 됐다. 불타지 않은 게 어디냐."

태현은 붙잡은 멱살을 놓아주었다. 왕국 보물이 불타지 않았다는 걸 알아낸 것만으로도 솔직히 다행이었다.

원래는 불탄 줄 알고 있었으니까!

"정말……."

"완전히……."

"다 탔네요."

"화력 하나는 정말 확실한……."

"사디크가 진짜 불꽃 하나는 잘 쓴다니까."

수군거리는 태현 일행!

그만큼 살라비안 교단의 동굴 요새는 깔끔하게 불타 있었다.

[<뱀파이어의 잿가루>를……]
[<정체불명의 잿가루>를……]
[<그냥 잿가루>를……]
[<중급 잿가루>를……]

나오는 건 잿가루뿐! 한 걸음 걸을 때마다 잿가루가 발에 차일 정도였다.

'스킬 확인이나 해야지.'

태현은 씁쓸한 마음으로 상태창을 켰다. 그래도 이번 살라비안 교단 토벌에서 얻은 게 꽤 있었다.

<화염 용오름 소환>, 전설 무기 <사디크의 정당한 분노>, 그리고 살라비안 교단 대주교 토벌로 인한 살라비안 교단의 권능까지.

보물이 없더라도 충분히 얻는 게 많은 원정이긴 했다. 보물이 아까워서 그렇지!

<화염 용오름 소환>

모든 힘을 소모해 사디크와 아키서스의 힘이 담긴 화염 회오리를 불러내 주변을 파괴합니다!

-전부 사용된 MP는 한동안 회복되지 않습니다.

'와. 미친 한 방 스킬이군.'

사디크의 신성 권능+아키서스 행운의 바람+기타 등등이 합쳐져서 나온 결과물!

정상적인 방법으로는 얻을 수 없는 강력하고 희귀한 스킬이었다. 그만큼 페널티도 강력했다. MP를 전부 소모하는 것은 물론이고 소모된 MP가 한동안 봉인.

패시브 스킬을 제외한 나머지 대부분의 스킬들을 한동안 쓸 수 없다는 것이나 마찬가지였다.

'지금이야 다행히 〈알렉세오스의 축복〉이 있긴 한데……'

모든 스킬들의 쿨타임을 대폭 줄여주는 역대급 사기 버프, 〈알렉세오스의 축복〉! 괜히 용이 자기 이름을 걸고 버프를 걸어준 게 아니었다.

'축복이 끝날 생각을 하니 속이 쓰리군.'

학카리아스 잡을 때에도 〈알렉세오스의 축복〉이 없었다면 힘들었을 것이다. 이 축복이 사라질 걸 생각하니 벌써부터 아쉬웠다.

다음은 〈사디크의 정당한 분노〉.

태현은 아이템을 확인했다. 그리고 의아해했다.

이거…… 검 맞아?

사디크의 정당한 분노:

내구력 1,500/1,500, 물리 방어력 300, 마법 방어력 300, 물리 공격력 250.

착용 시 〈사디크의 화염 장막〉 발동. 공격에 신성 속성 부여.

스킬 '사디크의 분노' 사용 가능, 스킬 '사디크의 가호' 사용 가능.

힘 제한 1,000, 체력 제한 1,000, 사디크 교단에게 허락 받아야 착용 가능.

사디크가 신자들에게 내려준 방ㅍ…… 아니, 검이다. 거대하고 넓적한 방패처럼 생겼지만 엄연한 검이다.

제대로 된 방어 스킬이 없는 신자들에게 방패를 내려주고 싶었지만 그냥 방패를 주면 쓰지 않을까 봐 굳이 검으로 내려준 사디크의 고뇌가 담겨져 있다.

태현은 어처구니가 없었다.

세상에 방패처럼 생긴 검이 있다니!

사람 서너 명은 가릴 수 있을 정도로 거대한 방패였다. 게다가 착용하는 순간 전면에 〈사디크의 화염 장막〉이 각종 마법을 막아주는 효과까지 달렸으니…….

'성능 자체는 좋군.'

어처구니없는 무기 종류와는 별개로 성능 자체는 좋았다.

타의 추종을 불허하는 내구력. 어지간한 갑옷과 맞먹는 방어력. 조금 낮긴 했지만 방패에 달린 것치고는 매우 높은 공격력까지. 게다가 착용 제한 조건도 쉬운 편이었다. 사디크 교단에게 허락받아야 한다는 게 매우 어려웠시만…….

[조건을 달성했습니다. 착용 가능합니다.]

태현이 데리고 있는 사디크 교단에게 허락받아야 되는 모양이었다. 꽤나 까다로운 조건이지만 태현에게는 별다른 제한이 뜨지 않았다.

교단을 부려먹을 수 있는 태현이기에 가능한 조건!

'좋긴 한데 내가 쓰기에는 좀 애매한 아이템인데……'

일단 태현은 방패를 잘 쓰지 않았다. 막기보다는 피하는 게 우선이었다. 공격력도 대만불강검보다는 낮고, 방어력도 지금 태현이 착용하고 있는 아키서스 아다만티움 갑옷보다 낮고…….

"케인. 잠깐 와볼래?"

이런 건 언제나 잘 어울리는 사람이 따로 있었다. 태현이 아이템을 주자 케인은 영문을 모르겠다는 얼굴로 착용했다.

"이렇게 좋은 걸 왜 나한테…… 이거 뭐 함정인가?"

케인은 의심하면서도 착용하는 걸 멈추진 않았다.

잘 훈련된 호구!

케인도 이 검, 아니, 방패가 특이하다는 걸 깨달았는지 당황한 표정을 지었다.

"이거 뭐야?"

"방패처럼 생긴 검이지. 쓸 수 있지?"

"방패처럼 쓰면 된다지만……."

케인은 황당하다는 듯이 검을 쳐다보았다. 뭐 이런 무기가 있나?

케인이 방패(검)를 이리저리 휘두르는 동안 태현은 마지막 확인을 진행했다.

'마지막으로 남은 건 살라비안 교단 권능인가.'

대주교를 잡고 얻은 권능 스킬.

<살라비안의 생명력 봉인>

살라비안의 힘을 빌려 생명력을 억제시킵니다. 상대방은 일정 시간 동안 HP를 회복할 수 없습니다.

'오오……!'

의외로 무난하게 좋은 권능 스킬! 상대방에게 일정 시간 동안 HP 회복을 못 하게 방해하는 저주는 언제 어느 상황에서 든 쓸 만한 스킬이었다.

PVP에도 그렇고 레이드에서도 그렇고…….

'괜찮네.'

"폐하. 죄송하지만 언제쯤 출발하십니까?"

기다리던 기사들이 태현 일행이 영 출발하지 않자 동굴까지 와서 말을 걸었다.

[에랑스 왕국 기사들이 당신을 기다립니다!]

[계속 기다리게 할 경우 기사들이 떠날 수 있습니다.]

생각지도 못한 돌파구 발견! 시간만 끌면 기사들이 알아서 떨어져 나가 준다니. 이런 좋은 기회가 있나!

"여기 사악한 기운이 느껴져서 좀 더 수색해야겠다."

"잿더미밖에 없지 않습니까?"

"그래. 이 잿더미에서 느껴지는 사악한 기운을 봐라!"

물론 기사들은 태현의 속셈을 눈치채지 못하고 당황스러워했다.

저기서 뭔가 느껴지나? 안 느껴지지만 태현이 느껴진다고 하는 걸 보니 뭔가 있을지도?

"끄으응……."

"끄으으읍……."

기사들은 인상을 쓴 채 잿더미 주변을 빙글빙글 맴돌았다. 물론 그런다고 나오는 건 없었다.

시간을 번 태현은 여유롭게 고민에 잠겼다.

'그보다 대주교 놈이 어디다 맡겼을까?'

〈대주교의 보물을 찾아라!-살라비안 교단 퀘스트〉

살라비안 교단 대주교는 죽기 전 막대한 보물을 자기만이 아는 장소에 숨겼다고 한다. 대주교가 죽은 지금 그 보물을 찾아낸다면 완전히 손에 넣을 수 있으리라.

단서를 모아 대주교가 숨긴 보물을 추적하라!

'단서가 있어야 말이지…….'

대주교? 태현이 죽였다.

대주교 심복들? 태현이 죽였다.

대주교가 머무르던 장소? 태현이 불태웠다!

전부 다 태현이 깔끔하게 처리한 덕분에 다른 곳에 가서 불평할 수도 없는 상황!

[카르바노그가 안타까워합니다.]

"뭐 고민하는 거야?"

태현이 계속 생각에 잠겨 있자 에반젤린이 물었다. 태현 정도 되는 플레이어가 고민하는 일은 흔치 않았던 것이다.

"혹시 대회……."

"혹시 살라비안 교단 대주교하고 좀 친한 뱀파이어 알아?"

"……고민이 아니었군."

에반젤린은 걱정해서 손해 봤다는 표정을 지었다.

하긴 김태현이 대회 때문에 긴장할 리 없지!

아무리 그게 결승전이라고 할지라도.

"뭔 대회? 아. 판온 던전. 생각해 보니 슬슬 결승전 준비해야 할 때군."

대회 경기 준비 이야기가 아니었다.

경기장으로 출발할 준비!

대회 경기 준비는 평소부터 다 하고 있었다. 각종 스킬들을 결승전에 쓰려고 쟁여둔 데다가, 알렉세오스의 숙복 같은 버프까지 받은 상태였다.

이세연도 분명 결승전을 대비해 숨겨놓은 것들이 있겠지만, 태현은 그가 숨겨놓은 게 한 수 위일 것이라고 확신했다.

에반젤린도 역시 랭커였는지 태현이 대회 준비 이야기를 하니 호기심을 감추지 못했다.

"역시 결승전을 대비해서 따로 전략을 준비해 놓은 게 있구나?"

"물론이지."

"혹시 뭐 준비했는지 물어봐도 돼?"

"물론 안 되지. 이세연의 스파이야."

어처구니없는 의심을 받은 에반젤린은 어이가 없어 대답도 제대로 하지 못했다.

"내…… 내가 이세연의 스파이라고?"

"말을 더듬는 걸 보니 당황한 게 맞군."

"하도 개소리라서 당황한 거거든?! 내가 걔 스파이 짓을 왜 해!"

"나에 대한 원한?"

"그건 그럴듯하지만……! 어쨌든 아니거든? 안 알려줘도 돼!"

에반젤린은 화가 나서 고개를 돌렸다.

그러자 태현이 다시 물었다.

"그런데, 그래서 살라비안 교단 대주교하고 좀 친한 뱀파이어 아는 놈 있어?"

방금 있었던 대화는 천연덕스럽게 무시하고 넘어가기!

에반젤린은 진짜 한 대 후려갈길까 생각했다.

CHAPTER 6

"아. 판온할 시간도 없는데."

태현은 투덜거리며 준비했다. 이론상 판온 대회는 집에 있는 캡슐 안에서 해도 됐지만, 결승전쯤 되면 그냥 넘어갈 수 없었다. 전용 경기장에 직접 와서 얼굴을 내밀고, 카메라 앞에서 촬영하고, 이것저것 이벤트를 진행해야 하는 것!

투기장 대회 같은 경우는 국내 방송사가 진행하는 대회여서 국내 E스포츠 경기장에서 진행됐지만, 이번 판온 던전 공략 대회는 판온 회사에서 직접 운영하는 대회.

경기장도 해외로 지정되었다. 즉 태현 일행도 비행기를 타고 나가 일정을 소화해야 한다는 것!

지금 이 시간에도 열심히 판온을 할 사람들을 생각하니 속이 쓰렸지만, 그나마 다행인 건 이세연도 이렇게 시간을 날리고 있을 거라는 점이었다.

"그래도 중국이 아닌 미국이라 다행이다."

케인의 말에 태현이 의아해했다.

"왜?"

"중국이었다면 네 안티들이 습격했을지도 모르잖아."

의외로 그럴듯한 말!

"생각해 보니 미국도 별로 안전한 것 같지는 않다."

옆에서 최상윤이 거들었다.

나라를 가리지 않고 쌓은 안티 팬들! 미국이라고 다르지 않았다. 판온 1에서 태현한테 당한 플레이어들이 수두룩했다.

"넌 진짜 한국이라 망정이지……."

"시꺼."

태현은 둘을 조용하게 만들었다. 뒤에서 일행을 따라온 스태프들이 수군거리고 있었다.

김태현 선수가 그렇게 적이 많아?

엄청 이미지 좋은 줄 알았는데?

일반인들과 판온 랭커들의 차이점!

일반인들은 태현의 이름을 들으면 '아 김태현? 판온에서 엄청 인기 있는 선수?'라고 반응했지만 랭커들은 '아 김태현? 히이이익!'라고 반응했다.

"근데 저렇게 스태프들이 필요해?"

"당연히 필요하지. 방송 나갈 때 너만 맨얼굴로 나갈래? 아니다. 너만 맨얼굴로 나가자. 그것도 재밌겠네."

"아냐! 나 메이크업 하고 싶어! 메이크업 받게 해줘!"

대형 게임단과 달리 태현 팀은 정말 최소한으로 이뤄진 팀이었다. 스타일리스트나 코디를 따로 두지 않았던 것!

　덕분에 이번에 나갈 때 이동팔 대표한테 부탁해 아는 사람들을 소개받아서 데려가고 있는 중이었다.

　"다른 게임단들은 저런 사람들이 있나?"

　"규모에 따라 다르지만 보통 대형 게임단들은 데리고 있지."

　게임단들도 천차만별이라, 역사 깊고 규모 있는 게임단들은 스타일리스트와 코디부터 시작해서 온갖 복지시설을 갖고 있었다. 최근 엄청난 투자를 받은 베이징 파이터즈나 상하이 팬더즈의 게임단 시설을 보면 입이 떡 벌어질 정도!

　그렇지만 규모 작은 게임단들은 정말 열악한 곳도 많았다.

　게임단이 오늘내일 폐지될지 모르는 두려움 속에서, 눈물 젖은 빵을 먹으며 게임에 집중해야 하는 것이다. 괜히 게임단들이 기업 투자나 광고에 매달리는 게 아니었다.

　그런 의미에서 태현 팀은 손에 꼽힐 정도로 작은 규모의 팀이면서도 잘 굴러가는 예외적인 경우! 팀의 이름값과 성적이 워낙 확실해서 가능한 일이었다. 당장 태현이 벌이고 있는 활약 덕분에 온갖 광고와 지원이 들어오고 있었으니…….

　"어? 우리도 잘나가지 않나? 우리는 왜 없어?"

　"……너 내가 그 돈 아껴서 너희들한테 다 주고 있는 거 알지?"

　다른 게임단 선수들은 팀 KL의 분배 방식을 보면 눈을 크게 떴을 것이다. 구단주가 미쳤어요! 소리가 절로 나올 분배 방식!

　보통 게임단은 들어오는 수입을 일정 부분 떼어서 가져갔다. 게임단이 해주는 일이 있으니 당연한 일이었다.

그런데 태현은 그러지 않았다. 아낌없이 퍼주는 구단주!

"너희가 방송을 자주 나가기나 하냐, 아니면 얼굴로 홍보를 하기나 하냐. 굳이 상시고용 해봤자 가성비 안 좋을 거 같아서 이렇게 하는 건데…… 뭐 너희 돈 깎아서 고용하고 싶다면 내가 못 해줄 것도 없다."

태현 팀 모두 실제 얼굴로 뜬 선수들은 아니었다.

판온 플레이어 중에는 실제 얼굴로 화제를 모은 유명 플레이어도 있었지만, 적어도 태현 팀은 아닌 것!

그런데 무슨!

"태현아. 난 아무 불만 없다."

"저도 불만 없습니다. 선배님."

"나, 나도 불만 없어!"

자기 혼자만 남게 되자 케인은 급히 말했다.

"앗. 저희 고용되는 거 케인 선수가 방해한 건가요?"

"죄, 죄송합니다……."

스타일리스트의 농담에 케인이 주눅 든 얼굴로 말했다.

"농담이에요. 저 어차피 할 일 많아요."

"음. 확실히 그렇지."

최상윤은 고개를 끄덕였다.

저 스타일리스트의 솜씨는 예전부터 들어서 잘 알고 있었다. 태현의 인상을 '인상 더러운 새x'에서 '날카로운 미남'으로 바꿔준 마법사!

판온을 했다면 미술 스킬 최고급이나 변장 스킬 최고급부터 시작했을 천재가 분명했다.

"……너 뭔가 눈빛이 이상한데 무슨 생각 하냐?"

"어…… 상금 받으면 뭐 할지 생각하고 있었지!"

"벌써부터 잿밥에 관심이 많군. 게임에나 집중해라."

태현의 말에 케인은 슬며시 핸드폰을 집어넣었다. 화면에는 '상금으로 뭘 사야 좋을까요?'라는 질문이 올라와 있었다.

"잘 들어. 이세연은 분명 생각지도 못한 사악한 계략을 꾸미고 있을……."

"와! 전용기다!"

"판온에서 보내준 거지?"

태현의 말을 듣다가 앞에 나온 전용기의 모습에 눈이 뒤집힌 일행!

"애들아. 뒤질래?"

"미, 미안."

"듣고 있습니다!"

"잘 들어. 김태현은 분명 생각지도 못한 사악한 계략을 꾸미고 있을 거야."

"주장?"

"뭔데?"

"김태현 선수는 정정당당한……."

"쟤 입 좀 다물게 해."

"읍읍!"

태현의 광팬인 류태수는 입이 막혀졌다.

"그렇지만 김태현 페이스에 휘말릴 필요는 없어. 다행히 이 번 대회는 우리 일에만 집중하면 되는 거니까."

이세연은 냉정했다. 괜히 태현이 무슨 짓을 했나 신경쓰느라 페이스를 잃는 것보다는 자기들이 연습해 온 것에 집중하는 게 현명했다.

'리치 변신, 특수 언데드…… 시간을 몇 단계는 줄일 수 있을 거야.'

이번 던전 공략 대회의 트렌드는 '얼마나 빨리 몬스터를 모아서 처리할 수 있는가?'였다.

폭탄 아이템은 그 질문에 대한 강력한 대답!

그러나 모두 알고 있듯이 폭탄 아이템은 이런저런 단점이 많은 아이템. 그 단점을 잘 커버한 팀만이 성적을 내고 올라올 수 있었다.

태현은 기계공학 메타의 아버지라고 불릴 정도로 폭탄에 능숙했고 그걸로 단점을 커버했다. 애초에 폭탄 붐은 태현이 없었다면 오지도 않았을 것이다.

이세연은 자신의 장기인 언데드를 이용해 폭탄의 단점을 커버했다. 특수 언데드한테 폭탄을 먹여 안정적으로 사용한 것!

둘 다 방법 자체는 확보했다. 이제 거기서 얼마나 시간을 줄이냐의 싸움!

이세연은 아껴뒀던 버프 스킬들을 총동원해 언데드들을 강화하고 팀원들의 힘으로 시간을 대거 단축시킬 생각이었다. 준결승전에서 본 태현 팀이 어느 정도 실력을 숨겼는지는 몰라도 승산은 분명 있다!

이다비는 눈을 감고서 머릿속에서 대회 전략을 공부하고 있었다. 몇 번이고 해본 일이지만 그렇다고 긴장이 안 되는 건 아니었다.

수천만이 넘는 세계 사람들 앞에서 보여주는 일!

실수를 하면 그대로 남게 됐다.

"그리고 보니 넌 상금 받으면 뭐 할 거야?"

태현은 이다비에게 물었다. 긴장하고 있던 이다비는 퍼뜩 놀랐다.

"네??"

"아, 아니. 상금 받으면 뭐 할 거냐고. 그렇게 충격적인 질문이었나?"

"아니요. 다른 생각 하고 있어서……."

"아니 왜 이다비한테는 저렇게 물어보고 나한테는……."

케인은 울컥했다. 그러자 옆에서 최상윤과 정수혁이 말했다.

"닥쳐 좀."

"케인 씨. 닥치십시오."

정수혁까지?!

케인은 시무룩해져서 조용해졌다.

"저는 집 구해볼까 생각 중이었는데요."

"응?"

태현은 놀랐다.

"나가려고?"

"네…… 계속 신세 지고 있을 수는 없으니까요."

실제로 이다비는 태현 일행 중에서 가장 소득이 높은 사람 중 하나였다. 선수 수입뿐만이 아닌 파워 워리어 길드를 운영하면서 나오는 수입도 있는 것이다.

"그래도 여기가 낫지 않아? 시설도 좋고 전망도 좋고."

"그건 당연하지만……."

이다비는 '무슨 소리를 하는 거야 이 사람' 하는 표정으로 쳐다보았다. 당연히 시설이나 그런 걸로 비교하면 지금 집을 따라갈 수 있는 곳이 얼마 없었다.

한국에서도 최고가에 들어가는 집 아닌가!

"역시 계속 신세만 지고 있는 건 좀 그래요."

"저번부터 말했지만 상관없다니까. 그리고 동생들도 좋아하던데. 계속 있는 게 좋대."

"네? 그게 무슨…… 너희 그런 소리도 했어?!"

이다비는 말하다가 뭔가 깨닫고 확 고개를 돌려 동생들을 쳐다보았다. 뒤에서 앉아서 창밖을 보던 동생들은 모르는 척

시선을 피했다.

이번 대회에 태현이 데려온 그들!

이다비는 '태현한테 폐 끼치지 마라', '태현한테 뭐 해달라고 하지 마라', '아니, 그냥 태현한테 먼저 말을 걸지 마! 좀!'라고 말했지만 그건 별 소용이 없었다.

태현 본인부터가 동생들을 챙겨주는데!

동생들에게 태현은 이미 언니 남자친구였다.

"뭐, 내가 네 집 사는 걸 말릴 수는 없지. 역시 부동산만 한 재테크는 없으니까."

"아, 아니. 그런 뜻으로 한 소리는 아닌데요. 그냥 폐 끼치기 싫어서……."

누구 아들 아니랄까 봐 이상하게 해석하는 태현이었다.

"집은 근데 너무 거창하잖아. 뭐 다른 건 없어?"

"음…… 동생들 선물하고……."

"또?"

"태현 님 선물……."

"……고맙긴 한데 네 건 없니?"

"앗. 없네요."

태현은 황당하다는 듯이 이다비를 쳐다보았다. 이다비는 멋쩍은 표정으로 시선을 피했다.

언니나 동생이나 불리해지면 하는 짓이 비슷!

"넌 집이고 뭐고 스스로부터 좀 챙겨야 할 거 같은데."

"지금도 충분히 행복한데요……."

이다비는 진심이었다. 살면서 요즘만큼 행복하고 마음이 편했던 적이 없었다. 걱정도 없고 주변에는 든든한 사람까지 있었다.

"내 선물은 됐고 네가 쓸 거 사자."

"그래도 딱히 없는……."

"아냐. 찾아보면 나올 거야. 저기 케인을 봐. 욕망에 충실하잖아. 아까 봤지? 운전도 못 하면서 상금으로 차 살 생각하고 있더라. 사실 쟤는 집부터 생각해야 하는데……."

"어, 어, 언제 본 거냐?!"

케인은 오싹했다.

이 자식 진짜 시야가……!

"나 어떠냐?"

"좋아 보이십니다."

"위엄 넘치냐? 샤프하냐? 뭔가 있어 보이냐?"

상사만 아니었어도 한 대 팼을 텐데!

윤주환은 이를 갈며 최명성 팀장을 쳐다보았다.

최명성 팀장은 확실히 능력 있는 사람이었다. 인공지능과 게임 분야 모두 전문가였고, 회사에 들어오기 전에도 업계에 명성이 자자했다. 그런 사람이니만큼 판온 프로젝트 때 한국에서 일하고 있었는데도 스카우트당해 팀장 자리를 맡을 수 있었던 것!

윤주환도 최명성을 동경하던 때가 있었다.

해외에서 이름을 날리는 한국인 기술자!

차세대 젊은 과학자 50 중 하나!

물론 그건 회사에 입사하고 나서 사라졌다.

성격 좁고 소심하고 귀찮은 인간! 그런 주제에 능력은 또 있어서 사람을 귀찮게 만들었다.

이번 결승전은 확실하게 못을 박는 이벤트가 될 겁니다.

판온 측은 향후 십몇 년 간은 다른 게임이 판온을 우러러 보지도 못하게 만들 생각이었다.

전세계 최고 인기 게임이란 명성에 못을 박는다!

당연히 거기에 걸맞은 준비를 했다. 경기장부터 시작해서 온갖 이벤트가 준비되었다.

빌보드 1위를 찍은 유명 가수를 섭외해 노래를 부르는 이벤트 정도는 아주 사소한 일각일 정도로.

슈퍼볼(미국 최대의 스포츠 이벤트 중 하나) 뺨을 세 번은 때려야 한다!

이런 말이 공공연히 회사 안에 돌 정도로 기대치가 높았다.

결승팀들을 극진히 대접하는 것도 당연했다. 참가하는 팀의 품격이 높아질수록 대회의 품격도 높아지는 것이다.

전용기는 물론이고 최고급 호텔을 통째로 빌려 경기장 앞에 준비해 놓은 판온 측이었다.

"팀 KL은 누가 맞이하겠습니까?"

"김태현 선수 한번 만나보고 싶었는데 제가 가도 됩니까?"

"괜찮으시다면 제가 가보고 싶습니다."

각 팀의 팀장들이 예의 바르게 손을 들었다. 태현에게 관심이 있는 팀장들이었다.

판온 프로젝트를 맡은 팀장들은 전부 다 기본적으로 인공지능과 게임에 대한 깊은 관심이 있는 이들! 게임에 관심이 있는 이상 태현에게 관심을 안 가질 수가 없었다.

한번 만나서 대화를 나눠보고 싶다!

물론 그들은 상식적인 사회인이었기 때문에 어디까지나 예의 바르게, 훈훈하게 손을 들었다.

쾅!

최명성은 양손으로 탁자를 내려치는 소리였다.

"여러분!"

"????"

"내가 입찰한 김태현 상회 입찰하지 마십시오!!"

다른 팀장들은 '저 또라이 또 시작이네' 하는 표정으로 최명성을 쳐다보았다.

손을 들었던 팀장들은 슬쩍 손을 내렸다.

"그러면…… 최명성 팀장이 맡아주시는 걸로……."

"하하. 꼭 하고 싶은 건 아니었는데 맡겨주시다니. 어쩔 수 없이……."

"맡기지 말까?"

"아닙니다! 죄송합니다! 대표님!"

최명성은 바로 고개를 숙였다.

"……잘 부탁합니다. 이상한 짓 하지 말고."

"하하. 사람을 뭘로 보고."

최명성은 그렇게 말했지만 다른 팀장들은 시선을 피했다.

최명성은 근처에 있던 로널드 팀장을 잡고 물었다.

"로널드. 내가 이상한 짓 할 사람이야?"

"예스."

"그렇지? 대표님은…… 아니, 예스라고?"

"예스."

"네가 내 질문의 뜻을 잘못 이해한 것 같은데, 번역기가 고장 났나?"

"최명성 팀장. 그만하고 앉으세요."

"네."

원하는 걸 얻었기에 최명성은 얌전하게 자리에 앉았다.

그걸 본 다른 팀장들은 고개를 절레절레 저었다.

실력은 확실한데 사람이 좀 또라이야!

"김태현을 만났을 때 김태현이 '판온 개발자들은 다들 왜 이렇게 후줄근하고 폐인처럼 살고 있지?'라고 생각하면 좋겠냐?"

"그런 생각을 할 거 같지도 않고 그렇게 생각해도 상관없습니다."

윤주환은 크게 하품을 했다. 이 아침에 공항 나와서 정장 입고 대기하고 있어야 한다는 게 믿기지가 않았다.

"이런 멍청한 사람들이 우리를 어떻게 생각하는지 알잖아!"

최명성은 일갈했다.

판온 제작진은 하나의 신화였다. 각 분야의 뛰어난 개발자들이 모여 만들어 낸 걸작 게임!

나오기 전만 해도 '과연 저게 가능할까?', '지금 수준에서 저런 스펙의 게임이 유지가 되나?' 같은 걱정들이 많았지만, 게임이 나오자 그런 말들은 싹 사라졌다. 혁신적인 인공지능이 판온의 대부분을 관리하고 있는 덕분이었다.

팀장들이 '일은 인공지능이 다 하고 우리는 그냥 구경꾼'이라고 농담할 정도였으니…….

그러나 그런 속사정과 별개로, 외부에 보이는 판온 팀장들의 이미지는 천재에 가까웠다.

저런 게임을 만들다니! 정말 대단해!

그리고 최명성은 이런 이미지를 매우 아꼈다.

특히 태현을 곧 만나게 될 상황에서는 더더욱!

"여기에 사인해 달라고 해야지."

'화낼 거 같은데…….'

최명성이 꺼낸 사진은 판온 1 때 사진이었다.

수많은 명장면들이 있었지만 역시 가장 대단한 명장면은 태현 vs 이세연! 그런데 이세연한테 패배한 태현이 그걸 좋아할지 의문이었다.

'뭐 상관없지.'

윤주환은 이제 아무래도 상관없었다.

"이게 뭘 의미하는지 알아? 이 사진에 담긴 철학을 알겠냐고?"

"예? 거기 뭐 의미라도 있나요?"

"이런 멍청한……."

지금 대회 결승전도 어떻게 보면 판온 1 때의 연장이라고 볼 수 있었다. 판온 1 때부터 봐왔던 팬들은 감동의 눈물을 흘리고 있었다.

최명성처럼!

'이 양반 진짜 울잖아?!'

나이 먹고 눈가에 이슬 맺힌 걸 본 윤주환은 기겁했다.

번쩍! 번쩍!

"……?"

윤주환은 고개를 돌렸다. 딱 봐도 방송국에서 나온 것 같은 사람들이 우르르 공항으로 몰려오고 있었다.

"누가 옵니까?"

"누가 오기는. 김태현 오는 거 듣고 온 거겠지."

윤주환은 깜짝 놀랐다. 대회 경기장도 아니고 공항에 이렇게 몰려온다고?

"와. 진짜 여기까지 온다고요?"

"인기 생각하면 비행기 안에 탔어도 이상할 거 없지."

윤주환은 그제야 팀장에게 감사했다.

정장 입고 나와서 다행이다!

"김태현! 김태현!!"

"김태현 언제 나오냐!"

팀 KL은 일정을 공개하지도 않았는데 용케 어디서 알아낸 팬들이 한쪽에서 외치고 있었다. 특이한 건 태현의 이름을 외치는 팬들 중 아저씨들이 많았다는 점이었다.

판온 1 때부터 이어져 온 굳건한 팬층!

"케인! ……근데 케인은 왜 안 보이지?"

"덩치 큰 놈이 케인인데…… 왜 안 보이지?"

"정수혁! 난 네 팬이다!"

"정수혁! 시작할 때 무조건 번개 써야 한다! 내가 거기에 전 재산 걸었거든!"

태현뿐만 아니라 다른 팀원들도 팬들이 많이 생긴 상태였다. 밖으로 걸어 나온 팀원들은 예상치 못한 인파에 당황했다. 태현 빼고!

"김태현 선수. 곧 있으면 경기가 있는데 소감이 어떠신지……."

"특별한 소감은 없고, 연습한 대로 최선을 다할 생각입니다."

'대단하다!'

뒤에서 따라오던 케인은 감탄했다.

몰려드는 인파에 혼이 반쯤 나간 기분이었는데 태현은 침착하고 유창하게 대답하고 있었다.

'아니, 그보다 저 자식 번역기 안 쓰고 있네?!'

자동번역기 쓰고서 대답할 줄 알았는데 태현의 귀 밑에는 아무것도 달려 있지 않았다.

새삼스럽지만 보면 볼수록 능력자!

저런 놈이 왜 같이 숙소에 머물며 게임을 하는지 신기할 때가 많았다. 그냥 다른 걸 해도 잘나갔을 것 같은데…….

'머리 쓰는 것도 그렇고 운동 선수도 그렇고 뭘 해도……'

"김태현 선수. 전략은 어떻게 구상하셨습니까?"

"김태현 선수. 유성 게임단에 대해 어떻게 생각하십니까?"

"김태현 선수. 최근 판온 트렌드에……."

"이번 해에 있을 투기장 리그에서 가장 위협적인……."

기자들은 서로 밀치고 때리며 질문을 던졌다. 그래도 처음에는 나름 생산적인 질문이었다. 그러나 여기 모인 기자들이 그런 것만 묻고 만족할 리 없었다.

점점 질문들은 쓸데없어지고 한심해졌다.

"김태현 선수. 두유 노우 스미스?"

"김태현 선수. 하트 한 번만 해주세요!"

"…여기 한국인가?"

한류가 여기까지??

태현은 순간 당황했다.

여기 미국 맞지? 한국 아니지?

"김태현 선수. 유성 게임단의 주장 이세연 선수와 사귀는 사이라는 말이 있던데 정말인가요?"

순간 팀원들은 볼 수 있었다. 태현의 주먹이 불끈 쥐어지는 것을!

'안 돼!'

기자에게 죽빵을 날리는 모습이 전세계의 생중계!

팀원들은 공포에 떨었다.

탁-

이다비가 태현의 어깨 위에 손을 올렸다. 그리고 시선을 보냈다.

'때리면 안 돼요!'

'……안 때리거든?'

태현은 반성했다.

이다비까지 걱정할 줄이야!

"안 사귑니다."

"에이, 일부러 부정하는 거 아닙니까?"

"하하. 그런 소문이 퍼지는 건 저뿐만이 아니라 이세연 선수한테도 피해가 가니 그만둬 주셨으면 하네요."

"!!"

최상윤은 놀랐다. 주먹은 안 날아가도 욕은 무조건 나올 줄 알았는데!

태현은 정말 성장한 것이다. 게임단의 단장이자 주장, 구단주로서!

'내가 다 눈물이 나네.'

최상윤은 울컥했다. 친구로서 태현이 저렇게 성장한 모습을 보다니. 물론 최상윤이 감동한다고 기자도 감동하진 않았다.

기자는 매우 재미없다는 표정으로 쳐다보더니 옆을 쳐다보았다. 태현의 어깨 위에 손을 올린 이다비가 보였다.

"아하. 그런 거군요!"

"……?"

"이세연 선수가 아니라 이쪽, 이다비 선수였나요?"

기자는 화살을 이다비한테 돌렸다. 오랜 기자 생활로 인한 감이 말해주고 있었다.

태현은 건드려 봤자 별로 나올 게 없을 것 같다고! 약한 사람을 건드려야 뭔가 재밌는 구도가 나오게 마련이었다.

"이다비 선수! 김태현 선수를 어떻게 생각하세요?"

"네? 네?? 네???? 어???"

실제로 이다비는 질문을 받자 어떻게 해야 할지를 몰라서 당황해하고 있었다.

'이야, 제대로 골랐다!'

탁!

접근하는 기자를 쳐낸 건 태현이었다. 태현은 앞으로 걸어가는 척하면서 접근하는 기자를 어깨로 받았다.

"……!"

그 순간 기자의 동작이 정지하고 태현과 기자의 몸이 붙여지면서 사각(死角)이 만들어졌다.

뭘 해도 카메라에 안 잡히는 범위!

케인은 그때 보았다. 밀착한 상태에서 태현의 주먹이 짧게 움직여 기자의 복부를 후려갈기는 모습을!

'촌, 촌경?!'

옛날 이소룡이 나오던 영화에서나 보던 걸 현실에서 보게 될 줄이야!

"으허헉!"

기자는 갑작스러운 충격에 비틀거렸다. 태현은 천연덕스러운 표정을 지으며 외쳤다.

"왜 그러세요! 괜찮으세요?"

"아, 아니 당신이 배를……."

태현은 그렇게 걱정해 주는 척하면서 한 번 더 다가갔다.

퍽!

"으허어억!"

"이 사람 상태가 좀 안 좋은 것 같은데 데리고 가주시겠습니까?"

두 번 맞은 기자는 얼굴이 새파래져서 제대로 숨도 쉬지 못
했다. 기자들은 일정도 바쁜 태현이 저렇게 상냥하게 걱정해
주는 모습에 감동했다.

초일류 선수는 인성도 초일류구나!

그러는 사이 최명성과 윤주환이 다가왔다.

"김태현 선수? 최명성 팀장입니다."

"앗. 안녕하십니까."

꽉-

태현은 최명성이 내민 손을 붙잡고 악수했다.

"??"

왜 이리 오래 악수하지? 미국은 원래 이런가?

보통 시간보다 서너 배는 더 오래 악수를 한 기분이었다. 최
명성은 표정 관리를 하며 말했다.

"밖에 차를 준비했으니 가시죠."

"그래서 판온 2가 탄생하게 된 겁니다. 처음에는 시행착오가 많았지만 결국에는 개발자들을 성장시켜줬죠."

리무진 안은 화기애애했다. 최명성은 호텔로 가는 사이 판온 개발에 대한 이야기를 해주었다.

그걸 본 윤주환은 감탄했다.

'배우해도 되겠다!'

누가 보면 정말 이성적이고 침착한 사람인 줄 알 것이다.

판온 1의 제작진들과, 최명성 같은 외부 인공지능 전문가들이 손을 잡고 탄생한 걸작인 판온 2!

최상윤은 손을 들고 물었다.

"그러면 그 판온 내 세세한 데이터들은 다 일일이 만드신 겁니까? 아무리 봐도 사람 손으로 할 수 있는 게 아니던데……."

"하하. 아닙니다. 저희는 그저 틀만 만들어줬을 뿐입니다. 나머지는 인공지능이 알아서 전부 다 만들어준 거죠."

"그래도 뭐 기반은 있어야 하지 않아요? 아무것도 없는데 만든다고요?"

"아. 물론 기반은 있지요. 판온 1입니다. 판온 1에서 쌓인 데이터들. 그게 기반이죠."

최명성은 웃으며 설명했다.

"판온 1의 데이터들을 기반으로, 인공지능이 자신이 판단하기에 알맞은 세계를 만든 겁니다. 사실 저희는 한 게 별로 없습니다. 인공지능에 문제를 일으키면 관리하는 정도? 하하하."

"아. 그래서 판온 1과 비슷한 지형이나 스킬들이 나왔던 건가?"

"네. 그렇죠. 달라진 건 인공지능이 밸런스 패치를 해야 한다고 생각해서겠죠. 여기 김태현 선수는 판온 1 때도 했던 플레이어인데, 아마 김태현 선수도 판온 2가 만들어지는 데에 영향을 끼쳤을 수 있겠네요."

태현은 그 말을 듣고 문득 생각나는 게 있었다. 판온 2의 강화 시스템은 판온 1의 강화 시스템보다 유난히 불편하고 까다롭게 되어 있었다.

파괴까지 들어가는 탓에 판온 1에서 강화로 재미를 본 대부분의 대장장이들이 재미를 못 보고 있었는데……

잠깐 설마?

'아니, 아니겠지…….'

그런 어처구니 없는 일이 있을리가!

태현이 강화를 너무 많이 한 탓에 판온 2는 못하게 패치를 했을……. 수도 있나?

'아니, 패치하는 건 좋은데 이세연도 좀 불리하게 해줘야 하지 않나? 걔가 언데드로 쓸어버린 도시가 몇 개인데.'

태현은 불평했다. 자기가 손해 본 건 괜찮지만 이세연이 손해 안 본 건 참을 수가 없는 정의로운 성격!

"맞다. 김태현 선수. 아마 결승전 이벤트 때 발표하겠지만, 투기장 리그 규칙도 이번에 정식 소개가 될 겁니다."

"저번 대회와 룰이 달라지나요?"

"그건 아무래도 한국 방송국 주관이고, 이건 판온에서 직접 주최하는 거니 룰이 다를 수밖에 없죠. 그리고……."

최명성은 망설였다. 이거 말해도 되나? 괜히 자기만 미움 사는 거 아냐?

"김태현 선수한테 약간 불리할지도……."

일행들은 모두 고개를 갸웃거렸다.

"헉. 태현이 눈 감고 오른팔 묶고 싸우게 하나요?"

"…물론 아니죠. 그런 게 아니라……."

"태현이 스킬 봉인?"

"스탯 봉인???"

"설마 태현이 픽 금지??"

"그런 미친 룰을 만들 리 없잖습니까?"

"에이, 그런 거 아니면 별로 안 불리할 것 같은데."

"맞아, 맞아."

미친 신뢰감!

태현은 어이없다는 듯이 팀원들을 쳐다보았다. 이것들이…….

"그런 게 아니라, 부활 요소 추가, 몬스터 추가 같은 겁니다."

"아. 뭐 그 정도라면야."

"그 정도면 뭐……."

걱정했던 팀원들은 모두 안심했다. 윤주환은 그 모습에 정말 신기했다.

보통 자기한테 불리한 요소 하나만 추가되어도 절망하고 걱정하고 화를 내는 게 정상인데, 대체 이 팀은??

어이없어하는 건 윤주환만이 아니었다. 태현도 마찬가지로 어이없어했다.

"야. 지금 너희들도 불리해진 거거든?"

부활 요소가 추가되면 태현 팀은 불리해질 수밖에 없었다.

태현의 가장 큰 장점은 순간적인 폭딜! 케인과 연계해서 상대팀을 한 명씩 잘라먹는 플레이는 알면서도 당할 수밖에 없었다.

그러나 일행은 태연했다.

"그런다고 네가 지겠냐?"

"맞습니다. 이기실 수 있으시죠? 믿습니다. 선배님."

태현은 한 대 때리려다 말았다.

물론 판온 투기장은 다양해서, 부활 요소가 있는 데스매치 투기장도 있긴 했다. 그래도 그렇지 지들 불리한 이야기하는데 저렇게 '상관없습니다 헤헤' 같은 반응이라니!

"맞아. 난 상관없……."

딱!

"왜 나만?!"

가장 마지막에 말을 얹었다가 피해를 본 케인!

대화를 들으며 눈치를 보던 최명성이 은근슬쩍 말을 붙였다.

"저, 김태현 선수?"

"……?"

"이거 사인 좀……."

"......"

윤주환은 얼굴을 손으로 감쌌다. 이 양반이 결국······.

호텔에 도착한 태현 일행은 짐을 풀고 밖으로 나가 수많은 팬들과 만나는 시간을 가지······.

지 않았다.

"판온에서 보자."

"네. 판온에서 봐요."

"판온에서 뵙겠습니다!"

각자 방에 있는 캡슐에 들어가려는 이들!

판온 측에서 잡힌 이벤트 말고는 출연할 생각이 없는 이들이었다.

윤주환은 다시 한번 당황스러웠다. 이 선수들은 자기들 인기에 대해 잘 모르는 건가?! 아까 공항에서 그렇게 많은 팬들이 환호를 했는데도 별생각이 없어 보이다니.

미국 쪽 방송과 접촉을 하면 그쪽에서 쌍수를 들고 대환영할 것이고, 그게 부담스럽다면 개인방송만 해도 됐다. 개인방송으로 여기서 팬들과 간단하게 만나는 이벤트만 해도······.

비전문가인 윤주환의 머리에서 떠오르는 것만 해도 이 정도인데, 전문가들이 고민하면 몇 배는 더 좋은 이벤트들이 나올 것이다. 근데 게임하러 가냐?!

"조카야! 월드 스타! 월드 스타!"

"저 이미 월드 스타인데요. 게임해야 해서……."

"조카야!! 조카야!!!"

"아, 이럴 시간에 김태현은 게임하고 있을 텐데 지시면 책임 질 거예요?"

곧 대회를 앞두고 있어서인지 이세연의 목소리는 싸늘했다.

"김태현도 방송……"

"하고 있다고요?"

"……은 쌩깠지만……."

뚜- 뚜- 뚜.

"……이것들은 방송을 몰라!"

이동팔은 울컥해서 외쳤다. 엔터 소속 연예인들 중 세계적으로 먹히는 둘이 저러고 있으니 속이 답답했다.

남들은 하고 싶어도 못 하는 기회인데!

"아, 예. 죄송합니다. 지금 대회를 앞두고 있는 상황이라 대회에 집중을……."

"미안하다고 했잖아? 응. 아니, 삐지지 말고. 다음에 해외 로케 때 내가 밥 한번 살게!"

"아, 알고 있습니다. 그런데 대회 때문에 어쩔 수가 없어요~"

이동팔은 사방에서 올려오는 전화들을 받으며 속으로 욕했다. 해외 인맥이란 인맥 모두에서 전화가 오는 것 같았다.

-대회 전에 얼굴 한번 봐야지??

의도가 너무 뻔한 것! 원래 이동팔도 좋은 게 좋은 거지 하면서 만나서 방송 나가자! 이랬을 텐데…….

태현과 이세연 둘 다 철벽을 치고 캡슐로 들어가 버린 상황. 울면서 거절할 수밖에 없었다.

대표로서 이 기회가 얼마나 대박인지 잘 알기에 눈물이 더욱 흘렀다.

'아, 다음에는 회사에 제발 방송 욕심 있는 프로게이머 애들 들어왔으면 좋겠다.'

"너희 아직도 안 갔나??"

태현은 접속했을 때 기사들이 우울한 표정으로 기다리고 있는 걸 보고 깜짝 놀랐다.

끈질긴 놈들 같으니!

물론 기사들이 우울한 표정을 짓고 있다고 해서 뱀파이어들만큼 우울한 표정은 아니었다. 곧 처형될까 봐 겁먹은 뱀파이어들은 세상에서 가장 우울한 표정을 짓고 있었다.

"폐하. 언제 갑니까?"

"아니, 들어보니 여기 뱀파이어 놈들 수장이 사악한 유물을 어딘가에 숨겼다고 하더라고. 찾기 전까지는 처형을 못 할 거 같은데?"

뱀파이어들은 화색을, 기사들은 시무룩해졌다.

"저희가 찾는 걸 도울 테니 처형하는 건 어떻습니까?"

처형 매니아 에랑스 왕국 제4 기사단!

'한 번만 처형하게 해줘!'라고 눈빛으로 말하는 것 같은 기분이 들었다.

"뱀파이어가 정보를 아는데 처형하면 어떻게 하나! 기다려야지!"

"??"

뱀파이어들은 서로 쳐다보았다.

우리 뭐 알고 있었냐? 아니, 모르는데……?

"흑흑…… 그렇다면 폐하. 저희는 처형을 언제 합니까?"

"아니 저런 미친 기사 놈……."

"저거 누가 기사로 뽑은 거야?"

살라비안 교단 뱀파이어들은 기사들의 눈빛을 보며 소름 끼쳐 했다. 어떻게든 뱀파이어들을 태워 죽이고 싶어서 반짝반짝 빛나는 저 눈빛을 봐!

너무 소름 끼쳐!

"너희들이 꼭 처형을 하고 싶다면 방법이 있지."

"……?"

"나와 같이 돌아다니다가 일이 다 끝나고 나서 처형을 하면 되잖아?"

"그런 좋은 방법이!"

"아니, 잠깐……."

뱀파이어는 당황해서 태현을 말리려고 들었다.

그게 우리 앞에서 할 소리야? 그리고 기사들 중에서도 의외로 제정신인 기사들이 몇 있었다.

"잠깐만. 폐하의 말씀은 옳지만 저 일이 언제 끝날지도 모르는데……."

"맞아. 우리는 우리의 일이 있지 않나."

"그렇다면 이렇게 하지. 폐하의 일을 돕다가 너무 오래 걸리면 우리의 일을 하러 가는 걸로."

"폐하. 허락해 주시겠습니까?"

[에랑스 왕국 제4 기사단이 정신을 반만 차립니다!]

[에랑스 왕국 제4 기사단이 퀘스트가 끝날 때까지 일을 돕습니다. 제한 시간이 끝날 때까지 퀘스트를 끝내지 못하면 제4 기사단은 돌아갈 것입니다.]

[명성이 매우 높습니다. 퀘스트를 끝내지 못해도 관계에 페널티가 없습니다.]

'정신을 반만 차렸다는 게 무슨 소리…… 아, 저건 카르바노그가 한 소리군.'

[카르바노그가 어떻게 알았냐고 묻습니다.]

은근슬쩍 메시지창인 척 말한 카르바노그!

"어쨌든 에반젤린! 준비는 다 끝났다. 너만 말하면 돼!"

"……내가 말한다고 했었나??"

에반젤린은 순간 분위기에 휩쓸려 대답할 뻔했다.

저번에 그렇게 말했는데도!

"뭐? 말해주는 거 아니었어?"

"너 같으면 그런 소리 듣고 말해주겠어?!"

에반젤린은 울컥해서 소리쳤다. 똑같은 말을 해도 정말!

에반젤린은 간신히 진정한 다음 말했다.

"말해주는 건 좋은데 조건이 있어."

"안 돼."

"경…… 야!"

"아. 미안. 습관적으로…… 뭔데? 말해봐."

"……경기장 표 좀……."

"??"

"너 지금 미국 와 있을 거 아냐!"

"내가 미국에 와 있는 건 어떻게…… 헉. 너 스토커였냐?"

수군수군-

뒤에 있던 태현 일행들이 수군거리기 시작했다.

"스토커라고?"

"생각해 보니 은근히 쟤 자주 만난 것 같은데……."

"뭐? 선배 스토커였어요 저 사람?!"

순식간에 쌓이는 오해!

에반젤린은 당황해서 외쳤다.

"아니거든! 네가 미국 왔다고 방송 나왔잖아! 애초에 곧 있으면 경기인데……."

"아. 그랬지. 미안. 잊고 있었네."

진짜 PK하고 싶다!

"……잠깐, 너 경기인데 이래도 돼?"

"아, 원래 경기는 평소 실력으로 하는 거야. 벼락치기는 꼭 평소에 공부 안 한 애들이 하더라."

"???"

뭔가 개소리 같은 개소리!

에반젤린은 따지려다가 말았다. 태현 팀 성적 안 나오면 태현 문제지!

'생각해 보니까 얘가 이세연한테 지면…….'

보고 싶다!

이세연한테 져서 시무룩해진 태현의 얼굴이!

"그래서 경기 뭐?"

"응? 아. 어. 경기장 표 좀……."

순식간에 분위기가 싸늘해졌다.

태현 일행은 다시 한번 수군거렸다.

'보통 관계자한테는 표 주지 않나?'

'하나 주는 것도 아니고 꽤 줄 텐데?'

'쟤 진짜 스토커 아니에요?'

"아…… 아니야!"

"너 우는 거 아니지?"

"우는 거 아니거든?"

그렇게 말하는 에반젤린의 눈가에는 물방울이 맺혀 있었다.

"나도 선수니까 표를 받긴 했는데, 그걸 다 다른 사람들 줬단 말이야……."

가족, 친구, 옆집 이웃까지! 신이 나서 나눠주던 에반젤린은 한 가지 사실을 깨달았다.

내 표도 줬어!

뒤늦게 깨닫고 표를 구매해 보려고 했지만 이미 싹 매진된 지 오래였다.

판온 관련 경기인데 인기가 좋은 건 당연했다.

하물며 결승전이라면야!

"……판온 측에 하나만 더 달라고 하지?"

"어떻게 그런 소리를 해!"

"나한테는 그런 소리를 해도 되고? 아니다. 됐다. 하나 줄게."

받긴 받았는데 왠지 모르게 기분 나쁜 받음!

태현 일행의 동정하는 눈빛이 매우 가슴이 아팠다.

어쨌든 받긴 받았으니 에반젤린은 입을 열었다.

"살라비안 교단 관련 NPC는 보통 다 타락한 뱀파이어들이야."

"타락한 뱀파이어들이라면……."

"사람들 공격하고 피 빠는, 보통 몬스터나 그런 부류지. 그래서 나도 친하지는 않아."

사실 에반젤린의 직업상, 저런 뱀파이어들은 잡아야 하는 경우가 더 많았다.

"뭐야. 표 받으려고 사기 친 거야?"

"……아직 다 말 안 했거든? 그래도 아는 뱀파이어 NPC가 몇몇 있긴 해. 아마 가면 바로 싸워야 하겠지만 너 정도면……."

너 정도면 알아서 잡아낸 다음 탈탈 털 수 있겠지!

뒷말은 생략됐지만 자리에 있던 모두가 알아들었다.

"그래. 가서 잡으면 되겠네."

"타락한 뱀파이어들끼리는 서로 협력하는 경우가 많으니까 알고 있는 게 꽤 있을 거야. 교단 대주교 정도면 보스 NPC니까 어중간한 NPC는 안 되겠지만……."

"괜찮아. 가서 도와줄 테니까 같이 잡자."

"응?"

에반젤린은 태현의 말에 뭔가 위화감을 느꼈다.

같이 잡자고?

"아, 아니. 난 퀘스트 다 해서 갈 건데?"

"표."

"같이 가자……."

판온에서 뱀파이어들이 우글거리는 곳은 흔치 않았다.

일단 멀쩡하게 돌아가는 왕국이라면 뱀파이어를 잡으러 기사단을 보내게 마련! 마르덴 후작이 본색을 드러냈을 때 괜히 토벌을 당한 게 아니었다. 그런 만큼 판온에서 뱀파이어들의 지역은 한정되어 있었다.

"가장 가까운 곳은 에랑스 왕국 남쪽 지역에 붙어 있는 섬들이지."

핏빛 군도라고 불리는, 섬들이 모여 있는 구역! 에랑스 왕국 남쪽 항구에서 배 타고 몇십 분만 가면 도착할 수 있을 정도로 가까운 곳이었다.

덕분에 그 근처는 뱀파이어들이나 박쥐 몬스터들이 종종 보일 정도였다.

"거기 난이도가 어떻게 돼? 플레이어 공략이 가능한가?"

"공략이 가능했으면 아직까지 안 남아 있었겠지."

뱀파이어 잡으면 공적치 주는 교단들이 많았다.

공적치에 목숨 건 플레이어들이 싹 쓸어갔을 것!

"핏빛 군도도 이름만 섬이지, 거기도 그냥 왕국이라고 보면 돼. 뱀파이어 왕국. 거기 우두머리는 왕이고. 에랑스 국왕 레이드하려는 사람은 없듯이……."

눈앞에서 국왕 NPC가 쫓겨나거나 죽는 꼴을 몇 번이고 본 태현 입장에서는 좀 미묘한 말이었다.

왕도 잡을 수 있지 않을까?

"괜히 이상한 뱀파이어한테 시비 걸지 말고 소문 좀 파악하고 필요한 뱀파이어만 딱 잡아서 정보를 얻으면 되는 거지."

"그렇군."

태현은 납득했다.

"그리고 쟤네는 꼭 네가 말려야 해."

에반젤린은 기사단을 가리켰다.

처형하고 싶어서 안달이 난 놈들! 핏빛 군도로 간다는 소리를 들으면 신나서 칼춤을 출 것 같았다.

"뭐 그 정도야 해줄 수 있지. 그러면 아탈리 왕국 함대 부를 테니까……."

"스톱! 스톱!"

"??"

"거기에 왕국 함대 끌고 가면 어떡해! 뱀파이어들이 잘도 가만히 있겠다!"

왕국에서 토벌하려고 온 줄 알고 뱀파이어들이 전력을 다해 맞설 것이다.

"기사단의 함선을 타고 갑시다!"

"……기사단 함선도 마찬가지야! 그냥 뱀파이어들을 자극하면 안 돼!"

에반젤린은 답답하다는 듯이 가슴을 쳤다.

뱀파이어들의 동네에서는 뱀파이어들의 룰을 따라야 했다.

거기 가면 인간, 엘프, 드워프 같은 살아 있는 종족들이 비주류! 뱀파이어들한테 밉보이지 않도록 잘 지내야 하는데 이것들은······.

"넌 거기 가본 적 있지?"

"나야 있지. 오래 있지는 않았지만."

에반젤린은 일단 뱀파이어라 핏빛 군도에서도 크게 불이익이 없었다.

다시 한번 핏빛 군도에서의 주의사항을 말해주며 신신당부했다.

"알겠어? 절대 뱀파이어들을 놀라게 하면 안 돼. 그냥 뱀파이어인 척을 해."

"그건 잘할 수 있을 것 같다."

변장에는 이골이 난 태현 일행들!

뱀파이어인 척은 충분히 잘할 수 있을 것 같았다.

"근데 뱀파이어인 척은 어떻게 할 수 있지?"

"좀 창백한 표정 지으면서 한 손에 피 담긴 컵 들고 다니면 되지 않을까?"

에반젤린은 갑자기 후회가 되기 시작했다.

애네들 정말 데리고 가도 되는 걸까?

"우리는 뱀파이어다······ 으어······ 피 맛있다······."

"······제발 그만해."

에반젤린은 짜증 가득한 얼굴로 태현 일행을 쳐다보았다.

애초에 그녀도 뱀파이어인데!

그녀는 저런 행동을 한 적이 없었던 것이다.

"뱀파이어도 그렇게 크게 차이 없거든? 그냥 좀 재수 없고……."

"네가 재수 없다고?"

"행운 낮다는 뜻으로 말한 거 알지?"

"아. 그런 거였어?"

에반젤린이 노려보자 태현 일행들은 모두 시선을 피했다.

좌아악!

그러는 사이 배가 파도를 가르고 핏빛 군도에 가까이 접근하기 시작했다. 핏빛 군도는 대낮인데도 어두컴컴했다. 하늘에 떠 있는 짙은 회색 구름이 빛을 가리고 있었던 것이다.

심지어 바닷물까지 핏빛!

[카르바노그가 질색합니다.]

카르바노그도 신답게 뱀파이어들을 별로 좋아하지 않았다.

[뱀파이어는 괜찮은데 멀미가 난다고 카르바노그가 말합니다.]

'아…… 그래.'

정말 쓸데없는 정보!

탁-

"다들 명심해. 절대 뱀파이어 아닌 것 티 내면 안 돼."

"물론이지. 걱정하지 마."

그렇게 말하는 태현 뒤에는 기사단, 경비병, 심지어 아키서스 포병대까지 있었다. 아무리 봐도 너무 눈에 띄는 조합!

"……이 사람들은 일단 좀 여기 숨겨두고 가자."

에반젤린은 해안가 근처를 가리키며 말했다. 이들을 데리고 마을로 들어가는 순간 '히익! 뱀파이어 토벌이다!' 하면서 뱀파이어들이 난리 칠 것 같았다.

-아니 왜! 우리가 뭘!

-저희를 두고 가시는 겁니까!

뒤에서 아우성치는 이들을 무시하고, 에반젤린은 그들을 뒤에 두고 가도록 했다. 무슨 일 생기면 그때 부르면 되지!

"클클클…… 젊은 뱀파이어들인가."

"무시해. 무시."

길가에 웬 뱀파이어 하나가 앉아서 말을 걸어오자, 에반젤린이 잘랐다.

"왜? 누구길래?"

"그냥 미친 뱀파이어야. 여기는 하도 이상한 뱀파이어들이 많으니까 최대한 안 엮이는 게 좋아."

진심 어린 조언!

핏빛 군도는 뱀파이어들의 땅.

그리고 뱀파이어들은 대표적으로 오래 사는 종족!

그만큼 미친놈들도 많았다.

판온 게시판에 가보면 핏빛 군도에 관한 질문들이 따로 있을 정도!

Q: 핏빛 군도 북쪽 작은 항구 길에 있는 뱀파이어 할아버지가 자꾸 뽑아보라고 말을 거는데, 이거 뭐 있는 건가요?

A: 그거 그냥 사기꾼임.

A: 나도 말 받아줬더니 자꾸 헛소리만 하더라.

A: 뭐 뽑으라고 하는데 절대 뽑지 마셈. 그냥 돈만 받아감.

"클클클. 젊은 뱀파이어들이여. 이걸 하나 뽑아보게."

늙은 뱀파이어는 항아리를 짤랑짤랑 흔들며 그들을 불렀다. 에반젤린은 무시하라고 했지만 태현은 솔깃했다.

이런 이벤트에는 언제나 숨겨진 게 있었다. 아무 의미 없는 이벤트는 없었다. 그리고 뽑기인 게 마음에 걸렸다.

지금 태현한테 뽑기만큼 이득 보기 좋은 게 있을까?

그만큼 행운 스탯이 압도적이었던 것이다.

"뽑아도 됩니까?"

"1실버네."

이 뱀파이어 노인이 악명 높은 이유! 1실버나 받아가면서 아무것도 주지 않는 경우가 대부분이었던 것이다.

태현은 1실버를 건넸다. 그러자 노인이 항아리를 내밀었다.

"자. 뽑게."

항아리 안은 아무것도 보이지 않았다. 그래도 일단 돈을 냈으니 태현은 손을 뻗어 항아리 안으로 넣었다.

뭐가 있길래?

[혼돈과 어둠의 항아리에 손을 집어넣었습니다!]
[<크네마 백작의 의전용 검>을 얻었습니다!]

〈크네마 백작-크네마 영지 영주 퀘스트〉

뱀파이어 크네마 백작은 핏빛 군도의 크네마 섬의 정당한 주인이었다. 그러나 크네마 백작이 행방불명되고 나자 사악한 배신자들이 크네마 섬을 차지하게 되었다.

당신은 크네마 백작의 검을 얻은 정당한 후계자다.

배신자들을 처치하고 크네마 섬을 차지해라! 크네마 백작이 그 복수를 응원할 것이다.

뭘 했다고 영주 퀘스트?

태현은 당황해서 에반젤린을 쳐다보았다. 에반젤린도 당황한 얼굴이었다.

저 항아리에서 뭐 쓸 만한 것도 나오네?

"그거 무슨 검이야?"

"크네마 백작의 검인데."

"크네마 백작의 검이 나왔다고?!"

에반젤린은 정말로 놀랐다.

핏빛 군도 섬 중 하나인 크네마 섬. 핏빛 군도의 뱀파이어들끼리 계속 치고받고 있는 전쟁 지역 중 하나였다.

원래 주인인 크네마 백작이 사라진 탓이었다.

그런데 그 크네마 백작의 검이 그냥 여기서 나온다고?

웬 사기꾼 뱀파이어의 항아리 안에서??

"너 지금 거짓말하는 거지?"

합리적 의심!

에반젤린은 태현을 못 믿겠다는 듯이 쳐다보았다.

평소에 태현이 에반젤린에게 사기를 쳐온 대가!

"내가 거짓말한다고 치고, 그래서 이 검이 있으면 뭘 할 수 있지?"

"크네마 섬에서 싸우고 있는 뱀파이어들이 그거 얻으려고 난리 치고 있을 텐데…… 잠깐, 거짓말이 아니잖아?!"

에반젤린은 태현이 든 검을 알아보고 경악했다.

아니 진짜 저게 왜 저기서 나오냐?

에반젤린은 늙은 뱀파이어한테 달려가 멱살을 잡았다.

"내가 실버 낼 때는 아무것도 안 나오거나 이상한 먼지 같은 아이템만 주더니, 사람 차별하는 거야?!"

"켁, 켁켁…… 아니, 자네가 운이 없는 걸 왜……."

목이 졸린 늙은 뱀파이어는 캑캑대며 변명했다.

"내 골드 내놔!"

'골드라니. 실버를 얼마나 바친 거야?'

태현은 에반젤린이 여기서 한 재산 날렸다는 걸 깨달았다.

어쩐지 하지 말라고 하더라!

"뱀파이어가, 켁, 재수 없는 건, 켁켁, 당연한 건데……."

뱀파이어가 재수 없다는 걸 활용한 장사법!

태현은 감탄했다. 저런 방법이!

에반젤린처럼 행운이 -999까지 가는 심각한 불운이 아니더라도, 보통 뱀파이어들은 기본적으로 불운 페널티를 달고 살았다. 그런 이들이 뽑기에서 좋은 걸 뽑을 리가 없는 것!

'상자를 여기서 팔아야 하나?'

뱀파이어들이라면 몇 배로 살 것 같았다.

에반젤린이 늙은 뱀파이어를 탈탈 터는 동안, 태현은 이 뜬금없는 검을 어떻게 써먹을지 고민했다.

그냥 대주교 보물만 찾아내려고 했는데 영지전이라니.

'시간 오래 걸릴 것 같은데…….'

게다가 뱀파이어들의 영지라니. 별로 좋을 것 같지는 않았다. 그걸 얻어서 어디다 쓴단 말인가.

거리가 좀 있어서 관리하기도 힘들 것 같고 얻는 것도 없을 것 같아!

[카르바노그가 뱀파이어들의 장점이 있다고 말합니다.]

"……?"

[안 먹어도 잘 산다고 카르바노그가 말해줍니다.]

'……너 신 맞니?'

만약 영지를 얻을 경우 농장이나 방앗간, 곡식 창고 같은 필수 건물은 짓지 말라고 조언하는 카르바노그!

다른 영지라면 [식량 부족으로 주민들이 도망칩니다!] 같은 메시지가 떴겠지만, 뱀파이어 영지는 그런 게 없었다.

'그런 거 말고 뱀파이어 영지에서 뭐 잘 나오는 특산물 같은 건 없나……'

뱀파이어 영지의 특산물이 없지는 않았다. 일단 포도 같은 건 잘 자랐고, 각종 흑마법 관련 재료들도 잘 자라는 편이었다. 영지에 일반 몬스터 대신 언데드 몬스터들이 나오는 만큼 당연한 특성!

'그리고 여기는 기껏 먹어도 아키서스 교단 같은 걸 박을 수가 없을 텐데.'

살라비안 교단처럼 뱀파이어들에게 특화된 교단이 아니면, 기본적으로 교단들은 언데드랑 사이가 안 좋았다.

아키서스도 선신 계열이니 여기 신전을 박아놓으면 역효과가 날 게 분명!

[카르바노그가 고개를 갸웃거리며 아니라고 합니다.]

'……?'

[아키서스 교단은 신전 지어도 뱀파이어하고 별 상관없을 거라고 합니다.]

"아니…… 그건 아니지."

태현은 당황했다. 진짜?

태현은 아키서스 교단 교황으로 열 수 있는 교단 상태창을 켰다.

[현재 지역은 아키서스 교단 신전을 지을 수 있는 지역입니다. 페널티가 없습니다.]

[아키서스 교단 신전을 지을 경우 매주 뱀파이어 34명이 신도로……]

대체 아키서스 교단은 무슨…….

태현은 영지전의 상황을 알아보기로 했다. 일단 그전에…….

"뽑기 더 해도 됩니까?"

"클클클. 젊은 뱀파이어여……."

늙은 뱀파이어는 의미심장하게 웃었다. 그러고는 항아리를 뒤로 돌렸다.

"절대 안 되네……."

1등 상을 이미 뽑아가 버린 태현! 안 그래도 밑천을 절반 이상 털린 셈이었는데, 더 뺏길 수는 없다!

늙은 뱀파이어는 매우 현명했다.

"아니, 1실버 낸다니까!"

"오늘 장사는 여기서 끝이네! 애초에 그걸 어떻게 뽑은 건가! 뱀파이어 맞긴 한 건가!"

늙은 뱀파이어는 태현을 보며 외쳤다. 태현은 움찔했다. 어떻게 알았지?

"그러면 얘가 대신 뽑는 건 어떻습니까?"

태현은 에반젤린을 끌어들였다. 그러자 늙은 뱀파이어가 움찔했다.

에반젤린은 이미 수많은 실버를 뜯긴, 늙은 뱀파이어도 기억하고 있는 호구! 그런 에반젤린이 뽑는다니. 솔깃할 수밖에 없었다.

"클클클…… 젊은 뱀파이어여…… 두려움을 모르는……"

"아, 컨셉질 좀 작작하세요."

태현은 짜증을 냈다. 늙은 뱀파이어가 유리할 때만 저렇게 폼을 잡는 게 짜증이 났던 것이다.

불리해지면 장사 끝났다고 하는 놈이!

"아까는 또 장사 끝이라면서?"

"클클클…… 늙어서 그런지 잘 안 들리는군……"

오랜만에 만난 상적!

태현만큼 뻔뻔한 NPC는 또 오랜만에 보는 기분이었다.

늙은 뱀파이어는 에반젤린을 보며 클클 웃었다. 그 웃음이 마치 호구를 보는 웃음 같아 에반젤린은 매우 기분이 나빠졌다.

사실 맞긴 했다.

'손해를 여기서 메꿔야겠군……'

이 〈혼돈과 어둠의 항아리〉는 안에 들어가 있는 아이템 중 하나를 뽑을 수 있었다. 행운 스탯이 높을수록 좋은 아이템을 뽑는 것!

늙은 뱀파이어는 〈크네마 백작의 의전용 검〉이나 각종 영웅 등급 아이템들을 넣어놓고, 나머지는 먼지나 쓰레기, 잡동사니로 꽉꽉 채웠다.

그런 다음 '여기에는…… 매우 대단한 아이템이 있지…… 클클클……' 하면 에반젤린 같은 호구가 낚이게 마련이었다.

"야. 내가 뽑아봤자 의미가 없잖아……"

에반젤린은 곤란하다는 듯이 태현을 쳐다보았다.

슬프지만 인정할 수밖에 없었다. 그녀는 호구라는 것을!

행운 스탯이 낮은 이상 뭘 할 수가 없었던 것이다.

그나마 페널티는 이제 안 받지만 그렇다고 행운 스탯이 높아진 것도 아니었으니…….

"걱정 마라."

-아키서스의 축복!

[일시적으로 행운이 공유됩니다!]

"뽑아."

"!!"

"아…… 아…… 아키서스……!"

늙은 뱀파이어가 태현의 스킬을 보더니 깨닫고 경악에 빠졌다.

뱀파이어 살려!

아키서스다!

To Be Continued

흙수저 판타지 장편소설
회귀자 사용설명서
Wish Books
어느 날, 이세계로 소환되었다.
짐승들이 쏟아지고, 믿을 수 없는 위기가 닥쳐오나.
가지고있는 재능은 밑바닥.
[플레이어의 재능수치는 최하입니다.]
[거의 모든 수치가 절망적입니다.]
선택받은 용사든, 재능 있는 마법사든,
시간을 역행한 회귀자든.
모든 것을 이용해야 한다.
살아남기 위해.
"쓰레기면 뭐 어떻습니까. 살아남기 위해서
뭔 짓인들 못 하겠어요?"